KB273825

한국 현대시의 형성 미학

송 재 일

국학자료원

책머리에

　우리의 현대시 출발은 이제 한 세기를 넘기고 있다. 특수한 상황 속에서 출발한 현대시는 역사와 상황에 따라 굴절 또는 변화를 보였다.

　따라서 한국 현대시의 형성 전개의 문제를 다룰 때, 외국시의 수용 문제와 전통시의 계승 문제가 야누스의 얼굴처럼 다가왔다. 이에 많은 연구자들이 서구시의 영향으로 현대시가 형성되었다는 주장과 전통시의 영향으로 형성되었다는 주장이 서로 맞서기도 하고 때로는 절충되기도 했다.

　이에 필자는 한국 현대시의 형성 전개 문제에 깊은 관심을 가져 지속적으로 이 논제에 골몰해왔다. 앞시대의 시는 뒷시대의 시로 지속되고, 이 지속과 함께 변화하면서 전통을 계승한다는 원리에 바탕을 두고 지금까지 필자는 시작품과 시작품, 시대와 시대 등의 사이에 숨어있는 지속성 즉, 내재적 흐름을 파악하는데 무게의 중심을 두었다. 이 책에서 필자는 현대시 형성 전개에서 가장 중요한 시기였던 1920년대의 시에 관심을 집중시켰다. 즉, 자유시, 민요시, 시조시의 형성 근거뿐 아니라 개별 시인의 시 형성동인,

전통시의 계승 문제 등을 집중적으로 다루었다.

앞으로 필자는 1920년대 현대시의 형성 전개가 100여년의 시역사에서 오늘의 시를 형성하는데 어떤 동력으로 작용했는가, 또한 그 전통이 후대의 시에 어떻게 지속과 변화를 초래하면서 계승되고 있는가를 고찰하고자 한다.

문학의 연구는 행복한 고통의 작업이라고 생각한다. 지금까지 '행복한 고통'의 시간 속에서 나름대로 가치를 찾을 수 있도록 학문적 기틀을 마련해주신 최원규 교수님, 남편을 위해 컴퓨터 자판과 밤새 시름하던 윤정기의 졸음에 겨운 눈이 머리말 위에 어른거린다.

끝으로 열심히 연구하는 후학들의 눈을 무섭게 체감하면서 부끄럽지 않은 '나'가 되고자 어금니를 지긋이 깨물어 본다.

1999년 4월

고마골 연구실에서

차 례

책머리에

혼과 정신의 정서 표현

노작 시의 전통시가 수용 양상

한국 현대시의 형성 논리

1. 머리말

우리의 현대시사에서 1920년대 전후는 중요한 의미를 띤다. 왜
냐하면, 정형시가에 대한 반발로 자유시가 전개되었고 또한, 그러
한 상황 속에서 전통 회귀의 성향을 띠는 민요시와 시조시가 부흥
되어 한국 현대시 형성의 기틀이 되었기 때문이다.

문학의 한 갈래가 생성 전개되거나 쇠퇴 혹은 소멸하는 데는
그 뒤에 제 나름의 사유가 도사리고 있다. N.Frye는 "모든 문학 형
식은 바로 앞 세대 문학의 흐름에 대한 반발과 그 이전 문학에 대
한 회귀의 경향을 띤다."(1973;62)고 언급하고 있다. 동시에 문학은
언어를 매재로 하여 시대와 환경 아래에서 성장 소멸한다. 이렇게
볼 때, 이 시기에 자유시, 민요시, 산문시 등의 형성 전개와 시조
부흥은 역사, 사회적 필연성을 바탕으로 이루어진 것으로 판단된
다.

일차적으로 한국 현대시의 형성 전개는 일제강점하라는 특수한 상황을 고려해 넣지 않을 수 없다. 좋든 나쁘든 간에 19세기 말부터 서구의 문물이 일본을 중매자로 하여 우리 나라에 깊숙히, 폭넓게 파고들었다. 특히, 일제강점시대 중에서 1920년 전후는 한국 근대사에서 한 분수령을 이룬다. 외세에 의해 개방당하면서부터 통치권을 일본에 완전히 넘겨준 한일합방(1910) 등 일련의 사건들이 진행되는 동안 국권의 상실과 더불어 정치, 경제가 침몰되었고, 문화도 역시 침식당했다. 이러한 복잡한 양상과 혼미 속에서 구한말이래 대립 갈등을 일으켜 온 위정척사와 개화의 양대 조류는 3.1운동에 의해 근대적 민족주의 세력으로 통합되어 국가 민족에 대한 위기의식이 고취되기도 하고, 민족주의는 좌파와 우파로 갈라져 대립 양상을 드러내기도 하였다(천관우, 1980;372).

이러한 상황 속에서, 한국 근대시는 전통시가로부터 벗어나 자각적 개성을 표현하고자 하는 의식과 일본을 거쳐 들어온 서구시를 수용하면서 서구적 문예사조나 시형 전개의 논리적 근거와는 또 다른 형태로 전개되었다.

그러나 앞 시대의 문학은 뒷시대의 문학으로 지속되고 지속과 함께 변화가 일어나는데, 지속과 변화를 함께 포괄하여 계승된다(조동일, 1982;237). 한국 현대시의 형성은 앞 시대의 정형시에 대한 반발과 서구시의 수용으로 이루어지는 과정에서 필경 그 의식 속에는 변화를 원하면서도 '우리의 것'을 지속시키고자 하는 시정신이 내재하고 있었다고 판단된다.

그렇다면, 한국 현대시 형성의 논리적 근거는 무엇인가?

이 문제에 대한 본격적인 논의는 1970년대부터 정한모(1973, 1974), 김용직(1974, 1982, 1983), 김윤식(1976), 조동일(1978), 박호영(1978), 김대행(1980), 박철희(1980), 오세영(1980), 최원규(1980), 한계전(1981, 1983), 양왕용(1982), 이명재(1983) 등에 의해 이루어 졌다. 이들 연구는 대개 우리 현대시의 형성에서 서구시의 영향이 무엇인가를 고찰하였거나, 전통적 영향이 무엇인가를 연구하였다. 그 결과, 한국 현대시의 형성 전개의 근거가 어느 정도 소상히 파악되었다고 할 수 있다. 그러나 대개의 글들이 서구시 영향에 중점을 두었거나 시인론, 작품론의 일부로 다룬 것들이 많다. 또한 한국 현대시의 형성이 서구의 영향이나 전통적 영향 중 어느 하나에 편향성을 가진 것도 상당수에 이른다.

이 글에서는 한국 현대시 형성의 논리적 근거를 더욱 명증하게 밝히기 위해 전통시의 지속과 서구시를 수용코자 하는 의식이 어떻게 대립되고 교류하면서 계승되어 한국 현대시를 형성하는가를 천착코자 한다. 이는, 물론 시 자체의 분석을 통해서 밝혀낼 수도 있지만, 당시 시의 형성 전개의 중심적 역할을 담당했던 시인들의 시관, 시 의식 혹은 시 인식이 잘 드러나는 시론 분석을 중심으로 한국 현대시의 형성 전개의 근거를 밝히고자 한다. 다만, 시인의 시론이 실제의 창작과 거리가 있으며 또한, 당대의 시인들의 수준이 시 이론을 체계화시켜 내놓을 만한 수준이 못되었기 때문에, 당시의 시론들이 현대시의 형성 근거를 모두 명증하게 드러낼 수 있을까하는 의문의 여지는 남는다. 그러나 이러한 작업은 한국 현대시 형성논리의 참모습을 이해하는데 중요한 의미를 지닌다 하겠다.

이를 위해, 이 글에서는 첫째, 한국 현대시 형성이 역사적 특수성 위에서 출발했다는 점을 고려하여 시대적 정신사의 배경을 규명하고 둘째, 자유시 공간을 확보하면서 서구시를 어떻게 인식하였고, 그 지향점은 무엇인가를 살피고자 한다. 셋째로는 서구시를 지향했으면서도 이를 극복하고 전통적인 민요시로 나가려는 시의식과, 넷째, 조선시대 대표적 시장르였던 시조 양식을 1920년대에 다시 선택하게 된 역사적 필연성을 검증코자 한다.

이러한 작업은 면밀한 자료 검증을 통한 역사주의 방법과 정신사적 방법을 원용하여 진행될 것이다. 다만, 문학은 현실을 반영하지만, 그 자체에 정당성과 목표를 가진다는 점에 충실코자 한다.

2. 현대시 형성의 터

가. 잃음과 다시 찾음의 교차점

한국 현대시의 형성은 우리 시사의 맥락 속에서 연결되어 지속되어 온 거대한 고리의 일부분이며, 그 지속은 현대시로 이어져 왔다. 1920년을 전후로 하여 출발한 현대시가 당대의 한 현상이나 어떤 집단 혹은 개인의 상상력에 의한 소산으로 형성되었다고 볼 수는 없다.

따라서, 현대시의 형성 배경으로 우선 검토해 봐야 할 것은 정신사다. 문학이란 인간의 정신이 언어를 매체로 하여 표현된 예술이기 때문에 정신사는 이념이나 세계관의 역사 또는 문화사도 되며 경우에 따라서는 시대 정신의 연구를 뜻하기도 한다. 또한 다른 말로는 역사적 사건 또는 상태의 배후에 있는 모든 이념 즉, 독자적인 법칙성을 가진 정신적 활력이다(이유영, 1979; 142). 그리고 현대는 정치, 경제의 압도적인 힘에 의한 역사이기 때문에 어면 시대의 역사를 이야기할 때 정신사적 측면을 도외시하기도 하였다. 그러나 정치 경제가 역사의 표면 현상을 형성하고 있다면 정신사는 그것의 이면적 추이를 보여주는 것(김치수, 1982; 224)으로 한국 현대시의 형성논리를 해명하기 위해서 당대의 정신사적 맥락을 추적하는 일은 중요하다 하겠다.

한국 현대문학의 형성은 식민지 시대의 소산이었다. 식민지에서 지배 민족은 지배받는 민족을 영구 완전히 지배하기 위하여 철저한 조직을 통하여 통치하려고 한다. 반면에 지배받는 민족은 이를 벗어나기 위하여 부단히 민족적 저항을 시도하게 된다. 그러므로 이 시대의 정신사는 민족 정신사로 규정될 수밖에 없다. 식민지 사회에서는 서로 다른 문화권이 공존함으로써 지배문화는 지배받는 문화를 억압하여 노예화를 강요한다. 따라서, 지배받는 문화에 속했던 우리 문화는 상실되어 갔다. 식민지 지배하의 민족주의는 이러한 노예화를 거부하기 위하여 반제국주의 운동을 고취함으로써 자민족의 독립을 얻으려 한다. 이는 회복을 위한 정신적 소산을 의미한다.

구한말 이후의 일제강점기 한국사를 일제의 침략과 저항의 역사로 보는 것이 타당하다면 당대의 정신사도 침략과 저항의 역사로 볼 수 있다. 침략은 우리의 입장에서 볼 때 상실이었고, 저항은 곧 상실에 대한 회복을 의미한다. 우리에게는 국가의 멸망과 위기와 더불어 파격적이며 영향력 있는 서구의 문물 제도가 일본을 거쳐 밀물처럼 밀려들었다. 이를 수용할 것인가 말 것인가의 긴박한 사태에 이르렀을 때, 지식인의 대응 양상은 위정척사와 개화파 두 유형으로 나타났다. 즉, A.J.토인비의 제로티즘(zeolotism)과 헤로디아니즘(herodianism) 양상을 보였다(A.J토인비, 1983; 266-272).

신채호와 황매천 등의 척사파는 문화 수용 양상에서 자기들이 이미 지닌 전통을 고수하고 고유의 것에서 장점을 발견하여 외래 문화의 강한 영향력에 대응하려는 제로티즘의 입장을 취하면서 서구 문물 제도에 강경하게 대처하였다. 신채호는 역사를 '아(我)' 와 '비아(非我)'의 투쟁으로 보고 조선을 '아'로, 서구나 일본 등을 '비아'로 규정하였다(신채호, 1972, 19). '비아'는 '사(邪)'의 상징이 며, '사'인 서구, 일본 등의 강압적인 힘에 문호를 개방하는 순간 부터 민족의 긍지와 미풍양속, 혈통을 지켜 갈 길이 없다는 것이 다. 그러나 한편에서는 나라가 멸망의 위기에 처하게 된 것은 나 라가 힘이 없기 때문이라고 지적하고 교육, 산업을 일으켜야 한다 고 주장하였다. 남의 문화이지만 잘 받아들여 자기의 장점으로 삼 아 전통을 세워나가려는 헤로디아니즘 입장을 취한 개화파인 이 들은 언론기관과 학회를 설립하여 계몽에 힘썼고, 사학을 세웠을 뿐만 아니라 서구의 근대 문명과 정치, 경제에 많은 관심을 표명 하였다.

이러한 결과로 상실에 대한 회복의 두 운동 양상은 대립으로 나타났다. 하나는 전통적인 지식층으로 당대의 정신적 혼란기를 극복하려는 새로운 노력이 부족하고 전통적 가치에 의해 재래적 인 저항만 고집하였다. 다른 하나는 새로운 지식 계층으로 전통적 인을 것을 통한 혼란의 극복 노력없이 서구 문물 일변도의 사고 방식에서 이질적인 서구 문화를 무조건 받아들이는 결과를 낳았 다(김치수, 1982; 27). 이같은 혼란을 극복하려는 노력은 1910년 한 일합병 이후에 다른 양상으로 나타났다. 국내 상황이 전보다 훨씬 더 심각한 상황을 띠게 됨에 따라 민족의식, 국가의식은 내면화가 되고, 상황에 대한 대응 방식도 달라지게 되었다. 한일합병에 이어 3.1운동을 거치는 동안 상실의식은 더 심화되어 민족의식의 심층으로 자라잡게 되었다.

1920년대 한국 정치, 경제는 완전히 일제에 예속된 상태였다. 이로 인하여 한국인들은 정신적으로 병들었고, 민족은 분열되었으며, 민족을 예속화시켜 비굴한 한국인을 양산한 것도 바로 이 시기에 해당한다. 정치, 경제 뿐 아니라 인권까지 빼앗긴 우리 민족의 상실에 대한 회복 운동은 민족 독립을 위한 항쟁, 민족 내부의 단결과 민족의식을 고취하기 위한 일종의 문화 운동으로 나타났다. 정치, 경제가 일제에 예속화되자 당시 지식인들은 문화 운동에 관심을 돌리지 않을 수 없었다.

식민지 상황에서 모든 문화운동은 민족 운동의 연장선상에 놓인다. 일제강점하에서 일어난 신문화 운동은 대부분 민족 운동, 독립 운동의 성질을 띠고 있다. 그런 까닭으로 일제는 우리의 신문화 운동을 탄압하였고, 이에 우리들도 항거하게 되어 신문화 운동은 일제에 대한 피나는 '레지스탕스'였다(조용만, 1975;8). 따라서, 신문화 운동의 주역이었던 문학인들의 관심은 자연히 민족주의 이념을 강하게 드러냈고, 전통과 역사, 국어에 대한 깊은 관심을 보였다. 특히, 문학은 상징과 암시, 비유 등을 사용하는 언어의 상징적 구조물이기 때문에 검열을 비교적 쉽게 뚫고 나갈 수 있었다. 3.1운동 이후 소위, 일제는 문화정치를 펴 문화활동을 어느 정도 허용했으나, 실제로는 신문, 잡지 등을 검열하였고 지식인, 작가 등을 투옥시켰다. 우리 민족의 최대 독립운동인 3.1운동을 담당했던 지식인들이 동학에서처럼 한국 전통 사상에 바탕을 두지 않고 서양의 민족 자결 원칙에 의존했다는 것은 당시 한국 사회의 사고 유형이 상당히 변화하고 있다는 점이 반영된 것이라 하겠다.

3.1운동을 전후로 형성된 한국 현대시도 이러한 시대 사조가 반영되었을 것이다. 더욱이, 한국 근현대 문학의 출발점에서 중심이 되었던 최남선, 이광수, 주요한, 김억, 황석우, 김동인 등 대부분의 문인들은 이 시기에 일본에 유학을 했거나 하고 있었다. 귀국한 이들은 일본에서 배운 서구 문학을 한국의 문학 전통에 비춰 검증하거나 비판적 수용의 여유가 없이 우리 문단에 이식하기에 바빴다.

하지만, 일제의 식민지 착취가 점점 노골화되고 강압적으로 됨에 따라 그 시대의 문학도 '민족의 주체적 생존과 대다수 구성원의 복지가 심각한 위협에 직면해 있다는 위기의식의 소산'(백낙청, 1978;125)으로 '민족 전체의 정신적 지향'(김용직, 1983;11)으로 상실에 대한 회복 운동의 문학으로 변형되어 갔다. 이런 결과로 어린 나이에 일본을 통해 서구 문학을 배워 한국 자유시 형성 주체였던 시인들도 계속해서 서구적 자유시만 고집할 수 없게 되었다. 이러한 것들은 '전통에의 복고의식의 자자화(自資化)에서 시작된다. 20세기 이후 우리 문화 구조의 연속성은 우선 전통의식에 입각하는 것이 특징이다'(황성모, 1980;324). 1920년대 초기 자유시를 반성하고 전통시형인 민요시나 시조를 선택한 것도 이러한 복고의식의 소산으로 파악되며, 이는 전통의 계승을 의미한다.

한편, 식민지 시대에 창조된 예술작품이 검열이나 억제 때문에 예술성이 떨어지지는 않는다. 예술에서 극심한 억압을 받았던 고대 오리엔트에서는 인류 역사상 가장 훌륭한 작품 중 상당수를 탄생시켰다고 A.하우저는 지적하면서, '예술사의 영역에서 동일한 원인이 반드시 동일한 결과를 낳는 것이 아니다' (A.하우저, 1976;64)라고 언급하고 있다. 이러한 논리가 타당하다면, 우리가 일제강점하에서 문학 활동의 자유를 구속받았다 할지라도 예술성이 제거되지는 않았다고 본다. 일제의 압박을 심하게 받았던 1920년대 '민요시의 주제는 전통적 서정민요의 본질 그대로 사랑- 특히 연인과의 이별이나 님의 상실 등에서 비롯된 비극적 사랑이 대부분'(오세영, 1980;60)이라고 할 때, 이를 뒷받침해 주는 것이다. 그러므로, 1920년대 민족문학이 이데올로기로 출발했다 할지라도 이들이 예술이 아닌 사상의 등가물로만 이해될 수 없다. 문학은 현실을 반영하지만 문학에 나타난 현실은 평면적이거나 일차원적인 사회 현실을 의미하지 않고 문학 그 자체의 정당성과 목표를 가진다(R.웰렉 & A.웨렌, 1970;109). 따라서, 당대의 시들도 시대를 반영하면서 그것을 뛰어넘는 진실을 보여주었다.

이처럼, 상실과 회복의 정신사적 갈등 속에서 형성 전개된 한국 현대시는 특수성과 개별성을 지니지 않을 수 없었다. 또한, 이 시기에 정신사의 굴곡으로 인하여 문학 양식에서도 서구적 자유시가 형성되었고, 그 경험이 극복되면서 전통의 민요시와 시조시로 이행되는 우여곡절을 겪기도 하였다. 그러면서도, 이 시대의 시들은 문학성을 잃지 않고 문학 자체의 정당성과 목표를 가지고 있었기에 영원성과 보편성을 획득할 수 있었다.

나. 개화기 시가 틀의 진보성

개화기 시가는 개항이래 서구 문명의 유입과 함께 빚어진 신·구의 갈등 상황에서 형성되었다. 개화기 시문학기는 1860년 이후 봉건체제가 해체될 때부터 주요한, 황석우 등 완전한 자유시를 접하게 되는 1910년대 말까지로 잡을 수 있다. 소위, 1920년을 전후

로 출발하는 한국 근대시 이전까지의 개화 사상이나 자주 독립 사
상을 고취했거나 아첨배들에 대한 강렬한 저항 정신을 구가하는
노래들이 대부분이다(김학동, 1982;485). 개화기는 외래 문물이 휩
쓸려 오면서 우리 근대화 운동이 굴절을 거치지 않을 수 없었기
때문에 시가 역시 외래적인 요소와 전통적인 요소가 대립 혹은 수
용 융합하면서 상호작용을 거쳤던 것이다. 개화기 시가의 전개에
대하여 김학동 교수는 여러 연구자들의 논지를 다음과 같이 요약
하고 있다.

      (1) 창가-신체시(신시)
      (2) 개화가사-창가-신체시
      (3) 개화시-개화가사-창가-신체시

이는 대체로 시적 형태에 대한 분류라고 할 수 있다. 이를 자유
시와 관련지어 종합하면, 창가-신체시(신시)-자유시로 이행된 것으
로 집약된다. 그러나, 반드시 이러한 발전 단계를 거쳐 온 것이 아
니라 각각 형태적 측면에서 다른 진보적 요소를 지니고 서로 영향
을 주고받으면서 자유시에로 발전하였다. 이에 정한모 교수는 '가
사, 시조, 찬송가의 리듬이 신시 형성에 각기 작용한 것처럼 창가
도 신시를 이루는데 모티브가 되었다.'고 지적하고 이들 장르의
발전형태의 장르적 계보를 제시하고 있다(정한모, 1974;242). 즉,
전통적인 가사(개화가사), 시조와 외래적인 창가, 찬송가의 요소가
신시 형성의 기반이 되었고, 다시 신시는 정형률, 변조 정형률, 자
유율로 이행되어 자유시와 산문시로 발전했다고 본다.
한편, 오세영 교수는 개화기 시 양식이 근대시로 이행된 과정을

네 단계로 설명하고 있다.

> 첫 단계는 18세기에서 18860년에 이르는 기간으로서 전통 장르 자체 내에서 자생적으로 일어난 장르 해체 과정이며, 둘째 단계는 전통 장르 상호간의 침투에서 기인한 자각적인 전통장르 해체과정이며, 세 번째 단계는 외래요소(서양 악곡-창가, 찬송가)의 영향으로 인해 새로운 율격를 창안해낸 단계이며, 네 번째 단계는 새로운 정형시 확립 운동과 그 실패에서 힘을 얻어 자유시형 진입에 박차를 가한 단계이다.(오세영, 1987;86)

이러한 단계에서 둘째, 셋째 단계는 동시성으로 일어났고, 그외는 선후 관계를 지니고 있다고 그는 파악하고 있다. 이러한 견해는 타당성 있는 주장이다.

개화기 시가는 혼란스러운 문화 현상과 시대 정신의 흐름이 지속되는 속에서 출현한다. 그리고 이들은 다양한 시적 틀을 형성하면서 발전하여 1920년대 자유시형 전개의 기틀을 이루고 있다. 자유시 형성 이전의 개화기가사, 창가, 시조, 신체시의 진보적 형태에 대하여 살펴보기로 한다.

① 개화기가사 - 갑오경장을 전후하여 자유 독립 의식이 국민의 공통된 시대 정신이었는데, 이러한 시대 사조가 감격적인 표현으로 민중 속에서 처음 출현한 것으로 기존의 시가형식을 빌어 새로운 의욕을 노래한 것이다. 즉 전통적인 시가 양식인 가사 형식에 새로운 개화사상을 담은 것이다(조지훈, 1965.3;260). 기점이 바로 고전 시가에 잇닿은 까닭에 대부분 전근대적 요소가 나타나며, 상

당수의 작품들이 4.4조 또는 3.4조의 자수율을 가진 고전시가의 한 갈래인 가사양식 그대로다. 대부분 우국 경세의 내용이나 우리 사회의 쟁점이라든가 변화에 대하여 민감한 반응을 보이며 우리 일상 생활에 밀착된 모습이다(김용직, 1983;60-61).

② 창가- 서구식 음곡을 붙여서 가창 할 수 있는 체제를 갖춘 동시에 자수율이 일본 명치초기의 노래와 같은 것으로 육당의 <경부철도가> 등을 창가라고 한다(송민호, 1967;910). 창가는 그 분연법에서 애국·독립가의 2행연에서 4행연으로 변화한 것이 창가의 일반적인 속성이며, 4.4조의 음수율이 7.5조, 8.5조, 6.5조를 주축으로 악보가 붙여져 있다. 이러한 음수율에서 특이한 것은 5의 음수도 있다. 5조는 2.3 또는 3.2의 합음수가 대부분이나 5음수도 있다. 그리고 7,8,6의 음수의 음수율에서 7조는 3.4조 또는 4.3의 합음수이고 8조는 4.4의 합음수이며 6조는 3.3의 합음수로 전통시가의 율조와 맥락이 닿아있는 것이다(김학동, 1982;492-493).

③ 시조- 개화기 시가는 사대부 시조와 마찬가지로 개화기의 이념을 모방하고 이상화하는데 시종하여 개체의 삶의 현실이 개화기 시가에서는 생성될 수 없었다. 시조의 중요 내용인 유교적 '理'가 개화기 시가에 와서 자주·개화·저항·계몽으로 바뀌었다(박철희, 1980;80). 한국 근대시의 초기 단계에서 일어나는 시조의 변화는 그것이 곧 자유시형의 기반을 위한 전초적 지향이었던 만큼 시조라는 한 장르의 변화를 넘어선 의미부여가 가능하다고 본다. 시조에서의 정형성의 붕괴가 1906년 이후에서 비롯되었지만 찬송가에 의해서 충격된 율조의 변화와 새로운 시형의 모색과 관련지을 때 자유시형의 개화를 위한 1900년 초기의 중요한 변화로 보여진다(김영철, 1982;87). 시조는 저항의 노래로서 내용을 담고,

적극적으로 현실에 민감한 반응을 보여준 것도 과거에 없었던 일 일뿐 아니라 전통적 정형시를 가지고 저항의 노래를 담기 위하여 형태면에서 적극적인 배려가 있었음을 알 수 있다(정한모, 1974;150).

④ 신체시 - 초기 신체시가 반율문적인 혹은 율문 산문 양자의 혼합위에 이루어진 것이라해도 율문적인 전통시가에서 벗어난 최초의 모습이며 사고가 그대로 계승된 점이다(조영현, 1978;118). 신체시는 근대정신의 소산으로 전통과 인습을 타파하고 서구 문화를 수용하려는 근대화 운동의 표현이기 때문에 그 이전의 전통시가와는 다른 이질적인 것이다. 이 전통시가나 다른 이질적인 요소는 전통시가의 율문성에서 탈피한 散文性을 이름이다 따라서 신체시의 시사적 의미는 한마디로 자유율화한 산문성에 있다고 본다. 신체시 이전까지의 가창을 전제로 한 고시가와 개화가사 내지 창가의 율조에서 벗어나 산문화 한 자유시에로 이행되어 온 과도기적 형태의 하나인 것이다(김학동, 1982;495-496). 신체시는 형태면에서 전통적인 가사의 음수율(3. 4조)을 바탕으로 하여 歌보다는 짧은 것과 일본의 음수율인 7.5, 8.5조에다 육당 자신의 변화시도가 가미된 것과 음수율의 파괴로 자유시화되고 산문화된 것이 동시에 출발했다(양왕용, 1982;30).

이상의 개화기 시가에 대한 요약문을 전체적으로 형태적인 면과 내용적인 면으로 정리할 수 있다. 내용면에서는 그 의식이 예술성 추구의 문학작품이나 의식에서 씌어진 것이라기보다 개화·계몽·독립 등의 사회의식을 더욱 강하게 드러내고 있다는 것이다. 형태면에서는 전통적인 시가양식에 맥락을 두고 있으면서도 정형성을 탈피하기 위해 형태적 변화를 꾸준히 시도하여 자유시에로 그 맥락이 이어진다. 본고에서는 형태적인 면을 중심으로 개화기 시가 양식의 진보성을 살펴보기로 한다.

가사의 형태적인 특징은 두 개의 대구, 즉 4음보 1행의 연속체로 된 운문이며, 1음보의 음수율은 3.4조 또는 4.4조가 주류를 이루고 있고 행수는 제한이 없다. 개화기가사 역시 형태면에서 4.4조 또는 4.4조의 자수율을 그대로 지켜나가고 있다. 개화기의 가사는 고전문학 장르인 가사의 형식을 그대로 이어 받아 다시 창조되었다. 갑오경장 이후 자주 독립 의식 및 개화·애국 등 국민의 공통된 시대 정신을 표현할 알맞은 장르를 선택한 것이다. 그러므로 이는 자연 발생적이었다. 조선시대 '전기 가사는 그 주요한 주제가 美人·전쟁·은둔 등에 관한 것이 많았고, 후기 가사는 교훈, 기행, 유배, 신세 한탄 등이 많았다'(정병욱, 1980;197). 가사는 다분히 산문성을 띤 내용이 많았음을 알 수 있다. 개화기의 솟아오르는 감격적인 내용을 담기에는 행수의 제한이 없어 얼마든지 연속체로 이어 나갈 수 있어 적당했다. 형식적인 면의 관심은 무제한의 자유 속에서 리듬에 대한 것이었다. 개화기가사는 전통적 형태를 계승하면서 시대 정신과 사상을 담기에 알맞은 형태로 변형되어 갔다. 창가가 4.4조의 가사를 그대로 본받아 서구식 음곡을 붙여 가창할 수 있도록 체계가 갖추어진 것으로 보면 개화기가사는 신체시 혹은 창가가사가 진보되었음을 알 수 있다. 이광수의 <옥중호걸>(1910) 이 가사체를 계승한 산문시라는 데서 더욱 뚜렷해진다.

그리고 창가는 형태면에서 개화기가사보다 더 진보적 형태를 띠고 있다. 4.4조의 음수율이 7.5, 8.5, 6.5조를 주축으로 이루어지고 있는데, 이것은 역시 전통시가의 맥락에 닿고 있는 것이다. '개화가사가 연행체임에 의해 발전적으로 계승되었다'(김용직, 1983; 85). 자유시가 정형률의 파괴의식 작용으로 이루어진다고 볼 때, 이는 상당히 정형에서 변형되어 자유시에로 한걸음 나가고 있다. 창가와 신체시의 7.5조 음수율이 일본 시가의 기본율인 7.5조에서 그대로 모방할 수도 있었겠지만 '전통률인 4.4 내지 3.4의 연속률이 그 기본 음보에서 4음보를 이루고 있는 만큼 이를 변형시키는 일은 그리 큰 이질적인 충돌 없이도 가능했던 것이다'(정한모, 1974;163). 1920년대 민요시가 대부분이 7.5조의 음수율을 주축으로 씌어졌다. 한국의 민요에는 7.5조의 음수율을 일찍이 지니지 않았다. 외래 율조인 7.5조를 무리없이 쓸 수 있었던 것은 4음보에서 그 요인을 찾을 수가 있다(김대행, 1981;182-195 참조). 민요시는 민요의 율격, 어법, 정조 등 기본 구조를 바탕으로 하여 창작된다고 볼 때, 우리 옛 가사에 없었던 율조를 차용한다는 것은 무리이다. 시조는 3행으로써 1연을 이루고, 그 각 행은 4보격으로 되어 있다. 이 4보격은 다시 2개의 숨묶음(breath group)으로 나뉘어져 그 중간에 사이 (Cesura)를 넣게 되어있다. 그리고 각 음보는 3 또는 4개의 음절로 구성되어 있는 것이 보통이다(정병욱, 1980; 134-135). 이러한 시조가 개화기에도 거의 동일한 형태로 창작되었다. 시조, 창가 등이 3.4 또는 4.4조를 기본으로 하여 4음보 율격의 민요를 바탕으로 하여 씌어진 1920년대 민요시와 무관하지 않다. 즉 민요시의 7.5조는 가사, 창가, 시조 등에서 보여준 것과 같이 쉽게 변형된 4음보를 중심으로 하여 일본의 7.5조와 쉽게 영합되어 나타났으리라 본다. 그리고 시조는 1920년대 중반 이후의 시조 부흥으로 연결되어 현대시조에로 계승되었다.

이렇게 가사, 시조, 창가 등은 제 나름대로 발전해 나가면서 또한 신체시 출현에 많은 영향을 주었다. 물론, 정형시에 대한 반발로서 자유시형을 지향한 노력은 18세기말 사설시조의 등장에서 비롯된다. 3장 6구와 종장 첫귀의 3음절이라는 엄격했던 형태적 구속의 시조는 자유시에 가깝도록 해체된다. 곧 시조는 17,18세기를 전후로 하여 산문화 경향을 띠면서 자유시 형태에 가까운 형식을 획득한다. 이러한 사설시조가 개화기에도 창작된다.

신체시를 '반율문적 혹은 율문산문 양자의 혼합'으로 보기도 하고 '변칙적인 정형시 내지 준자유시'로(김춘수, 1985;23) 보기도 한다. 이러한 의미는 가창을 전제로 한 고시가와 개화가사 내지 창가의 율조에서 벗어나 자유시에로 이행되어온 과도기적 형태라는 것을 잘 말해주고 있다. 신체시의 대표격인 최남선의 <海에게서 少年에게>(<소년>, 창간호, 1908)에서 이같은 특징이 명확히 드러난다.

> (一)터-ㄹ 썩, 터-ㄹ 썩, 쏴-아
> 따린다, 부슨다, 문허바린다
> 泰山갓흔 높은 뫼, 딥태갓흔 바위ㅅ 돌이나
> 요것이 무어야 요게 무어야
> 나의 큰 힘 아나냐 모르나냐 호통까디 하면서
> 따린다 부슨다 문허바린다
> 터-ㄹ 썩, 터-ㄹ 썩턱, 튜르릉 콱.
>
> (二)터-ㄹ 썩, 터-얼썩턱, 쏴아
> 내게는 아모것 두려움 업서
> 陸上에서 아모런 힘과 權을 부리던 者라도
> 내 압헤 와서는 꼼짝 못하고
> 아모리 큰 물건도 내게는 행세하디 못하네

내게는 내게는 나의 압헤는
터-썩, 터-ㄹ 썩턱, 튜르롱 콱.

　모두 6연으로 구성된 이 시는 각연 각각 모두 7행이며, 매연 첫 행과 끝행이 같은 말로 반복된다. 그리고 각 연마다 같은 행은 음수율 체계가 상당히 엄격하게 고정되어 반복된다. 즉, 각각의 연에서 둘째 행은 3.3.5조, 셋째 행은 4.3.4.5조, 넷째 행은 3.3.5조, 다섯째 행은 4.3.4.3.4(혹은 4.3.3.4.3)조, 여섯째 행은 3.3.5조로 규칙적인 정형성을 보인다. 이처럼 정형성을 보인 신체시에 대하여 오세영 교수는 준정형시에 해당하는 것으로 보고, 신체시 작가들이 작품 내의 정형성을 실험한 것은 자유시를 지향하기 위해서가 아니라 궁적적으로 한국시의 새로운 정형시형을 창안하려는 의도가 아니었던가라고 추정하고 있다.

　신체시는 그 이전의 가사에 비하여 상당히 파격을 이루어 변형의 진보적 형태를 지니고 있으면서도 정형성을 벗어나지 못하고 있다. 김춘수는 이러한 신체시의 형태에 대하여 '심리적으로 퍽 불안한 형태'이며 '역사적으로는 진보적인 형태'(김춘수, 1985;23)라고 했다. 이에 김용직 교수는 '심리적으로 불안하다는 것은 과도기 시기가 갖은 진통'이며 '진보적 형태란 신체시의 근대적 성격'이라고(김용직, 1983;103) 지적하고 있다. 신체시는 전대에 비해 파격성을 띠면서도 완전히 정형성을 불식하지 못한 상태의 시였지만, 더욱 진보하여 음수율의 파괴로 자유시화, 산문시화 된다. 이들은 시의식, 형태면에서 완전한 자유시는 이루지 못했다고 해도 분명히 자유시의 공간을 확보한 것으로 판단된다.

　개화기의 가사, 시조, 창가, 신체시 등 모든 시가형식을 빌어 서구 충격과 일본의 침략 등에 저항. 궐기 등을 직접 호소했다. 그래서 개화기 시가는 '저항의 노래' '자주의 노래' '개화의 노래' '계몽의 노래'였다. '식민지 시대의 막대한 값을 치르고 저항의 역사, 문화적 전통의 역사를 창조하였다. 그러나 민족의 정열을 저항의 방향으로 쏟음으로 인해 학문의 다른 방향에의 발달을 저해했다.' (김치수, 1982;103) 따라서 이 시대 문화업적 그 자체가 최고 최선의 것이 아닐지 모르지만, 그런 속에서 시가의 틀은 꾸준히 변화하였고, 서구 문학과 갈등을 겪으면서 20년대 자유시형 혹은 민요시형, 현대 시조에로 진보하는 기본 틀을 구축하였다.

3. 이음과 바꿈의 자유시 의식

가. 자유시 의식의 대두

한국 근대시의 출발이 18세기 사설시조에서 비롯되었으며, 18세기 이후 1920년대까지의 시가 근대시라는 견해(오세영, 1989; 25-26)에 동의하지만, 실명 시인들의 자유시 의식이 대두되어 새로운 세대의 시로 바뀐 계기가 마련된 것은 20세기부터라고 할 수 있다.

앞에서도 살펴보았지만, 오세영 교수는 자유시의 형성과정을 (1) 전통 장르 자체 내의 형태 해체 (2)전통 장르의 상호 침투에 의한 해체 (3)외래적 요소의 영향과 새로운 율격 실험 (4)새로운 정형시의 실험과 그 초월(오세영, 1989;53) 등 네 가지 단계로 나누어 설명하고 있다. 이러한 과정에서 본격적으로 자유시 의식을 가지기 시작한 것은 최남선, 이광수 등이라고 할 수 있다.

육당의 시가는 <소년>지 이전에는 대부분 한시나 약간의 가사, 창가, 시조였는데 비하여, <소년>지의 시는 형태면에서 정형적 율조를 상당히 불식하고 있다. 처음 자유시 의식의 표명은 <소년> 제2권 제1호(1909.1.1.발행)의 <신체시가대모집>이라는 광고에서 소박하게 나마 제시되고 있다. 그 내용이 시 자체의 형식이나 기교는 별로 취하지 아니하고 '광명·순결·강건'할 것을 강조하는 등의 선구자적 정열이나 교훈주의적인 것을 표명하고 있지만, '語數와 句數와 제목은 隨意'(소년, 제2년, 제1권, 1901.1.1)라는 항목에서 보면 형태면에서 전통적인 율조에서 벗어나 자유로운 형식으로 시를 쓰라는 최초의 선언이었다.

육당의 자유시 의식이 작품에 표출된 것은 <소년> 제3년 제2권 (1910.2. 15)에 수록된 <태백산시집>에서 라고 볼 수 있다. <소년>지에 <해에게서 소년에게>(창간호), <신대한소년>(제2년 1권), <구작삼편>(제2년 4권), <꽃두고>(제2년 5권) 등 신체시는 1909년까지만 나타나고 그 이후엔 나타나지 않는다. 반면에 자유시체(혹은 산문시)는 1910년 <소년> 제3년 제2권 이전에는 나타나지 않고 그 이후에만 출현된다.

한편, 최초의 정형률을 파괴한 자유시형의 시를 이광수의 <옥중호걸>(대한흥학보, 9호, 1910.1)로 보기도 하지만(문덕수, 1968, 11;302), 이는 가사체의 음수율을 벗어나자 못한 것이다. 따라서, 정형의 음수율이 파괴되고 자유시 의식으로 형성된 시는 육당의 <소년>지 후기에 들어와서라고 할 수 있다. 물론 이들 시도 가사체를 완전히 벗어나지는 못했지만 행구 구분이 없는 줄글 형태로 전통시가에 맥을 잇대고 있으면서도 근대 산문시 형태와 같은 시형이 배태될 수 있다는 가능성을 보여 준 것이라 하겠다.

즉, 이 시기 육당의 시는 정도의 자유시체를 획득하였으나 그 이후 <뜨거운 피>를 거쳐 점점 장형화되어 <썩긴 소나무>, <녀름 人 구름> 등의 시는 모두 산문시체로 변하였다.

> 혼자 웃뚝,
> 모든 산이 말큼 다 훗훗한 바람에 강복하야
> 녹일 곳은 녹이고 풀릴 것은 풀리니,
> 아지랑이 분 발은 것을 자랑하도다.
> 그만 여전하도다.
> 흰눈의 면류관이나, 굿은 어름의 띠나
> 어대까지던지 얼만큼이던지 오직 「나」!
>
> ——⟨태백산의 사시(四時)⟩의 ⟨춘(春)⟩ 중에서

이러한 자유시체의 산문지향은 육당의 장르의식 결여의 결과로 (정한모, 1974;160-161) 볼 수 있다. 육당의 시가는 창가나 시조로 전통적인 율격을 고수하면서 그의 교훈자적인 정열을 표명하려는 면과 관념성이 산문지향의 자유시체로 나가려는 두 요소를 지니고 있다. 이렇게 육당의 시가는 그 관념성이 강렬함에 따라 대부분 장형화되었고, 결국 찾을 듯했던 자유시의 가능성이 관념성 때문에 산문화하게 되었다. 육당이 자유시체를 완전히 획득하진 못하였지만, 산문지향의 자유시의식이 대두된 요인은 내재적인 요인을 중심으로 하여 외부적 영향이 있었으리라 본다. 즉, 자유시 운동이 일방적인 일본의 자유시 운동과 서구의 문예사조의 유입에 의해서만 이루어진 것이 아니라는 것을 간과해서는 안 된다. 새로운 형태의 작품은 늘 이미 존재하고 있는 작품의 형태에서 착상하게 되며, 그것으로부터 작가는 특별한 형태를 진척시키고, 그 자신의 안목과 목소리를 표현하는 새로운 작품을 만들게 된다. 자유시 운동이 개성의 자기 표현이라고 할 때, 시조의 규범 중시, 정형성, 닫혀진 리듬에 대한 해방의 욕구에 의해서 일어난다고 볼 수 있다.

최남선의 시가 등에서 쉽게 찾아볼 수 있는 자유시 의식의 대두는 그의 내재적 요인으로 전래적인 문학장르인 가사나 사설시조의 영향을 받은 것으로 파악된다. 특히 현실의식으로 시조의 전통적인 미학을 변혁 극복하여 시조의 정형률을 깨고 새로운 가치관에 의해 사설시조가 창작되었던 것(정병욱, 1980;159-160)처럼, 처음부터 음율에 치중했던 육당 역시 개화기에 교훈자적인 입장에서 한국 사회를 계도하려는 현실 의식이 자연스럽게 산문시체를 취할 수 있다고 할 수 있다.

육당이 관념성 때문에 완전한 자유시를 획득하지 못하였지만 산문시 지향은 과도기적 현상으로 간주된다. 이러한 자유시 의식은 내재적 요인을 중심으로 외래적 영향에 의해 이루어졌으리라 판단된다. 내재적 요인으로는 전래의 가사나 사설시조의 영향을 받았을 것이다.

> 사설시조의 자각적 요소가 바로 자유시의 내적 속성으로 보아지는 것이다. 그만큼 自說的인 요소는 타설적인 것과 주기적인 순환이며 잠재적이고 기존적인 자기 요소로서의 내부적인 기반인 것이다. ……사설시조가 형식면에서 평시조의 율격을 따르면서도 無形詩다. 시조가 갖는 장과 구의 배열을 무시했을 때 사설시조와 자유시는 그 형식이 동일하다.(박철희, 1980;59)

한국에 산문시운동이 쉽게 일어날 수 있었던 것은 근세 후반기에 산문정신의 팽창과 서양·일본에서 자유시 운동이 일어남에 따라 사설시조만으로 만족할 수 없었기 때문이다. 사설시조가 파생된 전신 속에는 정형시에서 이탈하여 자유시로 나가려는 시정신이 충분히 내포되어 있었기 때문에 외부적 조건을 용이하게 이 내적 조건과 조화시킬 수 있었던 것이다(조윤제, 1970;445-446). 결국, 사설시조는 산문문학의 발달과 그 세력 때문에 급격히 쇠퇴하고 말았지만 그 다음에 올 자유시의 기초를 닦게 해준 내적 배경이 되었다(박철희, 1980;58). 그리고 사설시조에 서 산문성이 근대 내지 그에 조금 앞서는 시대의 지배적인 문학장르였고 조선시대 가사 이래 그 같은 산문성이 한국시사의 미학적 기반이었던 것(김열규, 1976;37)은 중요한 사실이다.

육당의 자유시 의식은 내재적 요인과 함께 일본을 통한 서구의 새로운 시형의 영향에서도 찾아 볼 수 있다. <소년>지는 "서구 문화에의 안목을 돌리게 한 최초의 시도이며 신화에의 동경이 바로 서구문화에의 수용이었다. 특히 시에 있어서도 서구적 형태의 시에 눈을 돌리고 그것을 모방 이입해 보고자 하는 의도적인 노력이 <소년>지의 편집 태도에서 여실히 드러나고 있으므로"(최원규, 1982.6;346) 서구시의 영향을 받은 것은 분명하다. <소년>지는 초기부터 <아메리카 합중국국가>, <正말 건설자> 등의 자유시체 번역작품이 실려 있는 것으로 보아 최남선의 시가 어느 정도의 서구적인 영향을 받았다고 보며, 일반적으로 최초의 신체시라 일컫는 <해에게서 소년에게>도 바이런의 <대양>과 비교하여 유사점이 지적되고 있는 것(이창배, 1980. 최원규, 1982.6. 이재호, 1968 등)으로 보아 알 수 있다. 이는 바이런 등의 영·미 낭만파시의 重譯過

程의 영향을 말해주는 것이다. 그러나, 육당의 자유시 의식은 스스로 한계에 의하여 <소년>지 이후에는 나타나지 않았다. 결국 육당의 시는 자유시와 같은 새로운 형식을 보여 주었지만 근본적인 시의식의 부족으로 시형이 발전되지 못하고 말았다.

한편, 자유시에 대하여 자각하고 쓴 것은 아니지만 춘원은 <문학이란 何오>(매일신보, 1916.9)에서 시에 대한 견해를 밝히고 있다. 이 글에서 특이한 것은 시에 있어서 音律의식을 보여준 점이다.

> 산문을 "읽는 것"이라 하면, 시는 "읊는 것"이라 할지니 그 내용으로 관하건대, 산문은 인생의 일방향 혹은 작자의 상상력의 세계를 여실하게 描出하여 …… 시는 작자가 인생의 일방면 또는 자기의 상상내의 세계 중에서 엄히 흥미 有한 자를 선출하여 운율 좋은 언어로 此를 묘출하여 독자로 하여금 嗟영탄케 하는 것이요, 형식으로 논하건대, 一, 운을 押할 것, 二, 平 을 排烈할 것이니, 此는 실로 시인이 感을 엄히 유력하게 독자에게 전하기 위하여 언어에 自然한 곡조가 生하게 하려는 방편이다.

이 글은 문학의 전반에 대하여 11항목으로 나누어 쓴 <문학이란 何오> 중 '문학의 종류'항에서 언급된 내용이다. 춘원은 시의 내용면 보다도 형식, 특히 시의 본질을 음악성에 두었다. 즉 시인의 감정을 효과적으로 독자에게 전달하기 위해서 언어에는 자연스러운 곡조가 있어야 하고 영탄적 내용이어야 하며 이를 위해서는 압운과 평측을 시도해 보자는 내용이다. 또한 이 글에서 '압운'의 문제점은 서양시, 한시와는 달리 사용하기 어렵고, 대신하여 운과 효력이 상등한 '響'을 사용하자고 제안하고 있다. '響'의 의미에 대해서는 그의 문학론인 <시조>에서 "우리가 흔히 '향'이라고 일컫는 調의 色은 음질과 단어에서 生함이 많다"고 해명하고 있다. 즉 '향'의 개념은 음률과 의미의 적절한 조화로운 표현을 위한 음성학적 방법론의 모색으로 보여진다. 일반적으로 음률이란 시에 나타나는 말소리 및 말뜻을 배열하는 양식이다. 시는 언어의 의미론적 긴장과 통합이요 운율론적 체계의 조직적 현상이다. 그러므로 말은 소리의 단위일 뿐만 아니라 의미의 단어이기도 하다. 따라서 운율은 그 자체의 독자성을 가지고 있는 것이 아니라 말뜻과 결합될 때 그 기능이 발휘된다.

이렇게 볼 때 춘원이 이러한 운율론을 인식하고 쓴 것은 아니겠지만 '향'의 개념을 운율과 의미의 적절한 결합으로 파악한 것은 놀라운 일이다. 이러한 춘원의 시운율에 대한 의식은 1918년 이후 <태서문예신보> 등을 통한 상징주의 시론과 함께 대두되는 김억, 황석우의 운율론이나 1920년대 주요한, 김소월 등의 시에서 발견되는 시의 운율론과 무관하지 않다는 가정을 가능케 한다.

그러나 개인의 정서가 표상되어 나타난 자유시는 김억에서 부터다. 김억은 1914년 <돌샘>이라는 필명으로 <학지광>에 <이별>이라는 시를 발표하고, 이어서 <학지광> 제5호(1915, 5, 2)에 <夜半>, <나의 적은 새야> 2편의 자유시와 함께 '산문시'라는 명칭이 달린 <밤과 나>를 발표하고 있다. 이 시들은 최남선의 산문체 시에서 보여준 논리적 목적 의식을 완전히 불식하고, 밤을 통한 죽음과 삶의 이율배반적인 공포, 적막감 등을 표현하고 있다. 이러한 김억의 초기 시에 대하여 한계전 교수는 프랑스 상징주의 시와 무관하게 러시아 시인 투르게네프의 영향으로 이루어졌다고 단정하고 있으나, 러시아의 산문시 영향보다는 바이런, 오스카 와일드 등의 낭만시와 프랑스 상징주의 영향으로 이루어졌다고 생각된다.

①지금으로 보면 열하고도 2,3년전이겠지요. 그때에 동경에서 첨으로 <학지광>이라는 것이 학우회의 기관이 되야 세상에 나왓습니다. <이별>이라는 시 한 편을 그때에 발표하엿습니다. 그것을 지금 무엇이라고 싸잡어 말할 수는 업스나 엇재든지 그때에는 바아론과 오스카 외일드를 제일 애독하든 시대엿음으로 아마 그 <이별>이라는 되지도 안이한 시에는 바이론의 내암새가라고 하는 것보다도 모방이 만핫을 듯합니다. (김억, 1925.3.1)

②그러기에, 순간순간의 생활은 회한이며, 悲愁며, 暗悶이며, 추구적 추회적 쓴 표정을 맛보는 불안이리라.(김억, 1916.9.4)

①글에서 보듯 김억의 <이별>은 바이런, 오스카 와일드 등의 낭만시의 심취 결과로 볼 수 있다. 또한 김억의 <야반>, <밤과 나> 등의 시는 ②에서 보는 바와 같이 회한, 비수, 암민 등의 내용과 일치한다. 이렇게 볼 때 김억의 시가 낭만주의 혹은 프랑스 상징주의의 영향을 더 받았을 것으로 보아지며, 그후 <태서문예신보>에서 산문시가 프랑스 상징주의에서 온 것으로 파악하고 있어서 (김억, 1918.12) 더욱 분명해진다.

한편, 산문시는 <태서문예신보>에 오면 자유시와 장르상의 혼류를 보인다. 백대진의 <뉘우침>(4호, 1918.10.26), 김억의 <밋으라>(5호, 1918.11.2), 해몽의 <우리 아버지 선물>(6호, 1918.11.9) 등의 시는 모두 '산문시'라는 표제가 붙어있다. 그러나 이들은 행구분이 분명한 자유시의 구조를 지니고 있다. 이는 김억이 <프랑스 시단

(2)>에서 "모든 제약, 유형적 율격을 바리고 미묘한 언어의 음악으로 직접, 시인의 내부 생명을 표현하랴하는 산문시다."라고 산문시의 개념을 잘못 파악한 결과라고 보인다.

<태서문예신보> 초기에 산문시의 구조가 자유시로 변환되고 자유시론의 소개와 더불어 장르상의 혼류를 가져오게 되며 산문시 장르가 자유시와 밀접한 관계를 갖게 된다(한계전, 1983;20). 물론 김억이 상징시, 산문시, 자유시가 동일한 것으로 파악한 장르의식의 결여에도 문제가 있겠지만 '산문시'라는 명칭이 붙은 것은 편집자의 의도에서 기인한 것일 수도 있다.

이상과 같이 한국 근대시는 내재적 요구로서 전통적 사설시조의 산문성을 취하면서, 일본을 거쳐 들어온 서구시의 수용으로 자유시의 한 공간을 확보하였다. 그러나 이러한 시의식이 역사의식의 결여 상태로 이행되었기 때문에 당시의 시인들은 전통시를 중심으로 하여 자유시의 개념을 이해하지 못하고 서구적 자유시의 형태에 집착했던 것이다.

나. 초창기 서구 시론의 수용

개화기 일본에 유학하여 서양문물을 접한 육당이나 춘원은 공리적 계몽문학의 형태에서 벗어나지 못했지만 1910년대 한국 문학을 담당하였고, 1910년대 동경에 유학을 했던 김억, 황석우, 주요한 등에 의해 1920년 전후로 해서 서구적 자유시가 형성되었다. 자유시 형성의 주역들이 모두 일본 유학생이었다는 것만으로 미루어 보아도 한국의 초창기 시단은 시뿐만 아니라 시론에서도 일본 및 서구의 영향을 상당히 받았음이 분명하다.

1910년대 중반기 이후 서구시와 이론에 관심을 표명한 글이 몇 편 있으나, 이들은 초창기 한국문단에 중요한 위치가 되지 못했다. 이 글들 중에서 주목할 것은 백대진의 <二十世紀初頭歐洲諸文學家를 追憶함>(신세계, 7호, 1916.5)과 김억의 <要求와 悔恨>(학지광, 10호, 1916.9)이다.

백대진은 그의 글에서 1910년 이후 상징주의는 비관주의로부터 낙관주의로 옮겨가게 되었다는 사실과 앙리드레니도 20세기초 유럽시단을 풍미한 상징시와 자유시의 태두이며, 초기 상징주의 시풍이 후기에는 신고전주의로 옮겨가 완벽한 예술성의 추구자였다고 소개하고 있다. 이에 한계전 교수는 '상징주의의 자향하는 바가 예술의 균일미와 통일성을 추구하는 신고전주의의 특성을 지녔다면, 백대진의 상징주의 해설은 이 점을 명확히 소개하고 있으며,' '데카당스로부터 상징주의로의 전환이 비관주의로부터 낙관주의로의 전환을 의미한다는 진술은 처음부터 백대진이 상징주의의 요체를 깨닫고 있었다는 사실과 직결된다,'(한계전, 1983;14-15)고 언급하고 있다. 그러나 이 분야에 뚜렷한 존재가 못되는 앙드레 퐁떼나스를 '상징시인 중의 상징시인'이라고 못박고, 알벨 못켈이 유수의 시인이며 동시에 희대의 비평가하고 한 점이나 고유명사 표기에서 잘못이 많은 점으로 보아 백대진이 나름대로 외국 시를 공부한 결과가 아니며, 일본에서 나온 유사한 글을 우리말로 바꾸었을 가능성이 크다는 지적(김용직, 1983;472)이 타당하게 보인다.

김억은 백대진과 양상이 다르게 이 글에서 프랑스 상징주의를 소개하고 있는데 베르렌느와 보들레르를 중심으로 하고 있다.

그러기에 순간순간의 생활은 회한이며, 悲愁며, 暗悶이며,

追求的 追懷的 쓴 심정을 맛보는 불안이리라. 뽈 베르렌느의
심정이며, 샤를르 보들레르의 심정이 이것에 밧하지 아니하는
바 – 베를네느의 뉘우침, 어린 아희같은 참회의 아픈 참 눈물
이며, 보들레르의 인공적 향락을 무리로 하게 되는 것도 할 수
없는 – 구하여 구하여 말지 아니하며, 요구에 – 선과 眞神과
를 찾다가 못 찾아 비애를 맛보는 심정에 밧하지 아니하며, 순
간순간의 아픈 뉘우침에 열렬한 동경에 찌르는 듯한 비통에
모든 것을 잊어버릴 듯한 思惱며, 소극적의 안위를 얻기 위해
그날그날을 무리로 위로하며, 선과 진신을 보려는 참 심정의
기록을 우리에게 보여 준 것이 아니고 무엇이리오.

이 글에서 '悔恨' '悲愁, 暗悶의 心情', '뉘우침, 懺悔의 아픈 참
눈물' 등을 베르렌느의 속성으로, '인공적 향락' '아픈 뉘우침' '悲
病'에 '초극적 안위를 얻기 위해 그날그날 무리하게 위로하며, 선
과 진실을 보려는 참심정의 기록을 우리에게 보여주는' 것이 보들
레르의 속성으로 파악하고 있다. 그러나 이러한 상징주의 시인에
대한 이해는 심정적 차원에서 설명하는 데서 그치고 있다. 베르렌
느 시의 핵심은 "순수한 리듬으로 시의 음악성과 암시의 미학을
실천한" 것인데, 이에 대한 언급이 없는 것으로 보아 상징주의 시
인에 대한 정확한 이해가 없었던 것으로 여겨진다. 이 글에서 김
억은 보들레르의 <惡의 꽃>, 베르렌느의 <슬기>, <말없는 로맨스>
등을 보기로 들고 말미에 베르렌느의 시 <내 가삼에 나리는 비>
를 우리말로 옮겨 놓고 있다.

이렇게 수용하기 시작한 상징주의는 <태서문예신보>의 <불란셔
문단(佛蘭西文壇)>(백대진)과 <프랑스 시단>(김억)에서 본격적으로
소개된다. 백대진은 이 글에서 상징주의의 개념을 "개인주의의 예
술적 출현이며 동시에 자연주의를 물리친 리상주의"라고 소개하고

있는데, 단편적이며 피상적이다. 비교적 본격적인 상징주의에 대한 소개는 김억에 의해서 이루어졌다. 김억의 <프랑스 시단>은 <태서문예신보> 제10, 11호에 연재되고 있는데, 10호는 데카당스를 중심으로 11호는 상징파 시의 속성과 경향을 다루고 있다.

제10호에서는, 고답파에 반발하고 나선 데카당스와 그 명칭의 유래, 심볼리스, 자유시파 운동의 전개, 보들레르를 '로만티큐(Romantigue)의 최후자이며 갓흔 때에 근대 신비상징파의 선구자이며 따라서 시조였다'고 설명하고 있다. 그러나 보들레르에 대한 설명은 더 이상 없고, 데카당스에 대한 개념을 '思想과 混沌과 頹亡,' '사람과 물건과 함께 살아가는 陰愁(l'ennuide vivre avec les et qens dans les choses)에 죽을 슈도 살 슈도 없는, 또는 도망하랴도 도망할 수 없는 悲愁"라고 정의하고 있다. 나름대로 '데카당스'의 본질을 밝히는 등 상세한 해설을 하고 있다.

다음 11호에서는 상징주의에 대하여 설명하고 있다.

象徵主義란 무엇인가? 상징파 시인들을 잡기 어려운 이해를 뛰여나는 신비적 해답을 우리에게 제공한다만은 그 가장 올흔 해답은 아마 간단한 듯하다. 즉 '기술을 말하라, 다만 암시' 그것인 듯하다. 상징은 신비의 煥意라고도 생각할 슈 잇다.……
상징파 시가의 특색은 의미에 잇지 아니하고, 언어에 있다. 다시 말하면 음악과 같이 神經에 닷치는 음향의 刺戟 — 그것이 시가이다. 그러기에 이 점에서는 「官能의 藝術」이다. 刹那刹那에 자극, 感動되는 정조의 음률 그것이 상징파의 시가이기 때문에 자연 朦朧이 안될 슈 업다. 베르렌의 유명한 「作詩法」(Art poetique)의 주장이 그것이다. 림보(Arthur Rimbaud)의 母音詩와 갓은 것은 음악적 章句이며, 동시에 상징파시의 극치이다.(김억, 1918.12.14)

상징파 시의 특징을 ①기술이 아니고 암시하는 것, ②의미에 있지 않고 언어에 그 특색이 있으며, ③음악과 같이 신경에 닫치는 음향의 자극이라고 이해하고 있다. 이러한 상징시에 대한 이해는 초보적인 수준이라 할 수 있다. 다음과 같은 상징주의에 대한 해설문을 인용하여 비교해 보면 그것이 쉽게 드러날 것이다.

> 문학에 있어서 상징주의는 현실적으로 낙관론을 표명했던 자연주의·실증주의·과학만능 사상에 대항하여 이상과 본질의 실재성을 추구한 문학이고, 현상과 본질간의 조화로운 통일을 실현하기 위해서 상징체계를 새롭게 구성한 직관의 문학이며, 시의 본질이 무엇인가를 천착하면서 순수시의 절대성을 발견한 문학이라고 할 수 있을 것이다. 다음으로 미학에 있어서 상징주의는 언어의 독자성에 도달해 있는 시어를 통하여 음악의 상태에서 포착되는 우주의 질서와 조화를 현상과의 긴밀한 관계에서 실현하고자 했고, 영혼의 상태에서 현현하는 현상미에 <관념>. 원형. 원리를 부여하고자 했고, 이와같은 <지고미>와 <관념>을 시로 표상하기 위하여 상징. 암시. 유추의 이론을 확립하면서 <교응>의 미학을 구축한 한 마디로 말해 상징주의는 <지고미를 향한 인간적인 갈망>을 순수시로 표현하고자 했다.(김기봉, 1980; 66)

김억은 이상과 같이 상징주의가 '언어를 통하여 음악의 세계에서 포착되는 우주의 질서와 조화를 현상과 긴밀한 관계로서 실현하고자' 한 것과 '<지고미>와 <관념>을 시로 표상하기 위하여 상징·암시·유추의 이론을 확립하면서 <교응>의 미학을 구축한' 것과, 혹은 <가을의 노래>, <은색의 달>, 랭보의 <母音>을 들어

상징주의의 음악성을 강조하고 있다. 이렇게 시에 대한 리듬의식에 눈을 뜨게 된 것은 한국 근대시 형성에 매우 중요한 일이 아닐 수 없다. 그러나 상징주의 시인들이 추구한 음악성의 상태란, ①<관념>과 <지고미>가 조화로운 통일을 이루고 있는 ②<신비로운 현실>에 도달하는 어떤 신비성과 주술성이 실현될 수 있는 ③현상 속에서 본질에로의 초월이 가능한 이를테면 직관에 의해 우주적인 <교응>이 작동되고 지극히 고양되는 상태라고 볼 때, 김억이 이해한 음악성과는 거리가 있다.

초창기 한국 근대 시단에서 상징주의 시론의 수용은 상징을 통한 형상화라는 최초의 시도가 신체시의 전근대성으로부터 근대에로의 이입과정에서 확연한 구분을 지어주고 있다. 노래를 통한 직설적인 심경의 토로를 벗어나 시에서의 언어의 직능을 인식하게 되었다. 우리 문단에 이입된 상징주의는 대부분 데카당스적인 것인데 주로 일본을 중개자로 하여 수용되었다. 그것은 그 당시가 식민지 상황하였기 때문이기 보다 퇴폐적인 풍조가 유행하던 일본문단의 문학을 그대로 받아들였기 때문이다.

> 일본은 당시 辛德事件(일명 大逆事件;1910.5)으로 인해 정부의 사상 탄압이 심해지자 자연주의를 표방하던 문학자들이 가위 눌려 자신들의 좁은 주위 안으로 시야를 한정시키려고 하였고 (奧野健男, 日本文學史, p.67), 그 후도 계속해서 米價의 騰貴, 영세민의 궁핍, 동경 시내의 폭동과 함께 대외적으로 第一次 세계대전이 일어나는 혼동과 불안기에 처해 퇴폐, 우울 풍조의 문학이 성행했다. (中村光夫, 日本近代小說, pp.224-229) (박호영, 1978; 67-68 재인용)

이러한 문학적 풍토에서 유학한 김억, 황석우, 주요한 등은 이들을 비판적으로 받아들이지 않았다. 따라서, 한국 초창기 문단은 프랑스에서 퍼져나가 일본 시단에 풍미했던 상징주의를 근대적 문학의식의 자각에서 받아들이지 못했다. 한국 근대시 형성의 담당자들은 우리의 기존 문학 유산을 지양하였고, 그 이전의 유교적 인습과 전통적 사고에 불만을 일으켰으며, 특히 육당과 춘원의 계몽적 목적에 의한 시가에 반발을 하면서 시대 의식과 한국문학의 방향의식마저 상실했다. 그러므로 그 당시 시인들은 서구 문학을 수용하여 소화, 자기화 할 여유도 갖지 못한 채 밀려드는 상징파 시와 이론을 모방하기에 급급했다. 더구나 우리의 전통적인 문학 양식은 이론적으로 체계화된 것이라기보다 자연발생적인 면이 짙기 때문에 이러한 서구문예사조에 대처할 만한 이론적 무장이 없었다. 이러한 상황에서 서구의 상징주의는 역사적 조건과 맞아 떨어져 우리 시의 이론적 근거로 쉽게 받아들일 수 있었다.

그럼에도 불구하고 이러한 상징주의 이론의 수용은 새로운 형태의 시를 모색하던 한국시단에 새로운 방법론으로 제시되었으며, 한국 근대시의 폭을 확산시켰다.

다. 자유시와 운율의 인식

한국 근대 자유시를 형성시킨 주역은 김억, 주요한, 황석우 등인데, 특히 김억에 의하여 언어의 음악으로서 자유시의 개념이 이 땅에 본격적으로 소개되었다.

자유시는 일정한 형식을 가지지 않고 내재적 운율과 諧調만을 중요시하는 서양적 개념에 의한 시형식이다. 자유시는 19세기 美

詩人 휘트먼(W.Whitman)에서 시작되어 1880년 이후로 프랑스의 상징파 시인들의 시험을 거쳐 발전했다. 그리고 전통적인 정형적 리듬을 벗어나, 소위 연상률에 의한 근간을 둔 시로서 의미심장한 어귀나 이미지, 패턴 등 여러 가지 변화를 일으켜서 반복되는 불규칙적인 리듬이 가락으로 이루어진다(A.Preminger, 1965;288). 자유시는 정형시가 지닌 외적인 규칙이 없이 시인 자신의 자유로운 표현의 시다. 그러나 리듬에서 완전히 떠나는 것이 아니라 오히려 내재율을 형성해야 하는 자기규제를 안고 있다. 자유시와 산문시는 정형시가 가지는 운문형식의 구속에서 벗어나 자유로운 시인의 호흡을 기록하려는 산문정신에 바탕을 두고 있다.

자유시는 문장 형식으로 보아 정형시에서 변형된 것으로 볼 수 있다. 우리 근대 자유시 형성은 시조가 후대에 엇시조나 사설시조로 변하여 자유시형에 가까운 형태로 발전되었던 것과 같이, 서구시 형태를 직접적으로 모방했다해도 정형성을 탈피하고자 하는 산문정신의 지속 위에서 이루어졌다고 할 수 있다. 자생적 요소위에 서구시의 이입으로 이루어진 한국 근대 자유시의 형성의 근거가 되는 시이론은 대부분 리듬에 관한 것이다.

1910년대 말 자유시론은 김억의 <시형의 음률과 호흡>(태서문예신보, 제 14호, 1919. 1. 12), 황석우의 <詩話>(매일신보, 1919. 9. 20)와 <조선시단의 발족점과 자유시>(매일신보, 1919. 11. 10) 등이 있다. 이러한 이론의 관심의 초점은 대부분 리듬에 관한 것이었다. 물론 이는 시형식과 리듬과는 직접적인 상관관계가 있기 때문일 것이다. 이들 시론 이전에 발표된 김억의 <프랑스 시단(二)>(태서문예신보 11호, 1918.12.14.)에서도 자유시의 리듬에 대해 관심을 보이고 있다.

　　재래의 시형과 定規를 무시하고 자유자재로 사상의 微韻을
잡으랴하는 - 다시 말하면 平仄이라든가 押韻이라든가를 중시
치 안이하고 모든 제약, 유형적 율격을 바리고 미묘한 '언어의
음악'으로 직접, 시인의 내부 생명을 표현하라는 산문시다.

　　이는 자유시가 단순히 관습적인 시의 규범을 타파하는데 그치
지 않고 리듬을 자유화시킴으로써 '시인의 내부 생명' 즉, 시인의
영혼을 표현한다는 상징주의 시론에 입각한 자유시에 대한 이해
라고 할 수 있다.

　　시는 리듬으로 이루어지는 언어예술이라고 하며 또는, 언어의
운율적 창조라고 한다. 리듬은 일반적으로 운동의 시간적 경과에
서 같은 요소의 규칙적 반복을 말하며 외면적 규칙적 반복이 아니
라 내면적 유기적 질서를 나타낸다. 시에서 리듬의 요소는 연속되
는 율격의 흐름, 이상적인 규범에서의 일탈, 단어와 음보의 경계
사이의 관계, 율격군에 대한 통사군 및 休止의 관계, 문법적 요소
들, 단어의 배열, 통사적 긴장, 소리나 의미들의 반복과 병치 등이
다. 시의 안의 모든 것들이 리듬의 형상화에 관여한다. 시 안에 씌
어진 언어들의 복합차원적인 구성 뿐만 아니라 장조, 분위기, 에
토스, 긴장 등 은연 중에 일어나는 전체 양상의 리듬이다. 그러나
이러한 모든 요소들은 시의 리듬으로 실현되는 것이 아니다. 시에
서 리듬은 의미와의 관계를 가지고 있다. 시인은 보편적 리듬으로
부터 독자적인 리듬의 발견을 위하여 내부적 생명으로서의 리듬
을 모색한다. 자유시에로의 발전은 필연 외부의 形骸에다가 육체
를 부여하고 육체의 맥박은 그대로 내부의 리듬을 형성하게 된 것
이다. 시는 여타의 예술양식과 같이 이렇듯 모든 존재성의 리듬을

파악하는데서 그 존재이유를 갖고 있으며 이러한 리듬을 작품 구성에 구현하고 있는 것이다(정한모, 시론;27). 따라서 시의 리듬은 의미와 분리하여 생각할 수 없으며 시인이 갖고 있는 리듬은 인간의 내적 원리라고 할 수 있다. 시는 리듬의 언어로 이루어지는 언어예술이며 또는 언어의 운율적 창조, 미의 운율적 창조라고도 할 수 있다. 그러므로 자유시가 우선 리듬에 관심이 집중되는 것은 당연하다 하겠다.

김억의 <시형의 음률과 호흡>은 시의 리듬과 호흡에 관한 짤막한 글이지만, 그 당시 시의 리듬에 관한 글 중에서 가장 중요한 것이다. 김억은 이 글에서 '예술은 정신 또는 산물', '정신(심령)과 육체의 조화의 표현'을 예술작품으로 생각하고 있다. 그리고 '시라는 것은 찰나의 생명을 찰나에 느끼게 하는 예술'이기 때문에 '찰나에 느끼는 충동이 사람마다 다르며' 민족 사이에도 공통적 조화의 차이에 따라 다르다는 개인적 藝術相異論과 민족문학간의 개별성과 특수성을 주장하고 있다. 이어서 개인마다 호흡과 고동의 장단이 있듯이 개인마다 독특한 문체와 어체를 갖는다고 주장한다. 또한 시를 '맘이 육체의 조화인 이상에는 그 문장도 그 조화를 구체화된 것'으로 생각하며 모든 시인은 각자 자기의 호흡에 맞는 시형을 찾아야 한다는 자유시론을 주장하면서, 시의 리듬을 강조하고 있다.

> 내부와 외부의 생활이 달은 것만큼 呼吸과 鼓動도 달나지요. 심하게 말하면 혈액 돌아가 힘과 심장의 고동에 말미야셔도 시의 음율을 좌우하게 될 것임은 분명합니다. 여러말 할 없시 말하면 인격은 육체의 힘의 조화고요, 그 육체의 한 힘, 즉 호흡은 시의 음율을 형성하는 것이겟지요. 그러기에 단순한 보

다 더 詩味를 주는 것이요, 음악적 되는 것도 또한 할 슈는 업
는 한아한아의 호흡을 잘 언어 또는 문자로 조화식힌 까닭이
겠지요. 시에 음악이 들어오게 된 것은 말하면 여러 가지 되겠
지요. 음악은 驚異의 예술의 극치라고 하는 말도 드럿습니
다.……시는 시인 자기의 주관에 맛길 때 비로소 시가의 미와
음율이 생기지요. 다시 말하면 시인의 정신과 심령의 산물인
절대가치를 가진 시 될 것이오. 시형으로의 음율과 호흡이 이
에 문제가 되는 듯 합니다. (김억, 1919.1.13)

시의 운율을 호흡과 고동으로 파악하여, 시는 시인의 주관에 의
해 미와 음율이 형성되며, 시인의 호흡과 고동을 바탕으로 한 음
율의 시가 절대가치를 지닌다고 설명하고 있다. 이에 대하여 정한
모 교수는 '시의 운율을 시인의 생명의 육화된 조화상태로 보는
견해는 자유시의 정곡을 찌른 것'(정한모, 1974;289)이라고 언급하
고 있다. 이러한 리듬의식의 발상에 대하여, 한계전 교수는 19세
기말 자유시 운동의 열렬한 주창자인 G. 칸의 頭韻, 리듬, 시행 등
의 자유시 이론에서 김억이 직접적으로 영향을 받지 않았다고 지
적하고 있다. 즉 김억의 리듬의식은 1914년 일본에서의 자유시론
인 주로 밴스 톰슨의 영향을 받은 복부가향의 <리듬론>과 곧이어
같은 해 4월 <태양>지에 上田敏이 프랑스 후기 상징주의 시인인
폴 크로델의 <호흡률>(Verset)을 소개하면서 리듬과 호흡에 대한
문제를 제기한 데에서 영향을 받았다는 것이다(한계전, 1981;
25-29). 또한 김억의 시의 음악성 강조는 시의 음악성을 강조하고
있는 베르렌느의 <시작법>을 번역하면서도 영향을 받았으리라 짐
작된다. 김억에게서 호흡률은 유일한 그의 자유시론이었지만, 후
일 그의 글에서 운율에 대한 인식이 잘못되었음이 드러나기 때문

에 직접적인 노력에 의한 운율론의 완전한 소화에서 출발하지 못했음을 알 수 있다.

김억의 운율론과 궤를 같이하고 있는 황석우의 시론에서도 시의 음악성을 강조하고 있다.

시에는 '靈律'한 맛이 잇슬 뿐이다. 기교라 함은 결구 '영율의 정돈'에 不外하다.……시는 회화적 요소와 공히 음악적 요소와의 情을 把握한 예술일다. 그럼으로 '음향'의 절제세련이 시의 가장 緊要한 工夫일다. '음향'은 시란 산 인격의 호흡 그 맥의 고동일다. 그것이 보통시의 음성율이라는 흐늣者이다.(황석우, 1919.9.22, 10.13)

시에서 '영율' 즉 시의 기교는 '영율의 정돈'이라 주장한다. 이 글에서 어느 정도는 근대시의 특질의 하나인 회화성을 수용하고 있지만, 결국은 영율에 귀착된다. '영율' 즉 '음악'이 시라는 산 인격의 호흡 그 맥의 고동이라는 주장은 김억의 운율론과 일치한다.

이러한 자유시에 대한 윤율인식은 양주동의 <시란 엇더한 것인가>(금성 2호, 1924, 1, 25), <시와 운율>(금성 3호, 1924, 5, 24), <구상과 표현>, <문예공론, 2호, 1929.6.10), 김억의 <작시법>(조선문단, 1925, 4~10월호 연재), 김기진의 <시가의 음악적 방향>(조선문단, 제 11호, 1925, 8, 20) 등에서 연속적으로 나타난다.

①시란 우리 사람의 자연이나 인생에 대하여 늣긴 바 정서를 개성과 상상을 통하야 가장 단순하고 솔직하게 음율적 언어로 표현한 것이 올시다. …… 원래 사람의 激動에서 울어나오는 소리는 필연적으로 엇더한 음율적 언어가 될 것이외다. 시의 음악적 요소- 이것이 즉, 소위 리듬(rhythm 音調)이라는 것

이 올시다. 리듬이란 요컨데 시의 숨결이외다. 감정의 활동이 외다.(양주동, 1924.1.25)

②자유시는 음수율의 제한을 타파한 것이다.……음수율 대신되는 것은 무엇이냐 하면 그것은 즉 다음에 말하려는 내용적 운율(혹은 내용율, 내재율, 心律)입니다. 형식운율이 傳習的, 형식적 음율임에 반하여, 내용운율은 개성적, 내용적 임니다. 내용율은 곳 시인 그 사람의 호흡이오 생명임니다.(양주동, 1924.5.24)

③인생의 감정이 언어에 표현되야 언어로 생기는 여러 가지 변화와 그것을 조화하는 형식이 리듬입니다. ……서양의 고정된 형식미의 시형이 근대에 와서 쓰여지고 시인의 자유분방한 감정의 내재 '리듬'을 그대로 표현하는 자유시가 잇음과 마찬가지로 ……이러한 내적 요구에 지나지 아니합니다.(김억, 1925.8)

④자유시가 일개의 시일진대 거기에는 반다시 음악적 요소가 다소간 함축되어 잇지아니 하면 아니된다고 나는 생각하고 잇다. ……시가가 순전한 언어예술인 이상에는 적어도 시적 리듬이 업어서는 안된다. 아모리 리듬없는 조선말이라 하더라도 그 발음이 잇는 이상 문자의 배열에서는 일어나는 호흡 또는 색향, 리듬이 업다고 말할 수 업슴으로 그 호흡, 색향, 리듬이 잇지 안고서는 시가라 할 수 업다.-할 뿐이다.(김기진, 1925.8)

⑤그 결과 구속된 운문에서 자유롭은 산문으로 해방되야 자유시라는 것이 생기음니다. 한마디로 말하면 자유시라고 하여도 엄정한 의미로 보아 내재율은 닛서 시인마다 자유롭은 것임니다.(김억, 1925.10)

⑥원래 시란 음악과 산문의 중간 영역에 속하는 예술인만치 음조와 언어 다시 말하면 그 리듬이 잇서야 하는 동시에 그 내적 의의가 잇어야 할 것이오, 결코 한편으로 치우쳐서는 안 될 것입니다.(양주동, 1929.6.10)

위 글 ①에서는 시의 숨결이 음악성이라는 점을 강조하고 있고, ②에서는 운율에 의한 형식적 특색을 '형식운율'과 '내용운율'로 나누어 논하고 있다. 형식운율을 '전습적, 형식적'인 것으로 파악하고 있는데, 이는 시의 정형성을 의미하며, 내용운율은 자유시의 개성적 내재율을 의미한다. 그리고 이 글에서 제약적인 형식운율은 현대인의 복잡한 사상이나 정서를 자유롭게 표현할 수 없기 때문에 생긴 자유시는 내용운율의 기록으로 파악하고 있다. '전통적, 제약적인 형식운율을 파기하고 내적 정서를 자유롭게 표현하려는 의욕이 바로 자유시를 대두케 한 요인'(김학동, 1981;88)이라고 볼 때, 자유시의 운율을 내용운율로 파악한 것은 리듬에 대한 정확한 인식이라 할 수 있다. ③은 ①, ②보다 약 5년의 거리를 두고 있음에도 불구하고 역시 시의 요소로서 운률을 강조하고 있다. 이러한 양주동의 이론은 김억의 시론과 일치하는 부분이 많다.

④, ⑤의 글은 김억이 이미 5, 6년전에 발표했거나 표명한 여러 내용들을 종합한 느낌을 주는 내용의 <시작법>이다. 그는 자유시의 본질을 리듬으로 규정하여, 리듬은 감정과 그것을 표현하는 언어와의 조화하는 형식이라 보고 있고, 또한 자유시의 발생요인을 구속된 운문에서 산문으로 해방되는 과정에서 내적요구로 파악하고 있다. 운율이란 언어의 의미론적 긴장과 통합이요 음운론적 체계의 조직적 현상이다. 그러므로 말은 소리의 단위일 뿐만 아니라

의미의 단어이기도 하다. 따라서 김억이 자유시의 본질을 시인의 자유로운 감정의 내적 리듬의 표현으로 파악한 것은 적절하다. ⑥은 김기진의 글로 자유시의 운율 즉, 내재율을 강조하고 있다. 시가가 언어예술이므로 시적 리듬을 가져야 하며, 리듬이 없는 우리말에도 배열에서 일어나는 호흡, 색향, 리듬을 배열하면 우리의 자유시에서도 음악적 효과를 거둘 수 있다는 것이다.

이처럼 자유시의 본질을 운율로 파악하면서 이러한 이론적 근거를 작품평에도 활용하였다. 이는 김억과 논쟁을 일으킨 박종화의 <문단 일년을 추억하야>(개벽, 31호, 1923.1)와 김억의 <시단의 일년>(개벽, 42호, 1923.12.1) 등에서 볼 수 있다.

박종화는 이 글에서 "안서씨의 <대동강>(개벽, 25호)이라는 여섯편의 시는 서정의 노래이엇스나 사람으로 하야금 앗질한 法悅 속에 醉케 할 만한 무드가 업스며…… 諧調된 멜로듸 새일 틈업는 향토정조의 표현 또 가슴 무여지는 느껴 떠는 듯한 리듬 가장 맘에 드는 시이엇다."고 소박하게 심정적 차원에서 작품을 평하고 있다. 김억은 頌兒의 시 <산보>, <녀름달>, <흰꽃>, <손님> 등을 유미하고도 고운 휴먼의 색채가 가득한 작품으로 시혼과 정서, 리듬과 기교가 조화로운 시편이라고 평가하고 있다. 이어서 노작 홍사용의 시 <그것은 모다 꿈이엇지마는>, <나는 왕이로소이다>를 두고 이 시의 시혼과 정조와 리듬이 합창하여 춤을 추는 듯하다고 하였다. 또한 회월의 시 <승려>, <祈願>, <월광으로 짠 房안>에 대하여 세기말적 정조가 있고 육체를 죽이고 영만 살라는 그런 열렬한 시혼의 표백함에서 정조와 리듬의 기교가 없다고 평하고 있다.

이상과 같이 초창기 한국 문단에서 서구의 상징주의 시를 수용하면서 형성된 자유시의 본질을 운율로 인식하고 있다. 사실상 이들은 상징주의 시보다는 전대의 목적의식의 문학과 정형률에 갖힌 시형식을 타파하고자 하는 강한 의식 때문에 자유시에 더 많은 관심이 집중되었다. 그러나 이러한 자유시에 대한 인식은 전통적인 우리 시의 경험을 철저히 거치지 않고 일본을 거쳐 들어온 서구시를 무비판적으로 받아들였기 때문에 사실상 피상적인 것이 될 수밖에 없었다. 이렇게 자유시에 대한 인식이 불완전한 것이었다 할지라도 전대의 교훈자적 목적의식을 불식하고 개인의 사상과 감정을 표현하여 하나의 근대적 의장을 가질 수 있었다. 이러한 자유시의 의식은 그 다음에 올 전통적 '우리 시의 틀'을 구축하는데 밑받침이 되어 주었다.

4. 우리 시 찾기와 민요시 선택

가. '우리 시형' 찾기

1920년대 초창기를 담당했던 시인들이 기존의 시형식을 깨뜨리고 새로운 시형을 찾고자 하는 노력의 결과가 자유시의 형성이라고 할 수 있다. 한국 근대 자유시는 내재적 요구 위에 서구시의 수용으로 이루어졌다.

1910년대의 후반을 장식하는 시인들을 특색지우는 것은 그러므로 감정의 자유로운 유출과 그것에 합당한 시형식을 발굴하려는 노력이다. 그 노력의 결과로 생겨난 것이 자유시 - 삼

문시이다. 그것은 시인의 자연스러운 감정 유출과 자유로운 운
을 가능케 해준다. 사설시조에서 보여준 정형의 붕괴와 자유로
운 감정의 토로는 퇴폐시의 영향을 받은 자유시 – 산문시를
통해 새로운 시형을 발견한다.(김윤식·김현, 1973;130)

　당시의 시인들은 자유로운 사상과 감정을 표현할 합당한 시형
식이 없었기 때문에 내재적 전통성에 알맞는 '서구적 틀'을 자연
스럽게 수용했던 것이다. 하지만 '서구적 틀' 그 자체가 우리의 것
이 될 수 없었다. 따라서 우리에 알맞은 시형식이 무엇인가를 끊
임없이 모색하는 과정을 보였던 것이다.

　　　조선 사람에게도 조선 사람다운 詩體가 생길 것은 물론이외
다. ……조선 사람으로는 엇더한 음율이 가장 잘 표현된 것이겟
나요. 조선말로의 엇더한 시형이 적당한 것은 몬져 살펴야 합
니다. 일반으로 공통되는 호흡과 고동은 어떠한 시형을 잡게
할까요. 아직까지 엇더 한 시형이 적합한 것을 발견치 못한 조
선시문에서는 작자 개인의 주관에 맛길 수밧게 업습니다.……
새 시풍을 수립하기 위하야 작자 그 사람의 음율을 존중히 넉
기지 안을 슈 업습니다.(김억, 1919.1.13)

　시의 중요한 요소가 음율임을 언급하면서, 그 시론의 발표 당
시까지 우리의 시에 '엇더한 시형이 적합한 것인가를 발견치 못한
상태'였다고 술회하고 있다. 이 글이 1919년에 발표된 최초의 자
유시론임을 감안할 때, 김억은 자유시 형성 초기부터 '우리 시'를
모색하고 있었음이 짐작된다. 또한 김억은 '새 시풍을 수립하기
위해' 작자 개인의 주관에 맞기고 작자의 운율을 존중하자고 주장
한다. 새로운 시형을 찾아야한다는 김억의 주장은 그후에 계속 되

어 1925년까지도 되풀이된다.

  ①우리 주의의 詩作에는 우리 주의를 배경잡은 사상과 감정
은 하나도 업고 남의 주의를 배경잡는 사상과 감정을 빌어다
가 우리의 시작을 삼는 경향이 잇음에 따라 진정한 '조선 현대
의 시가'를 어더 볼 수가 업게 됩니다.(김억, 동아일보, 1924.
1.1)

  ②전에 조선시가의 고유한 시형은 시조라하엿습니다. 서양
의 고정된 형식 미의 시형이 근대에 와서 깨여지고 시인의 자
유분방한 감정의 내재 '리듬'을 그대로 표현하는 자유시가 잇
음과 마찬가지로 우리가 새로운 시가를 구하여 시조를 취치
아니하는 것도 이러한 내적 요구에 지내지 아니합니다. 그리고
여기에서 새로운 시가라는 것은 서양의 그것과 …… 그 표현
형식에 니르러서는 엇던 정도까진 언어의 차이 때문에 다룻슴
니다. …… 엄밀하게 말하면 우리에게는 아직도 완전한 시형이
업다하여도 과언이 안일 것이니 이것으로 보면 우리의 새롭은
시가는 아직도 피안에 있어 목하의 것은 그 준비에 지내지 안
이하는 감이 업지 안이함니다, 엇던 의미로 보아 近頃에와서
시조가 성해지는 것은 깃불만한 일임니다만 재래의 시조 밋에
서 좀 버서나서 현대 조선의 사상과 감정을 그대로 표현하도
록 하는 것이 되지 못하며 현대 조선의 마음과는 아무러한 관
계는 업슬줄 압니다.(김억, 시작법 5, 1925.9)

  ①은 1924년 1월 1일 동아일보에 실렸던 "조선심을 배경삼아"라
는 글이다. 여기에서 김억은 1920년대 데카당스적 서구 문학 경향
을 반성하면서 우리 문학은 우리의 사상과 감정으로 이루어져야
한다는 주장을 펴고 있다. 또한 김억은 ②에서와 같이 새로운 시

형에 대한 언급은 이로부터 7년전 <시형의 음률과 **호흡**>에 이어 다시 주장되고 있다. 그는 이때까지도 역시 우리에 알맞은 완전한 시형이 없고 '우리의 새롭은 시가는 아직도 피안에 있어 목하의 것은 그 준비에' 지나지 않는다고 주장한다. 그 당시 시조 형식을 다시 차용하고 있는데 시조로는 서양의 자유분방한 감정의 내적 리듬을 표현할 수 없고, 그 까닭은 한국어라는 특수성을 고려할 때 외국시와는 언어적 차이 점 때문이라고 밝히고 있다. 결국 여기에서 발견할 수 있는 것은 새로운 우리의 시형식이란 재래의 시조에서 벗어나 한국의 자유로운 사상과 감정을 표현할 수 있는 자유시가 형성되어야 한다는 것이다.

이러한 시각은 민족의 전통적인 시가 양식을 고수하는 것도 아니며, 오히려 서구 시의 개념을 보편적으로 받아들여 우리의 새로운 시 전통을 세워나가고자 하는 미래지향적 입장이다.

김억은 시의 자유율을 주장하면서도 결국엔 정형률을 벗어나지 못하였다. 그는 한국 시의 운율을 음수율에서 찾아 할 수 있는 모든 음수율을 시도하다가 끝내는 민요시와 格調詩라는 새로운 형식을 창안하기에 이른다. 또한 끝까지 '詩'와 '歌'를 분리시키지 않고 '시가'라는 용어를 사용한 그는 마침내는 민요시인으로 지향하는 결과가 되었다.

김억과 함께 자유시 형성의 주역이었던 황석우도 서구적 자유시에서 '우리의 시'를 찾고 있다.

금일의 우리는 벌써 西文詩나 일본시를 충분히 咀嚼하엿슴니다. 우리는 지금 西詩의 완전한 형식을 배웟슴니다. 뿐만아니라, 日詩도 지금은 완전한 형식에 들어섯습니다. 그렇다면 한시나 혹은, 신체시 같은 남의 廢語는 할 것이 아니라, 거기

서부터 새로운 日詩나 西文 詩形의 모형으로 향할 것이 아니
라 바로 진화비약을 해서 자유시로 나가야 합니다.(황석우,
1919.11.10)

이는 우리가 서구형식의 자유시를 완전히 배웠으니 日詩나 서
구 시형에 집착하지 말고 우리의 자유시로 '진화비약'하자는 주장
이다. 물론 황석우가 김억이나 주요한이 자유시에서 민요조 시인
으로 굴절한데 비해서 끝까지 서구적 자유시를 고수했지만 그런
속에서도 '우리의 시'를 모색했던 것이다. 이렇게 한국 근대시가
형성되면서부터 끊임없이 '우리 시'에 관심을 가져왔다.

한편, 근대시 형성기에 자유시의 실험과 새로운 감각적인 언어
의 개척 등으로 초창기 한국 시단에 획을 그었던 주요한도 1924년
경을 분지점으로 서구의 감각적, 데카당스적 시를 배척하고 전통
지향적 정형시 옹호론자로 전향하였다(오세영, 1980;207). 그러나
우리나라 최초의 본격적 월간문예 동인지였던 <창조> 등을 통해
초창기 문단에서 두드러진 활약을 보였던 주요한도 그 당시 의식
적으로 상징주의 시를 추구해왔다는 사실이 회고의 글이나 그 무
렵에 발표된 글에서 드러난다.

① 四, 五학년기에 들어서면서 비로소 佛蘭西世紀末 작가의
시를 日譯으로 접촉하게 되었으니 주로 永井荷風譯의 <珊瑚集>,
與謝野鐵間 譯의 <리라의 꽃)>, 上田敏 譯詩集 <해조음> 등이
었다. 이 책들에 기록된 수많은 작풍들 중에서 특히 모방심을
誘引한 것은 <폴.포르>와 <레니에>였다고 기억된다.
나는 일어로 上記 作風을 숭내낸 것을 몇편 지어서 투고한
것이 인연이 되어 川路柳虹이라는 이와도 친근하게 되었다.(주
요한, 1956.6.1)

②그 창간호 (즉 1919년 2월)에 필자가 <불노리>이하 사편
인가를 시험으로 발표하엿습니다. 동시에 京都에서 발간한 <학
우>라는 잡지에 <에튜-드>라고 데하고 시험덕 작품을 발표하
엿습니다. 그 작품들의 내용은 전혀 불란서 밋 일본 현역작가
의 영향을 바다 외래덕 긔분이 만핫고 (그러키 때문에 조선문
학상으로는 독창덕이 아니라고 할 수 잇스나 아모 본뜰데됴
업는 당시에 어린 필자의 경우로는 그 이상을 요구할 수 업섯
습니다.) 그 형식도 아조 격을 깨트린 자유시의 형식이엇습니
다.(주요한, 1924.12)

주요한은 자신의 말대로 일본의 근대시인 및 프랑스 상징주의
의 영향을 받아 창작했다. 그리고 그의 창작은 1919년 <눈>, <불
노리> 등에서 완전한 자유시 형태를 이룩했고, 1920년대 <이 봄을
바라>(창조 8호) 등을 발표함으로써 정립된 한국 자유시의 리듬의
전형이 되었다.

아아 날이 저믄다, 西便 하늘에, 외로운 江물 우에, 스러져가
는 분홍빗 놀 …… 아아 해가 저믈면 해가 저믈면, 날마다 살구
나무 그늘에 혼자 우는 밤이 또 오것마는, 오늘은 四月이라 패
일날 큰길을 물밀어 가는 사람 소리는 듯기만 하여도 홍성시
러운 거슬 웨 나만 혼자 가슴에 눈물을 참을 수 업는고?
——주요한, 〈불노리〉 첫연

이 시는 과거에 보지 못했던 자유로운 시형태와 연속체의 사설
리듬으로 분방한 감정의 분출, 적나라한 자기 고백을 펼치고 있다.
이처럼 한국 자유시의 정점을 이루어 놓은 주요한이 1920년대 중

반기 전후로 하여 서구 시의 수용에 대하여 스스로 자각과 반성으로 이들을 극복하고자 하는 의지를 엿볼 수 있다.

요컨대, 김억, 황석우, 주요한, 양주동 등 서구시 경험을 적극적으로 수용하고 계승한 이들은 서구시를 접하는 처음부터 혹은 서구 시경험의 과정 중에 끊임없이 우리 시형을 찾았다. 이러한 결과로 1924년경에는 스스로의 자각과 반성에 의해 신문학 초기를 담당했던 시인들은 전통 시형식을 지향하게 되었다.

나. 민요시 추구

1920년대 초기에 김억, 주요한, 김소월, 김동환, 홍사용 등에 의해 소위 '민요시'가 시도되고 또한 성과를 이루었다. 초창기 한국문학에서, 근대시가 아직 토착화하지 못한 상태에서 전통시가인 민요를 바탕으로 하여 민요시라는 이름으로 민요의 넓은 폭을 더 좁혀 자아의 노래쪽으로 접근시킴으로써 한국 근대시의 든든한 뿌리를 마련하였다. 이러한 전통적 문학장르의 한 형태인 민요시가 형성된 것은 앞 시대의 장르인 자유시에 대한 반발에서 형성되었지만, 서구적 자유시 그 전부를 배제한 것은 아니다. 자유시 정신을 지속시키면서 그 경험을 극복하여 새로운 시가형태를 취하게 된 것이다.

일찍이 김억은 서구시를 수용하면서도 전통시 형식의 추구에서 민요시 창작의 단초를 마련하고 있다.

> 조선 사람에게도 조선 사람다운 詩體가 생길 것은 母論이외다.……그러기에 단순한 시가보다도 詩味를 주는 것이요, 음악

적이 되는 것도 또한 할 슈 없는 한○한○의 호흡을 잘 언어
또는 문자로 조화시킨 까닭이겟지요.(김억, 1919.1.13)

서구시의 장점을 받아들여 '조선다운 시체'를 정형시킴으로써
새로운 우리 시의 전통을 세우고자 한 김억은 조선 사람다운 시체
가 구체적으로 무엇인지 분명히 밝히지 않았지만, 위 글에서는 우
리가 민족공통으로 정립해야 할 시형으로 ①단순한 시 ②음악적
인 것 ③조선말로 된 것을 전제로 하고 있다. 시의 음악성에 대한
강조는 그의 시적 출발이 상징주의에 있었기 때문이라고 보아지
며, 또한 이러한 음악성 추구는 김억의 다양한 시체의 모색과정에
서 보여준 한 양상이라고 파악된다.

> 서양의 詩歌的 정세를 보면 …… 엇던 시인 갓튼 이는 詩歌
> 가 순간 순간의 감정을 표현하는 것인 이상 시가의 시형은 짤
> 막하면 짤막할사록 좃타하며 소위 단시형을 주장하여 '쏜넷'
> 시형을 채용하는 사람이 만케된 것도 생각하년 우연한 일이라
> 할 수 업는 것입니다.(김억, 1925.10)

이처럼, '시가가 순간 순간의 감정을 표현하는 것인 이상 시가
의 시형은 짤막하면 짤막할사록 좃타"고 하여 시의 단순성을 강조
하고 있다. 상징시론을 바탕으로 하여 씌어진 글에서 시의 단순성,
음악성, 우리말의 중요성을 강조한 것은 민요의 바탕이 이러한 동
질의 특성을 지녔다고 할 때, 이는 김억이 자유시에서 민요시로
선회하게 된 것과 깊은 연관을 가지게 된다.

이렇게 서구적 자유시의 경험을 극복하면서 전통적 민요시에도
지향하는데는 그 밑바탕에 필연적인 시정신이 깔려 있을 것이다.

민요는 공동체적 소산이며, 그렇지 않다 하더라도 공동체를 위해서 씌어지고, 공동체가 그것을 받아들이며, 그것을 생활의 일부로 삼아 살아있는 전통으로 내려오는 것이다. 이렇게 공동체적인 성격을 지니고 계승되어온 이유는 서술의 선명한 직접성, 리얼한 명확성, 초자연적 요소의 원용, 불행하고도 비극적인 사랑의 심각한 哀恨, 어구의 반복 또는 후렴의 기교로서 전통민요, 특유의 상징음으로 계승되어 온다. 이러한 특징은 자연히 운문의 단순성을 요구하게 되어 자연스러운 운문, 즉 기교적인 정교한 리듬이 아니라 본능적인 리듬을 찾게 된다. 민요의 리듬이 민족의 생활감정과 그 감흥의 자연발생적 소산이며, 이것이 그 민족의 언어적인 특성과 결합하여 시가의 음율-형태를 이루게 된다(정한모, 1973:272-273). 결국 민요는 비전문적인 민중의 공동 참여에 의해서 성립되거나 존재하며 그 발생이 個人作이든, 共同作이든 그것 자체만으로는 존재 의의를 가질 수 없고 구비전승 되면서 민중의 공동참여에 의한 재창작 과정을 거치게 된다.

한편 민요시는 민요를 지향하면서 씌어진 개인 창작시로 정의되며, 민요를 지향한다는 점에서 민요와 공통적 특질을 가지지만 개인 창작시라는 점에서 민요와 다르다. 민요시는 뚜렷한 개인의 창작시이므로 비록 민중 혹은 주관 표현이 존재한다(오세영, 1980: 38).

1920년대 민요시는 민요의 기본구조인 율격, 시법, 정서 등을 바탕으로 하여 민요의 성격과 마찬가지로 민중적 공감대를 형성하였으며 詩이기만을 원치 않고 노래로 불려지기 바라면서 추구한 시의 한 유형이다. 하지만 민요시는 민요가 될 수 없다. 민요는 문자 이전의 구비전승문학이며, 생활상 필요에 따라 노동, 의식,

유희를 하면서 기능적, 음악적 문학적 성격을 함께 지니고 있다. 이에 비해, 민요시는 생활상 필요나 곡을 가지지 않아도 시로서 충분한 존재의의를 가진다. 그럼에도 불구하고 '민요시'라는 시형태의 성격이 애매한 점이 있기 때문에 민요에 근대적인 의미의 서정시가 결부되어 이루어진 '제3의 양식인 민요조 서정시'라고(김용직, 1983;316-319) 이해되기도 한다. 1920년대부터 출발한 민요시는 개인 창작시로서 문학사적 움직임과 이념을 표현하는 어휘로 사용되어 왔으며, 민요시는 민요를 바탕으로 써야한다는 의식이 그들에게서 나타났다. 그리고 민요가 향가, 고려속요, 시조, 가사에 이어 근대시의 형성요인으로 크게 작용해 왔다고(최원규, 1980;36) 볼 때, 민요가 시형식의 형성 요인으로 작용해 온 것은 1920년대 이후의 일현상만은 아니다. 하지만 1920년대 이전의 시가 양식은 민요를 무의적이며 자연스럽게 수용한 경우로 볼 수 있으나, 1920년대의 민요시는 자각에 의한 의도적 수용이었다.

'민요시'에 대한 언급은 1922년 1월 25일에 썼다는 김억의 번역시집 <일허진 진주>의 서문에서 발견된다. 그리고 시작품 제목아래 '민요시'라는 표시를 붙인 최초의 시는 김소월의 <진달래꽃>(개벽 25호, 1922.7)이다.

문학운동으로서 민요를 바탕으로 하여 시를 써야 한다는 최초의 주장은 <노래를 지으시려는 이에게>라는 주요한의 글에서 볼 수 있다.

> 신시 운동에 잇어서도 과거 오륙년간의 운동이 대부분은 모방에 지나지 못한 것이 사실이라하겟습니다. 그리고 그 모방은 엇던 우리의 큰 작가가 잇서서 그를 모방한 것이 아니오 아모러케 굴러도 외국 작가의 모방밧게 될 것이 업섯습니다. 물론

우리 가운데는 혹순전한 독창적 작품을 지으려고 로력도 하엿
겟지오. 그러나 그것이 얼마나한 열매를 매저지는 의문이외다.
이제부터 나아갈 우리의 길은 다름이 아니라 외국문화 전제에
서 버서 나서 국민적 독창문학을 건설함에 잇습니다. 그러케하
기 위하야서 우리는 우리 민족이 가진 모든 좋은 것 사상으로
나 전통으로나 창조력으로 나를 발견하고 해석하고 노래하여
야 겟읍니다. 이런 의미에 잇서셔 우리가 가진 유일한 발족 이
한시도 아니오 시도 아니오 민요와 밋 동요라 함은 나의 전부
터 주장하는 바이다.(주요한, 1924.11)

　　이 글에서 주요한은 민요가 우리 민족의 사상. 정서. 전통을 표
현할 수 있는 국민적 독창문학이라고 주장하고 있다. 이러한 연유
는 3.1운동 이후 일제의 탄압에 대한 대응의 한 방편으로 민족의
식의 확립을 위한 요인이 작용되었다고 본다. 따라서 고유한 민족
의 정신 문화에 눈을 돌리는 한편 민족정신을 탐구하였다. 민족정
신은 조선심 또는 조선혼이라는 전통문화에 내재한 정신이었다.
이때 민요시의 창작과 더불어 소위 국민문학운동이 구체화되어
시조부흥운동, 역사소설 창작 등으로 나타났다. 이러한 요인에 상
승작용을 한 것은 1920년대 초 소위 데카당티즘이라고 일컫는 퇴
폐적 낭만주의 경향에 휩싸인 문단에 대한 반성이다.
　　물론, 민요가 시에 혼입되어 시를 형성한 것은 1920년대의 일은
아니다. 개화기에 이미 민요가 가사나 시조에 혼입되어 전통 시형
식을 무너뜨리고 새로운 시형식을 형성하기에 이른다.

　　①나는 가오
　　　부용산 높고 큰산
　　　등에 딘 것 그것이오

나는 가오
현애탄 실개텬은
뛰넘난 것 그것이라
나는 가오
       ——대몽최, 〈나는 가오〉(대한학회월보, 3호)

②건너산 때�핑이 흐응 콩밧츨 녹알제 홍
  우리집 영감이 눈쩡긋하노나아
  어리화 도타 흐응 知知者 됴쿠나 홍
       ——〈사치목〉(대한매일신보, 1909.2.10)

①은 반복된 어구가 두드러진다. 이는 민요의 발상에서 얻은 것으로 추정된다. 그리고 ②는 시조 형식에 민요를 도입하여 민요에 대한 관심을 보인다. 또한 <대한매일신보>(1907.7.2)에 실린 <잘왓군타령>에는 '잘왓군잘왓군잘왓어'라는 민요구를, <매일신보>(1912. 6.21)에 실린 <농부가>에는 '얼얼널널샹사듸야'라는 민요조의 여음을 삽입시키고 있다. 이러한 근거로 미루어 볼 때, 1900년대 초기에 이미 민요와 민요시에 대한 관심이 많았음을 알 수 있다.

문단 초창기 시인들은 상징시는 자유시라는 관념에 얽매여 재래의 운율을 파괴하는 것이 중요한 일면이었기 때문에 말라르메, 랭보 등이 보여준 운율을 재구성하지 않았다. 또한 망국의 허망한 상황과 젊음의 좌절에 영합되는 베르렌느류의 애상적 상징주의에 집착하는 경향이 있었다. 이러한 결과 편협한 상징주의는 결국 초창기의 한국시를 세기말적 퇴폐시에 경도하게 만들었다. 이런 데카당적 분위기는 시를 공허한 것으로 유인하게 되어 1920년대 초기의 <폐허>, <장미촌>, <백조> 등 동인지의 시인들은 소위 퇴폐주의 혹은 병적 낭만주의라는 이름으로 불리기에 이르렀다. 이러한 가운데서도 민요체를 자유시에 도입하여 시창작을 시도하기도 하였다. 그 예를 홍사용의 시에서 찾아볼 수 있다.

> 장명등, 발등걸이, 싸리불, 횃불, 불이야-쥐불, 듯기에도 군성스러운 통탕 매화포, '가자-건는 편으로' 마른 잔디바테 불이 브트오니, 무덕이 불이 와르를하고 일어납니다.

> 쥐불은 기어붓고
> 노루불은 뛰어오고
> 파랑불
> 빨간불
> 호랑나비 나비불
> 사내편
> 계집애편
> 얼시구 조타 두둥실

> '으아- 쥐불이야' '무어 막걸리 열동의?' 붉은 입술, 연시보담 더 빨알 청춘의 뺨, 늙은이의 눈찟, 선머슴꾼의 너털웃음, 용틀임하는 젊은이 마음, 이 밤은 이러케 모다 놀아나는데, 고갯 짓하는 홰나무의 속심을 누가 아리오까.
> ——홍사용, 〈그것은 모다 꿈이엇지마는〉(백조 3호, 1923.9)

이 시는 첫째연과 셋째연은 사설조의 산문형의 시이지만, 둘째연은 2음보격의 민요조를 삽입하고 있다. 즉, 첫째와 셋째연은 다범적인 산문성이 흘러넘치는 감정을 표현하는데 비하여 둘째연은 민요조의 시형을 삽입시킴으로써 감정의 절제와 함께 운율성을 가미하게 된다. 이를 볼 때, 서구시에 경도되었던 시인들이 우리 시형의 창조를 위해 나름대로의 노력이 컸던 것을 알 수 있다.

3.1운동 이후 점점 심각해지는 시대적 현실에 보다 강력한 대응력의 요청으로 민족의식과 민중의식이 점점 고조되었다. 이러한 역사적 상황 속에서 시인들은 퇴폐시 혹은 낭만적 상상의 가공적 세계에서 머물고, 그 시대의 문학이 외부적 현실을 부정하고 '환상'과 '신비' '암시'만의 미적 가치를 추구할 수밖에 없었다. 문학은 삶의 정당성을 확보하기 위해서라도 역사와 전통을 기반으로 한 근거를 마련하여야 했다. 따라서 서구문학에 대한 반성과 자각이 따랐고, 고유한 민족의 정신문화에 눈을 돌리는 한편, 민족정신을 탐구하였다.

이들은 서구문학의 충격으로부터 전통문학을 수호하고 민족혼을 찾고자 하였다.

①우리 주의의 시작에는 우리 주의를 배경잡은 사상과 감정은 하나도 업고 남의 주를 배경으로 잡은 사상과 감정을 빌어다가 우리의 시작을 삼는 경향이 잇슴에 따라 진정한 '조선현대의 시가'를 어더 볼 수가 업게 됩니다.……우리 시단에 발표되는 대개의 시가는 암만하여도 조선의 사상과 감정을 배경한 것이 아니고, 엇지 말하면 구두를 신고 갓을 쓴 듯한 창작도 번역도 아닌 작품입니다.(김억, 1924.1.1)

②나는 우리 현재사회에 <데까당>적 병적 문화를 주기를 싫어합니다. 그러므로 나는 데카당적 경향을 가진 작가를 좋아하지 않으며 자신도 그런 경향을 피하기로 주의하였습니다. 오직 건강한 생명이 가득찬 온갖 초목이 자라나는 속에 있는 조용하고도 큰 힘 같은 예술을 나는 구하였습니다.(주요한, 1924)

김억은 ①의 글에서 1920년대 문학은 우리의 사상과 감정으로 이루어져야 한다는 주장을 펴고 있다. 즉, 1920년대의 우리시는 서구적 경향에 경도되어 있고 우리의 사상과 감정을 바탕으로 된 시가 없다는 점을 반성하고 있다. 주요한 역시 ②의 글에서와 같이 외래적인 것, 특히 상징주의의 데카당적인 문학을 배격하고 있음을 볼 수 있다. 그리고 주요한은 신시 운동의 목표를 '민족적 정조와 사상'을 표현하고 '조선말의 미와 힘'을 찾는데 두어 민요를 바탕으로 한 국민문학운동을 주창하였다.

이러한 문학적 변화는 사회적 상황과 질서에 대한 응전의 한 형태였다.

① 조선의 신시 운동이 성공하려면 반드시 민요를 기초 삼고 나아가야 되리라 합니다. 이것은 어던 나라 문학사를 보드래도 증명할 수 잇는 것이외다. 문학 발생의 초창 시대에 잇어서 그 새 문학의 출발뎜이 언제든지 민요에 잇섯습니다.(주요한, 1924. 12)

②조선시가의 시형은 다른 곳에서 구할 것이 아니고 조선 사람의 사상과 감정 또는 호홉에 가장 갓갑은 시조와 민요에서 구하지 아니할 수 업는 줄로 압니다.(김억, 1927.1.3)

③우리는 메나리ㅅ 나라 백성이다. 메나리ㅅ 나라로 도라가자. 내 것이 안이면 모다 빌어온 것 뿐이다. 요사이 흔히 양시조, 언문풍월, 도막도막 잘러놋는 신시타령, 그것은 다 - 무엇이냐. 되지도 못하고 어색스러운 앵도장사를 일부러 애써하는 것보다는 차라리 제국으로나 놀아라.(홍사용, 1928.5)

　④오직 민요만은 순전히 우리 손에 발생되어 우리말과 우리
정조를 바더 마시고 **成育**한 것임을 알 수 있겠다.(김동환,
1928.5)

　시대적 상황에 편승하여 서구문예사조를 받아들이는데 선구적
공적을 남겼던 김억과 주요한이 전통시에로 급선회하였고, 홍사용,
김소월, 김동환 등 일련의 시인들은 전통적 문화유산에 집착하면
서 시를 썼던 것이다. 즉, 김억이나 주요한 등이 1920년대 중반기
에 서구시 경험에 대한 극복과 반성으로 전통적인 시가 형태인 민
요시를 받아들였고, 1920년대 중반 이후에도 **김동환**, 홍사용, 변영
로, 노자영, 김소월 등이 민요시 창작을 주장하였거나 시창작을
실천하였다.

　이는 초창기 한국문단에 팽배했던 데카당스적 시를 거부하고,
서구적 형식의 시를 지양하여 우리의 사상과 감정을 담는 문학이
어야 한다는 반성과 자각이다. 서구시의 영향을 깊숙히 받았던 이
들은 자기 시에 대하여 반성하고, 진정한 우리 시가 아닌 남의 시
에 지나친 집착을 하고 있었다는 것을 깨닫게 되었다. 그들은 그
들이 추구하는 시가 앞으로 역사적 바탕과 전통을 계승하리라 믿
었다. 이러한 것에 대한 구체적인 실천으로 나타난 것이 전통적
민요를 바탕으로 하는 민요시의 제시와 창작이었다. 이러한 문학
적 변화는 사회적 상황과 질서에 대한 문학적 응전의 한 방식이었
다. 즉 민요형태인 시 장르의 선택은 민요의 본질이 공동참여에
의한 재창작 과정을 거치는 민중의 소리이기 때문에 상실에 대한
회복의 정신적 근거를 마련하기 위한 것이었다.

다. 정형에의 회귀

　민요시는 민요를 바탕으로 그리고 민요를 지향하여 씌어졌기 때문에 민요의 기본구조를 가지거나 가질 수 있다. 특히 민요는 구비전승의 문학이며 노래이기 때문에 구조상으로 볼 때, 가장 먼저 드러나는 것은 음악성이다. 음악성은 언어의 가장 작은 단위인 음성으로부터 시작된다. 시에서도 역시 가장 먼저 드러나는 요소는 음성적 요소다 음성적 요소는 언어적 표현양식이 필연적으로 갖게되는 것이며, 시에서 가장 미세한 단위이면서 중요한 목을 담당한다. 또한 1920년대 민요시파 시인들은 시의 본질을 언어의 음악성, 즉 운율에서 찾고 있었다. 민요시인들이 한결같이 꾀한 것이 아름다운 시를 쓰겠다는 것이며 그런 이상을 달성하는 길의 하나가 작품의 운율 내지 음악성의 확보라고 생각했다. 시대적인 주변의 상황 등으로 쉽게 전래의 민요형을 택했던 그들은 실제 시의 창작으로 실천에 옮겼다. 그 결과 김억은 7.5조, 6.4조의 외형율을 통해서 민요시가 이루어질 수 있다고 믿고 창작에 임했고, 소월은 7.5조, 또는 6.4조, 김동환은 7.5조, 6.4조, 8.5조 등으로 창작하였다. 1920년대 민요시는 대개 그 율격의 단위가 특히 7.5조의 음수율로 이루어졌다. 따라서 20년대 초기의 자유율에서 정형률로 회귀된 셈이다.

　그러나 그들은 민요의 본질이며, 율격·어법·정서의 기본구조에 대한 방법론적 이해없이 민요시운동의 일환으로 민요형의 선택만 강조하였다. 그래서 민요의 형식 등에 대한 분명한 이해 부족의 결과를 초래하였다.

①민요라면 시형이 간소하고 시상이 소박하야 口誦諷謠하기
에 족한 것.(김동환, 1927.10)

②어법에 조선말 시가의 형식으로 말하자면 시됴이던지 민
요이던지 운다운 법은 업섯고 다만 글자 수효(다시 말하면 ’실
라블‘의 수효)가 일정한 규율을 따를 뿐이 엇습니다. 민요의 형
식중에는 팔팔됴(여덟자식한 귀가 되는 것)이 가쟝 만헛습니
다. 그러나 형식이 심히 단됴한 것은 면치 못 할 것입니다.(주
요한, 1924.10)

③조선의 민요가 대개는 4. 4조로 되엿고 동요가 또한 그것
을 벗어나지 못하야……(김동환, 1927.6)

④또 造句로 보면 변형도 있지만 원칙 음율 단위가 3.4, 4.4
그 중에도 4.4조로 된 것인 바 이것은 민요와 동일맥락을 그은
것이기 때문에 平淡한 4.4가 기본이 된 줄을 안다.
…… 이 4.4조로 왓으니 그 리듬이 悠長하고 순하게 흐르고
복잡치 안흔 것이 우리네 심정에 마즌 것 같다.(김억, 1930.1)

김동환은 ①에서와 같이 시형이 간결하고 소박하여 口誦·諷謠
에 적합해야 된다고 생각하고 있다. 이는 간략성과 음악성을 강조
한데서 기인된 것으로 보인다. 주요한 ②글에서 시조에 대한 부정
적인 평가와 민요에 대한 가치를 부여하고 또 민요가 단조로움을
초래할 가능성이 있다는 나름대로의 한계성을 지적한 다음 민요
의 음수율을 8.8 조로 파악하고 있다. 이는 4.4조 2음보의 한 행을
1음보로 잘못 파악한데서 기인됐다고 본다. ③, ④의 글에서도 민
요의 기본 음수율을 4.4조로 파악하고 있다. 김억은 ④에서와 같
이 4.4조가 리듬이 悠長하고 순하게 흐르고 복잡치 않기 때문에

우리의 심정에 잘 맞는다는 생각 때문이다.

민요는 대부분이 4음절 1음보를 표준으로 하고 있다. 민요의 율격에 대한 논의는 음절의 수효를 헤아리는 음수율적인 방법이 있는데 대개 최근 들어올수록 이러한 방법은 지양되고 음보율이라는 관점에서 파악한다. 음보율은 대체로 3.4음절을 기준으로 해서 그러한 음보 몇 개가 한 행을 이루고 있는가에 따라서 2음보격에서 5음보격까지 4가지 종류를 설정하고 있다(김대행, 1976;16-17). 민요 음보는 율적 규칙성이 있는데 2음보가 대응하는 것이 최소 단위로 요구되며 그 連疊되어 이루어지는 변형생성의 과정을 보여준다. 1920년대에는 음보의 개념이 없이 음수율로만 파악했기 때문에 3음보격인 소위 7.5조에 관심을 갖는다. '20년대 민요시에 두루 나타나는 소위 7.5조는 後長 3음보격의 변형'(오세영, 1980; 46)이라고 생각된다.

1920년대의 민요시인들은 민요의 구조적 특질에 대한 연구 없이 민요시의 음악성을 강조하고 있다.

> 민요시와 자유시는 같은 점이 있게 보입니다 만은 그 실은 그렇지 아니하여 대단히 다릅니다. 자유시의 특색은 모든 형식을 깨뜨리고 시인 자신의 내재율을 중요시하는데 있습니다. 민요시는 그렇지 아니하고 재래의 전통적 시형(형식적 조건)을 밟는 것입니다. 이 형식을 밟지 아니하면 민요시는 민요시다운 점이 없는 듯 합니다. …… 단순성의 그윽한 속에, 또는 문자를 음조 고르게 여기저기 배열한 속에 한없는 다사롭고 아릿아릿한 무드가 숨어있는 것이 민요시입니다.(김억, 1924.8)

이글에서 김억은 민요시를 서정시의 하위장르로 보고, 민요시는 형식상으로 단순히 전래의 전통적 시형을 밟는 것으로 파악하고 있다. 김억은 '자유시의 특색은 모든 형식을 깨뜨리고 시인 자신의 내재율을 중요시하는데' 비하여 민요시는 형식상 조건으로 '전통적 시형을 밟는 것'이라 믿고 전통적 민요에의 정형에 회귀한다. 또는 그는 '단순성의 그윽한 속에, 또는 문자를 음조 고르게 여기저기 배열한 속에 한없는 다사롭고도 아릿아릿한 무드가 숨어 있는 것이 민요시'라고 하여 그의 민요론의 기초는 막연하게 음조와 음악성에 두고 있다.

주요한은 '그 일점의 훌륭한 생각이 醱酵하고 精練되고 음악화하여 큰 힘과 미를 보이기까지 된 것은 볼 수 없다.'(주요한, 1924.10) 하여 민요시의 핵심의 속성을 음악성으로 보았다. 그러나, 김억은 초기에 자유시의 내재율을 '시인의 호흡과 고동에 근저를 자리잡은 음률'(김억, 1919.1)이라고 비교적 정확하게 이해하고 시인의 개성론을 펴고 있으나, 후기로 접어들어 자유시의 내재율을 부정하였다.

> 어떤 정도까지 진정한 의미로의 내재율은 자유시형의 시형을 가지게 되는지 대한히 알기 어렵은 일이외다. …… 그것보다도 아모리 내재율을 존중하지 아니할 수 업다 하더라도 자유시의 가장 무섭은 위험은 산문과 혼동하기 쉽은 것이외다.
> (김억, 1930.1.17)

이러한 이해의 원인은, 김억의 자유시에 대한 율격인식이 베르겐느 등의 시와 시론에 대하여 막연히 안 개념이며, 전통적 율격을 진지하게 극복하면서 성숙한 것이 아니라는 김흥규 교수의 지적은(김흥규, 1980:190) 적절하다.

즉, 언어적 특성이나 전통적인 율격인식이 철저하지 못했고, 시의 음악성을 시의 외형상의 특성으로 이해했다. 그 결과 시형은 일정한 율격의 틀에 의해 형성되는 정형시를 추구하였다. 이러한 피상적인 이해는 주요한도 마찬가진데, 앞 시대의 장르인 한시와 시조를 배격했고, 민요에 가치를 부여하면서도 그것의 단조로움을 경계했으나, 결국 정형성을 탈피하지 못하고 민요시를 창작했으며 스스로 배격한 시조를 창작하여 자기 모순에 빠지는 결과를 낳았다. 특히 김억은 자유시형이 산문과 혼동되기 쉬워 버리고 소위 '격조시'를 주장하고 있다.

> 내가 산문과 혼동되기 쉬운 것은 자유시형을 내어 버리고 격조시형이 잇지 아니할 수가 업다고 주장하는 것도 이 점에 잇습니다.…… 이렇게 음율적 빈약을 소유한 언어에는 자유로운 시형을 취하는 것 보다는 음절수의 정형을 가지는 것이 음율적 효과를 가지게 되는 것은 나의 혼자롭은 독단이 아닐 줄 압니다.(김억, 1930.1.18)

자유시와 산문은 혼동하여 이해한 것은 자유시의 내재율이 시의 내적 질서에 어떻게 관여하는지 정확하게 판단하지 못하고 언어의 형태적 배열에 관심을 둔 결과다. 김대행 교수는 김억이 선각자적 인식에도 불구하고 7.5조라는 정형률에 안주해버린 것은 자신이 율격의 이해가 음수율적이었기 때문이라고 파악한다(김대행, 1976:34). 초기에 자유시의 내재율을 '靈律' 추구의 관념적 환상으로 이해한 것만으로는 '조선 사람다운 시체'를 제시할 수가 없었다. 따라서 음절수의 정형을 지키는 격조시가 오히려 음률적 효과를 가질 수 있다는 판단아래 '우리 시형'의 가능성의 한 방편으로 '격조시'를 제시했다. 격조시의 율격을 '4.4조와 3.4, 4.5, 5.5 이나 4.5와 3.4조가 제일 좋은 듯' 하다고 전제하고 '보드랍고 직접적 정서는 3.5, 7.5, 8.5조' 등이 적합하다고 율조에 대하여 제시하고 있다. 이러한 이론을 적용하여 7.5조의 자수율을 지키면서 민요시 <지새는 밤>을 동아일보(1930)에 연재하고 있다. 이 시를 연재하기에 앞서, '정형시에다가 가다가는 압운까지 하엿으니, 결과로는 웃읍은지 몰으겠습니다. 그러나 작자로의 고심은 적지 아니 하엿습니다.'라고(김억, 1930.12.9) 언급하고 있다. 이는 바람직한 시의 음악성 혹은 운율이 그를 통해 가능하리라는 생각의 결과이다. 그는 결국 그의 의도대로 자유시를 극복하고 새로운 '조선사람다운 시형'을 정립하기 위해 실천한 노력이 시적 미학을 상실한 채 정형에로 회귀하고 말았다.

김억이 7.5조의 정형에 안주한 것을 비롯하여 정도의 차이는 있지만 김소월, 주요한, 김동환, 홍사용 등 1920년대 민요시파 시인들은 대부분 7.5조의 음수율을 중심으로 하여 창작하였다. 시적 형상화를 위한 노력에도 불구하고 관념적이고 전형적인 표현과 정형에의 회귀로 인하여 시적 수준은 더 이상 진척을 보지 못하였다. 이는 그들의 시론에서 보여준 것과 같이 민요의 기본구조를 철저히 인식하고 이를 바탕으로 하여 자유시를 극복하려는 노력이 없이 다만 전통적인 민요형식으로 시를 쓰자는 운동에 중점을 두었기 때문이다. 그렇지만 민요시인들에 의해 향토적 서정성을 민요시의 미학적 근거로 삼은 것은 1920년대 우리 시의 한 획을 그을 수 있었다고 본다.

5. 시조시형 선택과 인식

가. 시조시형 선택의 필연성

시조는 3행 45음 즉, 3장 45자로 하나의 시를 형성하는 정형시로 유교적인 충의사상을 표현하는 내용을 담고 있는 전통적 시가 양식이다. 이러한 시조가 1920년대에 세칭 '국민문학'파인 최남선, 이광수, 이은상, 이병기, 염상섭, 정인보 등에 의해 재창작되었다. 이들의 시조는 과거의 문학장르였던 시조에서 벗어나지 않는 것이었다.

1920년대 시조시 부흥운동은 일제의 식민통치가 한반도의 문화 전통을 파괴하고, 문학도 이들에 휘말려 들어간 결과로 외향적 충동이 일방적인 승리를 거둘 때, 이에 제동을 걸고 나온 것이며, 이는 내부적 충동이 저항하고 있음을 의미한다고(김시태, 1981; 19-20) 파악하기도 한다. 또한 1920년대 전후는 서구적인 충격 속에서 전통적인 것을 단절할 수도 없고 그렇다고 서구적인 것과 동일화도 불가능한 갈등, 즉 두 가지 문화 속에 동시에 살아야 하는 동일성의 상실이 강조되었던 시기였고, 일본을 통해 간접 수입된 자유시가 시단을 판치던 과도기였다. 이러한 상황 속에서 시조가 전통적 시형식으로 자각되고 가치가 역설된 것은 동일성의 혼란이라는 위기감의 표현이 아닐 수 없다. 이러한 시조적 질서에 복귀함으로써 한국시는 자기를 찾고 자기의 원모습을 발견할 수 있다고 보기도(박철희, 1980;142) 한다.

그러나, 김용직 교수는 국민문학파의 성과에 대하여 긍정적인 면과 부정적인 면으로 평가하면서, 시조부흥에 대하여 부정적 평가를 내리고 있다.

단순히 시조가 가장 한국적인 형태를 가졌으며 또 가장 깊숙히 우리 민요의 골수에 박혀온 예술이기 때문이라는 차원에서 이루어진 것이었다. 그러나 우리가 알고 있는 한 전통을 계승하는 일은 과거를 과거 그대로 습득하는 일이 아니었다. 보다 그것은 그들을 당대의 상황에 적용, 작용케 하는 노력이었기 때문이다. 그럼에도 시조부흥을 위한 국민문학파의 시도에서 우리는 이런 논리적 전제가 잘 인식된 자취를 명백히 파악할 수 없다.'(김용직, 1982:63)

시조부흥에 대하여 찬사일변도로 추켜 올리는 것도, 부정적인 평가를 내리는 것도 타당치 않다고 본다. 시조 장르의 선택은 역사적 필연성에 의해 시도되어 전개되었으며, 그것이 심정적 차원에서 출발했다 할지라도 나름대로의 논리적 타당성을 지니고 전개되었다.

자유시는 정형시에 대한 반발에 의해서 생성·전개된다. 그러나, 자유시가 한참 전개되던 1920년대 중반에 사설시조, 개화기 시조 이전의 평시조로 돌아간 것은 당대의 역사. 사회적 환경의 필연적인 소산으로 보아진다.

①자기 스스로를 모르고 자기 스스로에 터잡지 안코, 자기 스스로와 상응하지 아니하는 詩心詩態가 결국 개구리 밥 가튼 것, 아즈랑이 가튼 것 아니 허수아비 가튼 것을 알게 되었다. …… 시조를 내세우는 것이 반드시 큰 일 큼직한 일은 아니겠지마는 제 정신을 차린 것, 제 본질을 검토하려 하게 된 것, 根柢잇는 자기로부터 든든히 출발하겠다는 것만은 미불상 주의할

일, **嘆賞**할 일, 탐탐히 생각할 일이 아닌가.(최남선, 1926. 5)

②남의 본만뜨고 남의 **흉**내만 내든 우리가 버리엇든 자기를 도로 차즈며 자기 자신을 성찰하고 자기 정신을 **收合**하며 자기 그릇을 먼저 검토해야 할 **緊切**한 무엇을 늑기게 되며 이제부터 모든 것에 조선심, 조선혼, 조선적이 따라 다니게 되었다.(조운, 1927.2)

③요즈음에 와서는 조선 사람들도 옛날과 달라서 …… 잃었던 것을 다시 찾으려고, 있는 것은 그대로 간직하고 없는 것은 새로 만들기로 하며 이것 저것 들뜨는 마음으로 모든 문제-경제, 사회문제를 일으키고 이 때에, 조선 문학을 건설하자는 문제도 떠들며 일찍부터 여기에……(이병기, 1929.5)

이상에서 보는 것과 같이 공통적인 견해는 '우리의 것'을 찾는 것이다. 그 당시의 외래 사조, 외래 문화의 수용에 따른 충격을 전통의 복귀에 의해 극복하고, 민족주체성을 살리자는 취지다. 3.1운동 이후 국가 없이는 개화나 근대화가 불가능하다는 사실을 깨달았다. 따라서 육당이나 춘원의 개화사상이 민족주의로 바뀌는 등 3.1운동 이후 반봉건의식보다 반제의식이 강렬히 대두되었다. 점점 민족주의 의식이 고조됨에 따라 개화기에 전통에 대하여 부정적 태도를 취하던 것이 개인을 초월한 국가의식으로 변모해 갔다. 식민지 현실을 지배민족의 강압이 심할수록 개인은 국가. 민족을 의미하는 것이 강해진다. 이러한 성숙되어 가는 반제의식은 문학적으로 형상화시키기 위해 '조선적 시형'을 찾았다.

민족주의자들은 식민지 지배하에서 지배민족에 의해 조작된 피지배민족의 열등성을 극복하기 위해 자민족의 전통에서 긍정적인 요소를 찾으려는 태도를 보인다. 과거 시조에 대한 지향은 현재.
미래와 불가분의 관계를 지닌다. 현재는 과거에 입각하여 존재하
고, 미래는 또한 현재에 연유된다. 그들이 시조형에 대한 관심은
과거와의 교감이며, 이것은 과거에로의 복고만을 뜻하지 않는다.
그래서 과거의 시조를 재인식하여 현재와 동등한 가치존재로 인
정한다.

> 16세기기말과 17세기초의 왜란 호란으로 인하야 그들의 생
> 활은 다시 구할 수 업도록 파괴되였다.…… 그래서 그들 중의
> 엇든 사람은 慷慨한 노래를 부르며, 독한 술을 어지럽게 마섯
> 다. 또 엇든 사람들은 적극적으로 퇴폐된 국민의 원기를 다시
> 진흥코저 목 압흐르도록 애국가를 불러 보았다. 이러케 근세의
> 그들은 비장하고 강개한 민족이 되엇다. 이러한 민족성이 시조
> 를 통하여도 분명히 낫타나 있다.(손진태, 1926.7)

임진왜란, 병자호란 이후 사회적 상황에 대한 비장하고 강개한
민족성이 시조에 표현되었음을 논하면서 과거의 시조를 재인식하
고, 당대 일제 식민지하 상황에서 시조의 가치존재 및 당위성을
주장하고자 하는 것이다.

시조시 부흥은 '과거를 과거 그대로 습득'하지 않았다. 전통의
강조는 '특수적인 것과 지방적인 것 민족적인 차이와 민족적 특수
성을 찬양'하게 된다. 시조부흥운동의 담당자들은 자민족의 특수
한 것에 관심을 보이며, 개인의 무엇보다도 우선 자기 민족의 일
원이며 그 민족의 일원으로만 민족 전통을 매개로 하여 창조할 수
있다고 믿었다. 1920년대 시조부흥운동은 우리가 전래로 지니고
있는 시조라는 시가 형식을 고유한 것으로 발견하여, 3.1운동 이

후 1920년대초 외래 요소의 문학이 판치던 때의 문학이념을 극복하고, 프로문학에 대한 안티테제격으로 이에 맞선 이념을 형성시키고자 했던 것이다. 따라서 민족주의의 이념을 문학에 반영하게 되었다.

정형의 평시조로 돌아간 것은 역사적 필연성이 개재되어 있다. 시조는 유교의 본질인 충의사상을 표현한 시형이다. 유교사상을 표현하는 데는 시조의 균형, 절제, 조화된 형식이 가장 적합했기 때문이다. 1920년대에 민족국가의 자주독립이라는 국가의식, 시대정신을 표현하는데는 개화기 사설시조보다 균제된 형식과 반복의 리듬을 가진 평시조가 알맞았다. 또한 시조가 유교사상을 형상화한 것이라고 할 때, 유교는 다른 종교보다 국가를 더 중시한다. 그래서 전통적인 시조를 부흥시켜 식민체제하에서 자민족의 고유성을 강조하여, 자민족에 대한 긍지와 민족성을 고취하려했던 것이다.

시조부흥운동은, 1925년을 전후하여 형성된 조직적인 프로문학의 대타의식에서 수동적으로 형성된 '국민문학파'가 벌린 역사소설창작, 국토산하예찬, 국사연구 고전정리의 한국적인 것 발굴 소개 등 민족정신 고양, 민족이념 탐구 고취를 시도한 운동의 일환이었다. 국민문학파가 내세운 대표적 문학장르인 시조는 민족주의의 이데올로기를 배경으로 하여 창작되었다.

시조가 이러한 민족주의의 주체성에 입각하여 창작되었지만, 그들은 시조가 조선시대의 유교적 충·의사상을 형상화한 문학 장르라고 인식하지 않았고, 모든 국민이 다 창작하고 즐기는 문학형태로 파악하고 있다. 즉 시조는 '계층의식을 초월한 민중의 시가'라고 주장(이광수 외, 1925.2)한다. 이는 '문학은 그 자체에 정당성을 확보'하기 때문이다. 젤롯형의 입장을 취한 시조 부흥운동자들이 과거의 시조형에 대한 소박한 신앙 혹은 찬미에 머물러 있었다면 그것은 복고일 뿐 올바른 전통의 계승이라 할 수 없다. 그러나, 그들이 민족주의의 이데올로기를 표명하기 위하여, 역사적, 사회적 필연성의 소산으로 시조를 부흥하였다 하더라도 문학 자체의 정당성을 확보하기 위해 과거 시조를 그대로 답습하지만은 않았다. 과거의 시조형에 대하여 자각하고 그 당대를 극복하여 미래의 시조형으로 발전시켰다. 즉 과거의 시조에 대하여 이해와 자각을 통하여 미래의 시조형으로 전개시켰던 것이다.

나. 시조의 인식과 새 틀 찾기

1920년대의 역사적 소산으로 형성된 시조에 대하여 어떻게 이해하여 전통성을 확보하려는가, 추구하는 핵심이 무엇인가, 미래의 시형으로서 시조를 어떻게 전개하려는가를 파악하고자 한다.

시조시 부흥이 전통적인 시형을 찾고, 민족주의를 반영하기 위한 것이기 때문에, 시조부흥론자들은 시조가 우리 고유의 전통적 문학장르로서의 당위성을 주장하였고 또한 민족정신을 표방하였다.

> ①시조는 조선인의 손으로 인류의 운율계에 제출된 시형이다. 조선의 풍토와 조선인의 性情이 음조를 빌어 그 운동의 형상을 구현한 것이다. 音波의 위에 던진 朝鮮我의 그림자이다. 어떠케 자기 그대로를 가락잇는 말로 그려낼까 하야 조선인이 오랫동안 여러 가지로 애를 쓰고서 이때까지 도달한 막대한 골이다. 조선심의 放射性과 조선어의 纖維組織이 가장 압축된

상태에서 표현된 공든 탑이다.(최남선, 1926.5)

②시조야말로 과연 문학적 형식과 가치를 가지고 잇는 것이
다. 조선 고유의 시형이고 조선 정조의 표현인 것이다. 國詩
곧 조선시를 말하면 시조를 제일위로 칠 수 밧게업다.(이병기,
1927.3)

③시조란 조선 사람만이 가진 예술적 한 형식이다. 이 말을
뒤집어하면 조선 사람의 생명의 울리움을 조선말로 표백하기
에 들어맛는 일개의 組織形體라는 말이다.(염상섭, 1927.3)

이상의 인용문에서 보는 바와 같이 공통적인 견해는 시조가 우
리 고유의 전통적 문학장임의 표명이다. ①의 글은 1920년대 국민
문학운동의 선언문이라 할 수 있는 최남선의 <朝鮮國民文學으로
서의 時調>로서 조선에서 국민문학 건설의 당위성과 필연성을 역
설하고 시조야말로 그 대표적 장르가 될 수 있음을 천명한다. 시
조가 '조선심의 방사성과 조선어의 纖維조직이 가장 압축된 상태
에서 발표된 공든 탑'이라고 파악하며 '조선인이 가지는 정신적
전통의 가장 오랜 실재이며 예술적 재산'(최남선, 1928.4)으로 본
다. ②,③의 글에서는 시조가 '조선 고유의 시형' '조선 정조의 표
현'인 것으로 인식한다. 이렇게 시조가 단순히 '조선적'이며 '우리
고유의 시형'이기 때문에 부흥하자고 주장하는 이면에는 충. 의를
중심으로 형상화된 시조를 부흥시켜 이에 민족정신을 표방하고자
하는 의도가 있다.

①조선의 시는 조선인의 시는 아모것 보담도 몬저, 무엇 보

담도 더 조선인의 사상감정, 苦惱希願, 美醜哀樂을 정직하게
명백하게 歎賞한 것이래야 하며 그런데 그 제일조건, 근본 조
건으로 무엇이든 '조선스러움'이 고소란히 盛出하고, 조선의
실정을 날카롭게 묘출하되 조선 뼉다귀, 조선 고갱이로써 한
시만이 우리가 세계에 내 노흘 뜻잇는 시요, 또한 세계가 우리
에게 기다리는 갑잇는 시일 것이다.(최남선, 1926.5)

②거기에(시조에) 조선인의 호흡, 조선인의 혼이 면면히 흐
르고 얽히고 터진 것은 어떻게 할 수 없는 일이다. 그것이 예
술일수록 사상, 관념, 감정, 감각의 相異를 초월하여 조선이라
는 이름 아래의 우리를 힘있게 불러 줄 것이다.(염상섭, 1926.
12.6)

육당은 ①에서와 같이 조선의 시는 '조선의 특색' '조선의 본성'
'조선의 실정'을 표현하되 '조선 뼉다귀' '조선 고갱이'로 한 것이
여야 한다고 주장하고 있다. 즉 '조선스러움'을 내세우고 있다. 염
상섭은 ②에서와 같이 '조선인의 호흡' 혼이 '면면히 흐르고 얽히
고 터진 것'으로 시조를 인식하고 있다. 특히 육당의 '시정신의 근
저에는 시대적 상황인 일제에 대한 저항과 우리 민족의 역사의식
에 뿌리 박힌 조선주의를 종교적 세계에까지 승화시켜 나간'(최원
규, 1981.8) 그의 조선주의의 본질이 되는 朝鮮心은 무엇일까.

우리의 몸과 마음을 최대한까지 확대한 점에서 만나는 것이
단군이나 거기서 단군과 각개의 자아와를 합해서 보는 것이
조선인이요, 이러한 조선인으로서의 생명을 영원히 安樂强美하
게 하자는 공동 욕구가 조선심인 것이다.(최남선, 1974)

육당의 朝鮮心은 단군사상을 핵심으로 하여 단결하고 조선인으로서의 생명을 영원히 안락강미하게 보존하자는 골동의 욕구다. 이러한 민족정신의 근거는 '밝' 사상으로 체계화하여 단군을 조선인의 정신적 표상으로 설정하고 있다. 이는 역사적, 사회적, 필연적인 요청에 의해 조선인의 민족 국가를 건설하자는 의지의 표명이다. 민족정신은 이러한 조선심으로 무장된 조선인의 정신이다.

육당의 작품 내면을 보면 '님'으로 일관되었으며, 그 '님'이 시정신의 기조를 이루고 있는데 이는 민족정신의 표상으로 볼 수 있다. 1920년대 시조 장르의 선택은 국가를 중시하는 유교사상의 관심으로부터 출발하였다. 1920년대 상실된 국가의식의 회복이라는 대명제 아래 시조 부흥의 논의를 일으켰다. 조선시대의 시조에도 '님'을 소재로 자주 사용했다. 그 당시의 님은 사대부들의 유교적 충의사상을 형상화하기 위한 추상적인 존재였고, 대부분 임금, 군주를 지칭하는 상징어였다. 그러나 20년대 시조에서의 '님'은 개인이 아닌 조국 또는 민족을 의미했다. 이렇게 '님'이 국가에로의 변용은 식민지 사회에서의 필연적인 귀결이었다.

'조선적'이며 '우리 고유의 시형'으로서 조선정신을 표방한 문학 장르로 이해된 시조의 장르의식을 파악하고, 새로운 시형으로서 발전시키기 위한 이론적 근거는 무엇인가. 주요한은 조선시가를 '첫째는 중국을 순전히 모방한 한시요, 둘째는 형식이 다르나 내용으로는 역시 중국을 모방한 시도이요, 셋째는 그래도 국민 정조를 여간 나타낸 민요와 동요'로 분류하였다. 이렇게 시조는 중국 한시의 모방이라고 배척하고 있으나 내용의 모방에 대한 언급이 모호하다. '약간의 시됴로 말하면 한문구조에 너머 로예가 되어 조선말의 근본미를 일헛다 할 것이 태반'(주요한, 1924.12)이라고 시조의 구조가 한시를 닮았다는 구조적 모순을 지적하고 있다. 이렇게 시조에 대하여 부정적으로 평가하고 있는데, 이를 역으로 생각하면 시조를 동양적 정조를 담은 시형으로 인식했다고 볼 수 있다.

시조는 3장 6구라는 정형성 자체가 시상의 절제 및 균형을 요구한다. 주요한이 詩作 초기에 자유시로 출발했기 때문에, 시조의 창작 계층은 사대부였고 그 내용은 유교사상의 형상화이며 특히 회고, 절의, 안반낙도를 내용으로 하는 시조가 우리 민족의 정서를 대표한다고 보기는 힘들었을 것이다. 그러나 주요한이 결국은 시조 창작으로 귀결되었는데, 그렇게 될 수밖에 없었던 이유는 그의 문학의 기본이념이었던 국민문학 수립의 가장 큰 구체적 실적의 하나가 시조부흥이었기 때문이다. 그리고 忠義의 유교사상과 같은 국가의식을 표방하기 위해서는 시조가 적합했다. 또한 주요한이 시의 본질을 언어의 음악성 즉 운율에서 찾았기 때문이다. 그러나, 그의 소박한 문학의식 탓으로 음악에 가장 가까운 시는 정형률의 시이어야 한다는 판단에 오히려 시조같은 전통적 정형시로 귀착되었다고 본다.

염상섭은 '시조의 형식 또한 조직적인 형식이므로 현대의 생산상태가 조직적인 까닭에 시조부흥이 필요하다.'고(염상섭, 1927. 4.30) 주장한다. 그러나, 사회가 조직화 될수록 문학은 그러한 조직적 체계를 파괴하고자 한다. 근대정신은 산문정신으로 대표된다. 이러한 장르의식은 소박한 심정적 차원에서 파악했기 때문이다. 그런데, 그는 그 이전에 미래형 시조형에 대하여 언급하고 있다.

시조는 과거인이 과거의 시대정신, 과거의 생활의식을 표현함에 그치니까 현대인인 우리에게 교섭이 없다고 할는지도 모른다. 그러나 모든 역사가 그러한 것과 같이 과거는 현재의 모태이다.…… 그만큼 시조는 우리의 것이요 우리가 가꾸어야 할 것이다.(염상섭, 1926.12.6)

과거의 시조형을 현재의 가치로 인식하여 미래의 시조형으로 가꾸자는 의식의 표명이다. 조직적인 형식 즉 정제. 정돈된 시조에 그 당대의 민족정신을 조직적으로 표백할 수 있다는 표명으로 이해된다. 즉 형태적인 면은 그대로의 시조형을 선택하고 내용을 현대 정신으로 하자는 것이다. '시조의 파격과 혁신을 통해 그 계승을 시도하는 경우 이미 그것은 시조의 계승이 아니'라는(김용직, 1982;19-30) 것을 무의식이든 의식적이든 자각을 하고 있었다고 보아진다. 허영호도 이와 같은 관점에서 시조의 부흥을 논의한다.

우리는 시조를 학자적, 지사적, 술회담으로부터 해방식히는 동시에 또 아무 감각엄는 고시조식 용어로 부터도 脫却식여야 할 것이다. 그레서 새로운 생명과 청신한 감각을 넣도록 하여야 할 것이다. …… 다맛 우리는 그것을 어떠케 하면 완전하게 정돈하고 통일식킬까를 힘쓸 것이다. 어떠케 하면 그 형식 속에 자유로해 작자의 감정를 표출식킬까에 힘쓸 뿐이다.(허영호, 1927.4)

허영호의 글의 요지는 고시조의 내용을 불식시키고 새로운 생명과 시대적 감각에 혁신하자는 것이다. 그렇지만 시대 형식은 혁신하는 것이 아니라, 정돈 통일시켜 그 형식 곳에 자유로운 작자의 사상과 감정을 표현하자는 주장이다.

그러나, 근대의 산문정신, 끓는 감정을 표현하고자 하는 욕구

등과 '시조는 어제의 예술이며' 형식상 많은 제약을 가지고 있기 때문에 현대인의 '화산가치 폭파되는 정열을' 자유롭게 표현할 수 없다는 시조 배격론이 일었다. 따라서 고유의 시조형식을 완전히 버리지 않고 시조장르의 특성을 계승하는 한도에서 혁신을 주장하였다. 이는 '종래의 시조를 그대로 因襲한대야 암만해도 현재급 장래 사람에게는 맞지 아니할 것'이라는 문제에 부딪히고 있었기 때문이다. 근대의 산문정신과 유교사상 등의 충돌을 피해서 시조의 형식을 완전히 파괴하지 않으면서도 근대의식을 보여줄 수 있는 새로운 시조시형이 절실히 요구되었다.

이러한 새로운 시형의 요구에 시조시인들은 전통적 형식을 계승하면서 혁신할 수 있는 탈출구를 찾았다. 그 실천은 주로 새로운 율격 모색, 연작 혹은 장형의 시조시형을 모색이었다.

> 우리가 지금 古調, 고형, 고어로서 우리들의 상상과 감정을 잘 표현할 수 잇을가? 그러한 형식의 무비판적 고집은 우리의 생동하는 사상감정의 자유표현을 무한히 저해하는 것이다. 형식에 구속되면 無用한 표현을 억지로 府會하게 되며 자기의 사상감정을 충분히 발표치 못하는 경우가 허다히 잇다.……
> 우리가 장래의 새로운 시조를 건설코저 함에는
> 一. 자수, 행수, 용어에 반다시 고형식을 맹집치는 말 것
> 二.비교적 풍부히 사상감정을 표현할 수 있는 장형의 시조형식을 이용할 것.
> …… 우리는 시조 부활의 논리적 근거를 '시가문학건설과 발달을 위한 능률상에 두어야 할 것이다.(손진태, 1927.3)

시조부흥의 목표를 '시가 문학건설과 발달을 위한 능률상'에 둔 것은 주목할 만한 사실이다. 과거의 시형에 대하여 반성과 자각을

통하여 현대의 시가로서 가치를 주고 미래의 시형으로 전개하고 자 하는 의지의 표명이다. 그 구체적인 방법의 모색으로 자수, 행수, 용어에서 반드시 고시조형에 집착하지 말고 자유로이 사상, 감정을 표현할 수 있는 '장형의 시조형식'을 이용할 것을 제시한다.

본격적인 시조연구의 핵심을 담당했던 이병기 역시 손진태와 그 궤를 같이 한다.

> 오늘날 우리의 생활상은 예전보다 퍽 복잡하여지고 새 자극을 많이 받게 됨에 따라, 또한 작자의 성공도 가지 가지로 많은 것이다. 그것을 겨우 한 수만으로 표현한다면, 아무리 그 선을 굵게 하여 하더라도 될 수 없으며 된대야 부자연하게 되고 말 것이니, 자연 그 표현방법을 전개시킬 수밖에 없다.(이병기, 1966; 297)

생활상이 복잡해지면서 한 수만으로 표현할 수 없어 연시조는 한 제목에 감정의 통일만 있으면 되기 때문에 시조형의 특징을 '얼마든지 전개시킬 수 있음'에서 찾고 있다. 이러한 연시조 장형의 선택은 시조 시인들이 시조형식을 유지하기 위한 하나의 중요한 방법이었다. 근대의 생활양식과 감정을 전래의 평시조에 담을 수 있어 장형 혹은 연시조를 모색하였지만 장형시조는 결국 시조형식을 파괴한다는 속성 때문에 주로 창작된 것은 연시조였다. 이병기를 비롯하여 최남선의 '백팔번뇌'(한성도서, 1926), 이은상의 '마산시조집'(산성도서, 1932) 등의 시조집에 연시조가 상당히 많이 보이고 있음으로 당시에 상당히 활발하게 창작되었음을 알 수 있다.

　그리고, 이병기는 '時調道復興'을 하자는 것보다도 시조신운동을 하자고 하면서, 신운동으로 '첫째, 조선어의 미를 찾아 쓰자. 둘째, 사생활을 힘쓰자. 셋째, 신율격을 지어내자. 넷째, 창법을 고치자' 등을 주창하였다. 주목할 만한 것은 셋째의 '신율격을 지어내자.'이다.

> 　조선적 음율을 가진 것이라 하더라도 또한 고금이 다를 것 아닌가 의문이다. 물론 현대의 것을 알자면 거슬러 올라가서 고대의 것 까지를 알아야만 하겠지만 현대의 것이 고대의 것과 다름이 없다고 못하겠다. 예전에 가요에서 보통으로 쓰던 3.4조, 4.4조 따위가 지금도 아니 쓰이는 바 아니나, 반드시 이 따위만이 정조라 하고 그밖에 다른 음조들은 우리의 생활에 사상.감정도 결렬한 변화를 하고 있는 이때, 언어와 음조인들 변화가 없으랴…… 3.3조, 5.4조, 4.3조 따위가 오히려 새롭고 안기는 느낌을 주지 않나. 다시 말하면 종래의 일반적으로 쓰던 음율만 쓸 것이 아니라, 특수적으로 쓰던 음율도 쓰며 자기의 독특한 리듬을 표현하자는 것이 곧 셋째 신율격을 지어 내자는 말이다.(이병기, 1929.5.-6)

　이병기는 이 글에서 신시조 운동에 대하여 체계적으로 논의를 전개하고 있다. 특히 위와 같이 전래적인 3.4조, 4.4조의 정형적인 음율만 쓸 것이 아니라 '자기의 독특한 리듬을 표현'하는 는 주장이다. 그는 '자유시가 문자나 나열해 놓는다고 곧 시가 되는 것은 아니다. 자유시도 그 내용과 그다지 먼 사이는 아니다.'라고 언급하였다. 자유시는 자유시대로 시조는 시조대로의 존립가치를 인정하고 있다. 그가 시조를 부흥하려는 이유는 시조가 전통적 계승을 하나의 목표로 하기 때문에 발전시켜 나갈 필요가 있다고 믿는다.

이러한 것은 근대 산문정신, 자유시의 영향 등으로 볼 수 있다. 또한 이는 시조의 자유시형이면서 정형시라는 점, 이미 정해진 운율과 행의 구조를 거부한다는 점에선 현대시조와 자유시는 동일한 것이다. 변형을 통한 지속의 원리라는 점에서 시조와 자유시는 결국 동일한 것이다. 변형을 통한 지속의 원리라는 점에서 시조와 자유시는 결국 동일한 형식 체험으로 귀착된다고 볼 때, '자기의 독특한 리듬을 표현'하면서 시조를 1920년대 후기에 발전시키는 것은 바람직한 현상이었다.

이상에서 보는 것과 같이 1920년대 시조시 부흥은 과거의 시조형 그대로 답습하지 않았다. 이는 시조가 가장 한국적이며 전통적 형태를 가진 시가장르임을 인식하여 현재의 시조형으로 가치를 부여시키면서, 미래의 시조시형으로 전개되었다. 즉 시조부흥을 현대시조미학의 기틀을 마련해준 셈이다.

6. 맺음말

한국 근대시는 식민지하에서 침략으로 인한 상실과 그에 대한 회복을 위한 저항의 역사적 대전제 아래서 앞 시대의 문학장르, 내용, 형식에 반발을 보이면서 형성 전개되었다. 그러면서도 이들은 전통에의 끊임없는 관심을 배제하지 않았다.

근대시가 형성되기 이전에 자유시의 공간을 확보한 선행 장르는 자유시체 혹은 산문시체였다. 춘원과 육당은 자유시 형성의 내재적 요인인 사설시조 형식을 자연스럽게 취하면서 자유시의 공간을 확보하였으나 시의식의 결핍으로 더 이상 그들의 시가 발전되지 않았다. 개인의 정서적 표상의 산물인 자유시의 등장은 1910 년대말부터이다. 자유시 의식을 확보하면서 형성된 근대시는 두 가지의 성과를 거두었다. 하나는 천여년 진행되어온 전통시가의 정형성을 깨뜨린 것이며, 다른 하나는 그 이전 시가의 특징인 계몽. 교훈자적인 관념을 탈피하여 개인적 정서의 시적 자아를 확보한 것이다.

우리 신문학 초창기의 자유시 형성은 서구적 이론 위에서 출발하였다. 자유시 형성의 이론적 근거를 마련한 김억, 황석우, 박종화, 양주동, 박영희 등은 전통적인 우리 시의 경험을 철저히 거치지 않고 일본을 거쳐 들어온 서구시, 특히 프랑스 상징주의 이론을 비판없이 받아들였다. 그것은 우리의 전통적 문학양식이 이론적으로 체계화된 것이 아니었기 때문에 밀려드는 서구 문예사조에 대처할 만한 이론적 정립이 없었던 결과였다. 서구시를 받아들이면서 터득한 리듬 의식은 한국 근대 자유시론의 가장 핵심적인 것이었다. 이는 자유시뿐만 아니라 민요시의 근거가 되었고 실제 창작에도 반영되었다. 그러나 한국 근대시가 서구시의 영향을 받아 형성되었다 할지라도 우리시는 서구시와 같을 수도 같을 필요도 없었다. 따라서 서구시를 수용하면서도 끊임없이 우리의 시를 모색하였던 것이다. 이러한 사실은 우리의 문학전통을 확보하기 위한 노력으로 받아들일 수 있다. 전통이란 고정불변의 것이 아니라 시대와 환경에 따라 끊임없이 변화하기 때문이다.

3.1운동 이후 1920년대 들어서 식민지 상황이 훨씬 심각해지면서 국민 생존 위협의 위기의식으로 우리민족은 일제에 항거하였다. 따라서 모든 문화운동은 이들의 연장선에 놓이게 되었다.

전통적 민요시의 선택은 서구시 경험과 그의 극복에 의해 이루어졌다. 심각한 식민지 현실에서 지식인들은 데카당티즘의 신비, 암시, 현실을 부정한 환상의 세계만을 추구할 수 없었다. 문학은 삶의 정당성, 역사와 전통을 기반으로 한 근거를 마련해야 했기 때문에 앞의 문학장르에 대하여 반성과 자각이 따랐다. 우리 시의 장래가 역사적 바탕과 전통의 계승 위에 서야함을 인식한 결과의 소산이 민요시였다. 그리고 민요시가 억압받는 식민지하의 문학양식이었지만 예술성이 제거되지 않았고, 오히려 민요의 본질인 시적 자아를 확보하였으며 1920년대 민요시의 전개는 향토적 特情性을 우리 문학에 배태시켰다.

1920년대 시조시형의 전개는 식민지 지배하 피지배 민족의 열등성을 극복하기 위해 자만족의 전통에서 긍정적인 요소를 찾으려는 데서 출발한다. 반제의식이 고조됨에 따라 민족, 국가의식을 고양시킬 수 있는 문학 양식으로 전통적인 시조형의 선택은 자연스러운 것이었다. 국민문학운동의 일환으로 시작된 시조부흥운동은 외래 문화의 충격과 프로문학의 대타의식에서 한 원인도 찾을 수 있다. 최남선, 손진태, 이병기, 이은상 등의 시조에 대한 이해는 민족혼이 담긴 우리의 고유한 문학양식이며, 가장 한국적 형태라는 데서 출발한다. 물론 이들의 시조에 대한 이해가 피상적이었고, 때로는 시조배격론도 펼쳤지만, 새로운 시조형을 찾는 일에도 눈을 돌렸다. 이들의 주장은 시조의 고형에 집착하지 말고 자기의 독특한 리듬을 표현하며, 새로운 감정을 표현할 수 있는 장형시조 등 시조의 새 틀을 창작하자고 주장하였다. 이러한 주장은 실제에 응용되었고, 전대 시조의 변형을 통하여 현대시조 미학의 기틀을 마련하였다.

앞의 문학장르에 반발을 보이면서 그 이전의 전통적 문학장르

의 선택은 과거의 답습이 아니었다. **自民族**의 과거에 대한 관심은
현재와 미래에의 시간적 연속성과 인과관계 속에서 이루어진다.
따라서 이들의 시는 미래에의 창조를 위한 발판을 제공한 셈이다.
즉 한국 근대시의 형성전개는 1910년대 개화기 시가에서 1930년
대 현대시로 이어주는 과도기적 모습으로 혼돈과 방황을 보여 주
었지만, 역사적 근거와 우리 문학의 전통 속에서 하나의 지평을
마련하였다.

참고문헌

김기봉 편주, 프랑스 문학이론과 선언문, 신아사, 1980.

김기진, "시가의 음악적 방향," 조선문단 12호, 1925.8.

김대행, 한국시가구조연구, 삼영사, 1976.

김대행, "민요시 재고," 국어국문학회, 현대시연구, 정음사, 1981.

김대행, 한국시의 전통연구, 개문사, 1980.

김동환, "애국문학에 대하여," 동아일보, 1927.5.12.

김동환, "시조배격소의," 조선지광 68호, 1927.6.

김동환, "문사와의 대담," 조선문단, 1927.10)

김동환, "조선민요의 특질과 기장래," 조선지광 82호, 1929.1.

김병철, 한국근대번역문학사연구, 을유문화사, 1975.

김병철, 한국근대서양문학이입사연구, 을유문화사, 1980.

김석송, "민주문예소론," 생장 5호,1925.5.

김소월, "시혼," 개벽 59호, 1925.5.

김시태, 현대시의 전통, 성문각, 1981.

김 억, "요구와 회한," 학지광 10호, 1916.9.

김 억, "프랑스 시단," 태서문예신보 11호, 1918.12.14.

김 억, "시형의 운율과 호흡," 태서문예신보 14호, 19191.13.

김 억, "시단 일년," 개벽 42호, 1923.12.1.

김 억, "조선심을 삼아," 동아일보, 1924.1.1.

김 억, "시작법," 조선문단, 7-12호, 1925.4.-10.

김 억, 일허진 진주(시집), 평문관, 1924.8.

김 억, "옛날을 돌아보며," 조선문단 6호, 1925.3.1.

김 억, "'조선시형에 관하여'를 듣고서," 조선일보, 1928.10.18-24.

김 억, "격조시형론소고," 동아일보, 1930.1.16.

김열규, "근대문학의 전통," 서강대 인문연구논집, 9집, 1976.

김영철, "한국 자유시의 초기형성과정고," 현대시논총, 형설출판사, 1982.

김용직, 한국근대문학의 사적이해, 일지사, 1982.

김용직, 한국근대시사, 새문사, 1983.

김용직, 한국문학의 비평적 성찰, 민음사, 1974.

김윤식, 근대한국문학연구, 일지사, 1973.

김윤식, 한국근대시론비판, 일지사, 1975.

김윤식, 한국근대문예비평사연구, 일지사, 1976.

김윤식, 김현, 한국문학사, 민음사, 1973.

김춘수, 한국현대시형태론, 해동문화사, 1958.

김치수 외, 현대한국 문학의 이해, 민음사, 1982.

김학동, 한국근대시의 비교문학적 연구, 일조각, 1981.

김학동, 한국개화시가연구, 시문학사, 1981.

김흥규, 문학과 역사적 인간, 창작과비평사, 1980.

문덕수, 한국현대문학사, 학술원논문집, 1968.11.

박종화, "문단 일년을 추억하여," 개벽 31호, 1923.1.

박철희, 한국시사연구, 일조각, 1980.

박호영, "근대시형성의 미학," 서울대 선청어문, 9집, 1978.

백대진, "이십세기초두구주제대문학가를 추억함,"신문계, 1916.5.

백대진, "불란서 문단, "태서문예신보 9호, 1918.11.30.

백락청, 민족문학과 세계문학, 창작과비평사, 1978.

서정주, 시문학개론, 민음사, 1969.

송민호, 한국시가문학사, 고대민족문화연구소, 1976.

신동욱, 우리시의 역사적 연구, 새문사, 1981.

양왕용, 한국근대시연구, 삼영사, 1982.

양주동, "시란 엇더한 것인가," 금성 2호, 1924.1.25.

양주동, "시와 운율," 금성 3호, 1924.5.24.

양주동, "구상과 표현," 문예공론 2허, 1929.6.10.

염상섭, "시조에 관하여," 조선문단 19호, 1927.2.

염상섭, "시조와 민요," 동아일보, 1927.4.30.

오세영, 한국낭만주의시연구, 일지사, 1980.

이건청, "초창기 한국현대시에 끼친 상징주의 영향," 한양대 대학원, 1978.

이광수, "민요소고," 조선문단 3호,1924.12.

이병기, "시조와 그 연구," 학생, 1928.

이병기, "시조원류론," 신생, 1928.

이병기, "시조의 현재와 장래," 신생 8-9호, 1929.5.-6.

이재명, "초창기 문단의 상징주의 수용과 근대시 형성," 한국문학문체론·작가작품론연구, 집문당, 1983.

이유영, 독일문예학개론, 삼영사, 1979.

장덕순 외, 구비문학개설, 일조각, 1971.

정병욱, 한국고전시가론, 신구문화사, 1980.

정한모, 한국현대시문학사, 일지사, 1974.

정한모, 현대시론, 보성문화사, 1979.

정한모, 한국현대시의 정수, 서울대출판부, 1979.

정한모, "근대민요시와 두 시인," 문학사상 8, 1973.5.

조동일, 문학연구방법, 지식산업사, 1982.

조동일, "현대시에 나타난 전통률격계승," 우리문학과의 만남, 홍성사, 1978.

조연현, 한국현대문학사, 성문각, 1978.

조용만, 일제하한국신문화운동사, 정음사, 1975.

조윤제, 한국문학사, 탐구당, 1970.

조 운, "병인년과 시조," 조선문단 19호, 1927.2.

주요한, "노래를 지으시려는 이에게," 조선문단 1-3호, 1924.10-12.

주요한, "시조부흥은 신시운동에까지," 신민 23호, 1927.3.

천관우, 한국사 재발견, 일조각, 1980.

최남선, "조선국민문학으로서의 시조," 조선문단 7-12호, 1925.4.-10.

최남선, "조선민요의 개관," 진인 1927.1.

최원규, 한국근대시론, 학문사, 1980.

최원규, "한국근대시의 성립과 전개에 관한 연구," 충남대 인문과학논문
　　　집, 1981.8.

최원규, "한국현대시에 대한 미(영)시의 영향에 관한 연구," 어문연구, 11
　　　집, 1982.6.

최원규, 한국현대시론고, 예문관, 1985.

한계전, 한국현대시론, 일지사, 1983.

황석우, "시화," 매일신보, 1919.9.22.

황석우, "조선시단의 발족점과 자유시," 매일신보, 1919.11.10.

황석우, "최근의 시단," 개벽 7호, 1921.1.1.

황성모, "한국문화의 연속성과 단절성에 관한 연구," 성곡논총, 11집,
　　　1980.

홍사용, "조선은 메나리 나라," 별건곤 12.13합호, 1928.5.1.

Danziger, M.K.& Johnson, W.S., An Introduction Literary Criticisim, Boston,
　　　1961.

Frye, N., Anatomy of Criticism, Princeton Univ. Press, 1973.

Hauser,A.(백락청, 염무웅 역), 문학과 예술의 사회사, 창작과비평사, 1976.

Toynbee,A.J.(노명식 역), 역사의 연구 II, 삼성출판사, 1983.

Wellek, R. & Waren, A., Theory of Literature, Penguin books, 1970.

혼과 정신의 정서 표현

1. 머리말

우리 근대문학은 일제강점하에서 형성·전개되었고 그 터전이 오늘날의 한국문학을 이룩했다는 것은 틀림없는 사실이다. 이렇게 특수한 상황에서 배태되었던 근대문학의 표현 방식은 두 주류로 나타난다. 하나는 현실 대응 방식의 하나로 정신적 강렬성을 보였거나, 다른 하나는 이와 다른 혼의 표현 방식을 취했던 것이다.

우리의 문학활동은 일제에 의해 속박을 받았으며, 주권과 생존에 위협을 느꼈기 때문에 어떤 형태로든 이에 강렬한 정신적 대응이 이루어졌다. 그 예로 황현은 한일합방 때, "휘휘한 바람에 날리는 촛불 창공 비추네"와 같이 창천을 비추던 촛불이 바람 앞에서 휘날리는 것처럼 절명의 순간을 앞둔 자가 느끼는 칼날 같은 이미지 표현의 절명시 4수를 남기고 음독 자살하였다. 그 외 이육사,

심훈, 윤동주 역시 시대 상황에 강렬하게 정신적 대응을 하였다. 이들은 불의를 용납하지 못하는 시정신을 지니고 있었으며 정신에 충만된 시를 썼다. 이러한 정신의 가열성이 마침내는 죽음을 명상하기에 이르고 시인은 그러한 비극적 순간의 작자인 동시에 비극의 주인공이기도 했다.

한편, 일제 시대의 지배 민족에게 압박을 심하게 받았다고 하여 모두 정신성에 충만한 시를 쓴 것은 아니다. 예술에서 극심한 압박을 받았던 고대 오리엔트에서 인류 역사상 가장 훌륭한 작품 중 상당수를 탄생시켰다. 그러므로 예술사의 영역에서는 동일한 원인이 반드시 동일한 결과를 낳는 것은 아니다.(아놀드하우저, 1976;64) 문학은 그 자체의 정당성과 목표를 가지기 때문에 그 당대의 현실을 반영하면서도 그것을 뛰어넘는 진실을 보여준다. 가령 정신사적 측면을 강조한 나머지 일제하에 창작된 시라 하여 님, 풀 한 포기, 나무 한 그루의 언어들을 모두 저항적인 요소로 몰아세운다면 진정 문학적 의미는 어디서 찾을 수 있을 것인가. 1920년대 민요시의 주제는 전통적 서정 민요의 본질 그대로의 사랑, 특히 연인과의 이별이나 님의 상실 등에서 비롯된 비극적 사랑이 대부분이다.(오세영, 1980;60) 이러한 시들은 정신적인 소산이라기보다는 영혼 혹은 혼의 소산이거나 그것에 보다 깊이 관여된 것이다.

E.슈타이거는 그의 「시학의 근본개념」(에밀 슈타이거, 1978)에서 정신성에 충만된 시를 남성적이고 의지적인 극적 장르로 보고, 정신성의 결여상태이지만 혼에 충만되어 있거나 그에 보다 더 깊이 관여하고 있는 시를 서정시의 본령으로 파악하고 있다.

고대시가, 향가, 고려가요, 조선시대의 시조, 가사, 그리고 근대시, 현대시로 이어지는 한국시가의 원류는 결국 서정시의 맥락이다. 그러므로 특히 일제강점하였던 근대시의 형성·전개시기에서 서정시의 본령 즉, 혼의 소산인 시의 맥락을 고찰하는 일은 매우 중요하리라 본다.

동시에 당대 한국 사회를 떠받치고 지탱할 수 있었던 것은 정신이었으며, 그 정신 영역이 예술 장르의 하나인 시 창작의 중심축이 되었던 것이다. 일제강점하의 우리는 주권과 생존에 위협을 느꼈고, 자유를 속박당했다. 따라서 이에 대한 정신적 대응이 어떤 형태로든 이루어졌다. 당시 시대 상황에 강렬하게 대응했던 시인들은 불의를 용납하지 못하는 시정신을 가지고 있었으며, 정신에 충만한 시를 썼다. 이러한 정신의 가열성은 마침내 죽음을 명상하기도 하고, 시인 자신이 그러한 비극적 순간의 작자인 동시에 주인공이 되기도 했다.

이에 본고에서는 시에서 혼과 정신의 문제를 규명하여 보고, 한국 근대시의 흐름에서 혼과 정신의 소산인 두 맥락을 고찰하고자 한다.

2. 시에서 혼과 정신

한국 근대시에서 혼과 정신의 표현 맥락을 고찰하기 전에 우선 시에서 혼과 정신이 어떻게 표상되고 있는가를 살펴보자.

혼의 문제는 주로 민속학적인 측면에서 다루어졌다. 특히 무속에서 인간을 육신과 영혼의 이원적 결합체를 보고 영혼이 육신의 생존적 원력이라고 믿는다. 그리고 영혼은 무형의 기운으로 인간 생명의 근원이 된다고 본다. 영혼이 육신에서 떠나간 상태를 죽음으로 보는 것은 인간 생명 자체를 영혼의 힘으로 믿기 때문이다. 한편 육신은 형상이 있으되 일정한 기간에 이르면 사멸하나 영혼은 형상이 없는 채 불멸의 영원한 것으로 육신이 생존하는 근원적인 정기로 본다. 즉, 육신은 형상을 가진 가시적 존재이나, 일정 기간만을 지속할 수 있는 순간적인 존재이고, 영혼은 형상이 없는 불가시적 존재로 시간성을 초월해 영구히 지속되는 영원존재이다 (고려대, 1982; 239-240). 영혼이라는 것은 인간의 정령을 의미하는 '넋' '혼' '영' '영혼' 등을 의미하는 포괄적인 개념으로서 인간의 생명력에 대한 관념적 연장 형태로 나타낸다. 이는 영혼불멸관으로서 생명체가 공간성을 초월한 형태의 것으로 생명의 시간적 무한성을 의미한다.

우리 민족과 연관성이 깊은 퉁구스인들은 영혼을 눈에 보이지 않는 어떤 요소로서 인간을 살게 하는 것이라고 생각하였다. 이것을 만주인들은 fojeno(영혼:Soul)라고 하는데, 이는 모든 개인의식의 근원적인 힘이며, 생물학적인 생산의 힘, 번식력, 생리적 기능과 관련되고, 서구적 영혼관과 유사한 초월자로부터 이주해 오는 것으로 생각하였다(이은봉, 1984;274-275). 그리고 구비문학에 나타난 한국인의 영혼관은 '저승'과도 밀접한 관계를 지니고 있으며 죽음을 영혼과 육체의 분리상황으로 믿었다. 따라서 고대인들은 저승사자에 의해 영혼이 분리되고, 분리된 영혼은 그 저승사자에게 저승으로 끌려가, 염라대왕이 심판하여 그 영혼의 사후세계를 정해준다고 믿었다. 이러한 고대인들의 저승관은 영원불멸을 갈망하는 인간의 생명적 본능과, 원향으로서의 영원회귀를 기대하는 인간의 원초적 의식에서 형성된 것으로 생각할 수 있다(박계홍,

1981;33).

이렇게 볼 때 민속학적 의미의 영혼 혹은 혼은 '인간 생명의 근원', '형상이 없는 영원불멸의 것', '초월적인 것', '개인의식인 근원적 힘', '생산적인 힘', '영원회귀의 인간의 원초적 의식' 등으로 파악할 수 있다.

그러면 혼의 문학적 의미, 특히 시에서는 어떤 의미를 지니는가에 대하여 살펴보기로 한다. 물론 시에서도 혼은 민족학적인 의미와 동떨어진 것으로 파악되지는 않는다. E.슈타이거가 "생명은 영혼을 베푼다. 영혼은 생명 그 자체에 충만이며, 직접적인 생명의 열림이며, 본질적으로 미지의 것"(에밀 슈타이거, 1978;287)이라고 파악한 것으로 보아도 알 수 있다. 시에서 혼의 문제를 다루기 위해, 다시 E.슈타이거의 정신과 혼에 대한 언급을 인용해 보기로 한다.

> 정신은 냉엄하다. 오직 정신에 의하면 의했지 결코 영혼에 의해 창조되지 않는 것은 명쾌감을 펼쳐주되 따스함을 펼쳐주지는 못한다. 정신이 이룰 성과는 경탄을 자아낼 것이다. 영혼의 마력은 사랑을 받을 것이다. 영혼의 빛이 가득 담긴 눈동자, 영혼의 음향이 가득 담긴 목소리는 서정적인 상호융화의 존재로서 극진히 쓰여지는 어쩔 수 없는 동감들을 창조해 낸다.(에밀 슈타이거, 1978;4)

정신에 의해 창조된 시는 냉엄하고, 명쾌감을 주며, 경탄을 자아낸다. 따라서 역사적 방향성에 민감하고, 사물 혹은 상황의 전체성을 가늠하고 기능적인 노릇을 하기 때문에 시의 일종이되, 극적인 시이거나 의지적인 시다. 그러나 영혼에 의해 창조된 시는 따스함과 사랑을 주며 서정적인 동감을 창조해낸다. 그래서, 정신은 살아있는 실체이면서 이념적인 지향성을 갖지만, 혼은 절대적인 것이지만 초월적이며, 인간의 가장 깊은 마음의 밑바닥에 놓인 것이다.

우선, 넋 혹은 혼에 깊숙이 관련되어 있는 소월의 <무덤>이라는 시를 살펴보자.

그 누가 나를 헤내는 부르는 소리
붉으스럼한 언덕, 여기저기
돌무덕이도 음즉이며 달빗헤,
소리만 남은 노래 서러워 엉겨라,
옛 조상들의 기록을 무더둔 그곳!
나는 두루 찻노라, 그곳에서,
행적업는 노래 홀너퍼져,
그림자 가득한 언덕으로 여듸저듸,
그 누구가 나를 헤내는 부르는 소리
부르는 소리, 부르는 소리,
내 넉슬 잡아 끄러헤내는 부르는 소리.

——〈무덤〉 전문

여기에서 소월의 자아는 죽은 자가 불러 이끌어 내는 소리에 교응하고 있으며, 현실에서의 삶의 의미를 상실한 채 깊은 영혼의 심연에 침잠 되어 분열된 의식임을 알 수 있다. 이러한 시를 누구든 정신성에 충만된 시라고 하지는 않을 것이다. 위의 시에서 우리가 느낄 수 있는 것은 인간의 가장 깊숙한 마음 가운데서 아무런 위치관계도 없이 스스로 분출되는 혼의 목소리인 것이다. 따라서 이 시는 '넋' 또는 '혼'과 깊숙이 관련되어 있음이 쉽게 파악된다.

E. 슈타이거가 '서정시는 영혼의 힘으로 충만 되나 정신성의 결여'라고 하는 것은 서정시의 본질이 혼과 깊게 관련되어 있음을 통찰하고 있는 것인데, 서정시가 정신의 결여상태라면 확실한 방향성이 모자란 것임에 틀림없다. 이렇게 볼 때, 혼이 충만된 서정시는 어떠한 역사성이나 방향성에 벗어나 서정적 세계와 자아가 자기 표현적 정조의 자극 속에서 융합하고 상호 침투하는 것으로 파악된다. 즉 심령적인 것이 대상성에 깊이 파고들어 그 대상성을 내면화시키는 것이다. 정조의 순간적인 고조를 띤 대상성의 내면화는 서정성의 본질이라고 할 수 있다(볼프강 카이저, 1984;521). 1930년대 초기 순수시의 경우에 어떠한 역사성이나 방향성을 벗어나 자기 정조의 세계를 표현한 것도 이러한 문맥에서 이해될 수 있다고 본다.

우리가 영혼이라고 하는 것은 신체 속에 살고 있는 불멸의 인간 요소라는 관념과는 전연 별개의 것이다. 이에 문제되는 것은 존재자, 즉 열리어지는 대상과 상태들의 존재방식 외의 어떤 다른 실체를 지니고 있지 않은 본원적인 존재 가능성인 것이다. 영혼이란 회감속에 떠오르는 정경의 유동성이다(에밀 슈타이거, 1978; 286). 다시 말하면 혼은 회상 속에 떠오르는 정경의 유동성 즉, 자아와 대상의 거리감이 소멸된 곳에 놓인 에너지이며, 인간의 가장 깊은 마음의 밑바닥에 놓여, 어떠한 지적인 통제력도 무력한 것이다.

서정시는 자아의 독립적인 표현으로 나타나며, 서정시의 본질이 시인의 심혼적인 자기표현이라고 할 때, 한국 근대 서정시의 심연적 흐름을 캐내는 일이라 판단된다.

시에서 정신 표상의 문제를 다루기 위해 우선 이육사의 시 <절
정>을 다시 읽어보자.

> 매운 계절의 채찍에 갈겨
> 마침내 북방으로 휩쓸려오다.
>
> 하늘도 그만 지쳐 끝난 고원
> 서릿발 칼날진 그 우에 서다.
>
> 어데다 무릎을 꿇어야 하나
> 한 발 재겨 디딜 곳조차 없다.
>
> 이러매 눈 감아 생각해 볼밖에
> 겨울은 강철로 된 무지갠가 보다.

——〈절정〉 전문

이 시의 1연에서 화자는 고통스러운 상황으로 인해 북방으로
쫓기고, 2연에서 다시 북방에서 더 이상 오갈데 없는 고원으로 떠
밀려와 그 위에 서게 된다. 3연에서는 이러한 한계 상황이 더욱
극단화되어 이제 화자는 '한 발 재겨 디딜' 수 없는 공감에서 스
스로 침몰을 선택할 수밖에 없음을 안다. 그러나 4연에 오면 화자
는 외적인 상황에 쫓기고 시달리고 빼앗겨 이젠 더 이상 빼앗길
것도 시달릴 것도 없게 되어 존재 상실의 절정에 선다. 이때 화자
는 문득 눈을 감고 생각해서 새로운 삶의 지평을 획득한다. 그것
이 바로 무지개로 상징된 자유의 공간인 것이다.

이를 김종길 교수는 '비극적 황홀,' 오세영 교수는 '역설적 자기
변신 혹은 비극적 초월'이라고 설명하고 있다. 이 시는 민족 수난

이라는 역사적 현실을 배경으로 하여 자신의 삶을, 더 이상 물러설 수 없는 결단의 자리를 노래한 작품이다.

우리가 이 시를 읽을 때, 극적이며 남성적인 강건한 기질을 느낄 수 있다. 그 까닭은 이 시가 바로 정신성이 충만하기 때문이다. E.슈타이거는 '정신, 즉 극적인 생명은 더욱 강건한 남성적 기질을 품고 있으며' 정신에 의해 창조된 시는 냉엄하고 명쾌감을 준다 '고 언급(E.슈타이거, 1978;287)하고 있다.

'정신'이라는 말을 사용할 때, 우리는 일차적으로 시대 정신을 머리에 떠올리게 된다. 헤겔은 시대 정신이 역사를 움직이는 형이상학적인 힘이며 객관 정신 석에 표현되는 민족 정신이라고 생각하였다. 즉, 정신은 인간의 삶과 역사의 전개과정을 통합시켜 파악할 수 있는 개념이다. 그렇기 때문에 이육사의 <절정>과 같이 정신에 충만된 시는 역사적 방향성에 민감하고, 극적이거나 철학적 또는 사회적 상상력에 관여되는 형식에 가깝다. 한편, R.G.콜링우드는 원칙적으로 정신이란 지각 또는 의식이라고 설명하면서, 그 자체는 하나의 행위정신 쪽에서 본 자기 개혁이기 때문에 수동적인 순수 지각도 창조적 행위에 의거하게 된다고(R.G.콜링우드, 1978;145) 말하고 있다.

위의 육사 시에서 보는 바와 같이 인간의 삶과 역사의 전개과정을 통합시켜 확실한 방향성을 가지고 정신에 충만되거나 그것에 보다 더 깊이 관여하고 있는 시들의 실체를 추적하는 것도 서정시의 본령인 혼의 시를 추적하는 것만큼이나 중요하다고 판단된다.

3. 혼의 정서 표현 맥락

가. 김억, 혼의 시 형성

> 시라는 것은 찰라의 생영에 느끼게 하는 예술이라고 하겠습
> 니다(김억, 1919.1.13).

목적 의식을 중심으로 하였던 육당과 춘원의 시를 진정으로
새로운 세대의 시로 전환시키는 계기를 마련한 것은 김억이 아닐
수 없다. 정한모 교수도 "안서의 창작시에 이미 근대 서정시로서
의 자각이 나타나고 있다. 시 그 자체를 위한 미의식이 다른 목적
의식을 선행시키는 시를 부정하게 되었고, 따라서 언어의 기능에
대한 표현"(정한모, 1974;402)으로 시를 쓰고 있다고 논급하고 있
다. 김억은 위에서 인용한 그의 시론에서와 마찬가지로 시를 찰라
의 생명을 찰라에 느끼게 하는 예술이라고 말하고 있다. 생명은
영혼을 베푼다. 영혼은 생명 그 자체에 충만이며, 직접적인 생명
의 열림이며 본질적으로 미지의 것이다. 김억이 주장하는 생명을
찰나에 느끼게 하는 예술인 시의 본질은 바로 영혼에 충만된 시를
말한다.
　이러한 혼의 정서적 표현은 이미 1915년 전후로 해서 김억에
의해 창작되었던 것이다.

> ①죽어가는 영혼을 조상하는 듯헌 사원의 종소리는 울리는도다.
> ……님은 간다 …… 영원의 이별?
> 　따우헤는 어지러운 수영이 그리어 잇으며, 달은 서역으로
> 떠러지려는데,

아아, 사랑하는 님은 갓다……
사랑의 준바 엇은바 쾌락이나 비애는 다 읍서고
다만 한아 남은 깁은 밤에 자지 못허는 것 밧게,
나문 것은 이것이며
끈이지 안이허고 나오는 생각 눈물이며, 바래는
탄식은 마지막 가슴을 고롭게 힐-이것이다.
——〈이별〉(〈학지광〉, 1914.12.3)에서

②반야의 울림 종소리에
　내 가슴은 울리며 반향나도다.
　내의 영이여!
　너는 무엇을 바래는냐?
　내의 육이여
　　너는 무엇을 바래느냐?
　　…〈중략〉…
　무겁고 좁은 조각 너울서
　환영의 생각은 잠잠하다.
　내 영이여! 내 육이여!
　엇드랴는 너의 바램이 영원한 잠안에
——〈夜半〉(〈학지광〉, 1915.5.2)에서

①은 이별의 순간을 나타내고 있으며 전반적으로 흐르는 정서
는 비애와 작중화자의 찰나적 쾌감으로 가득차 있다. 그리고 앞으
로 다가 올 비젼, 즉 정신적 지향성이 전혀 없고 절망과 체념 속
에 빠져 영원한 이별을 서러워하고 있다. ②는 깊은 밤에 '내의
영이여!'하면서 혼의 울림을 표현하고 있다. 즉 퍼소나는 영과 육
의 관념을 표출하고 있지만 김억은 자기 표현적 정조 즉, 개인적
리듬을 심령적인 것으로서 어떠한 대상성에 깊숙이 파고들어 내

혼과 정신의 정서 표현　103

면화시키고 있음을 알 수 있다.

이러한 시외에도 <나의 적은 새야>, <산녀>, <밤과 나> (이상 <학지광> 5호, 1915.2) <내의 가슴>(<학지광> 4호) 등이 있고, 또한 그 이후에도 <봄> (<태서문예신보> 1918.11), <무덤>, <겨울에 황혼>, <꽃의 목숨>, <내 서름>, <상실> 등에서 볼 수 있듯이 시인 자신의 심혼에 의해서 시들이 계속 창작되었음을 알 수 있다.

이와 같이 김억의 시들은 적어도 혼의 소산이거나 그것에 보다 깊이 관여하고 있음을 알 수 있다. 따라서 우리 근대시사에서 서정시의 본질인 혼의 표현의 시 형성은 1914. 5년경 김억으로부터 출발되었던 것으로 보아진다.

나. 1920년대 초기, 혼의 시 전개

1920년대 초기는 혼의 시가 중점적으로 전개된 시기라고 할 수 있다. 이때 정신보다도 혼에 더욱 깊숙이 관여하여 시를 쓴 시인들은 소월, 남궁 벽, 황석우, 오상순 등으로 파악된다.

초몽 남궁 벽(1894-1921)은 단명했던 탓으로 그의 시재를 충분히 발휘하지 못하고 짧은 생애를 살다가 요절한 시인이다. 그리고 그는 일어, 영어로 쓴 시 7편을 포함하여 20여편도 채 되지 않는 양의 시를 썼다. 그렇지만 그는 가장 순수한 영혼을 지니고 시를 표출하였다.

> 님이시여, 나의 님이시어
> 당신은 세상 사람들이,
> 지상의 꽃을 비트러 꺽글 때에,

천상의 별(성(星))이 아파한다고는 생각지 않으십니까
　　　　——〈별의 압흠〉(〈〈신생활〉, 1922.8)에서

　여기서 꽃은 연약성을 지닌 순진무구함을 나타내며, 그리고 그
것이 인간의 냉혹한 생태에 의해 손상될 때, 우리는 모두 아픔을
느낀다는 것이다. 이는 자연에 대한 시인의 무한한 애정이 '별의
암흑'으로 표현된 것을 알 수 있다. 이 시에서 영혼의 음향이 담
긴 목소리를 들을 수 있다. 다음의 시에서 더욱 영혼의 목소리가
현현되고 있음을 알 수 있다.

　　　대지
　　　종자의 발아
　　　성장,
　　　개화,
　　　결실-
　　　대지의 애여!
　　　생명의 불가사의여!
　　　　　　——〈대지와 생명〉(〈폐허〉, 1921.1) 전문

　이 시에서는 생명의 비의가 드러난다. 즉 종자의 발아, 성장, 개
화, 결실에 이르기까지 작용하는 흙(대지)의 내면적 깊이와 그것이
빚어내는 아름다움까지 보여주고 있으며, 천지는 무한한 비의를
내장하고 있는 대상으로 파악한다. 생명은 영혼을 베푼다. 이 시
역시 혼의 충만 이며, 생명의 열림이다.
　황석우는 근대시 초창기 시단 형성에 선구적 공헌을 한 시인이
다. 그는 그의 <시화>라는 시론에서,

라고 하여 시에서의 '영률'을 강조하고 있다. 이는 영혼의 리듬
즉, 영혼의 오묘한 목소리를 뜻한다고 본다. 여기에서 영률은 '神
興'(또는 영감)을 표출하는 방법이다. 이는 상징주의 시론에 입각
한 것으로서 영혼의 상태(etat dame)에서 획득되어지는 <관념> <절
대> <이상미>의 형상이 현상계에 메아리쳐 오기를 꿈꾸며, 이들을
조화롭고 행복한 만남을 가능케 하는 시적 기능, 즉 '교응'인 것이
다(김기봉, 1980;65).

이 시는 작품성이 뛰어나지 못하지만 고독이라는 정서를 '월세
계', '불사' 등으로 비유적 표현을 써서 형상화시키고 있다. 황석
우 시작의 기법은 은유적 방법론에 두어 다양한 은유구조에 의한
시적 형상화를 지향하고 있으며, 특히 보들레르의 교응의 시학에
깊은 이해를 갖고 신과 인간의 대립구조에서 상징시의 특징을 포
착하여 신비주의적 지향의 징후가 그의 작품상에 어느 정도 반영
되었다. 이러한 방법으로 시의 상징적 분위기를 유지했으며, 영혼
의 목소리를 표현하였다.

　한편, 오상순(1894-1963) 역시 1920년대 초기에 시대 정신이 반영된 시의 창작보다 혼에 더 깊이 관여하여 개인적 정서를 표현하였다.

> ①흐름(流)위에
> 　보금자리(巢) 친 ―
> 　오 ― 흐름 우에
> 　보금자리 친
> 　나의 혼
>
> 　　　　　　　――〈방랑의 마음〉(〈동명〉, 1923.1)에서

> ②허무야
> 　오 허무야
> 　불꽃을 끄고
> 　바람을 죽이라.
> 　그리고 허무야
> 　너는 너 자체를
> 　깨물어서 죽이라.
>
> 　　　　　――〈허무혼의 선언〉(〈폐허이후〉1호, 1924.1)

　오상순은 ①의 시와 같이 허무함을 동반한 방랑의 혼을 표상하고 있다. 영혼은 초월적이며, 마음의 밑바닥에 놓여 있어 아무런 위치관계도 없이 스스로 일어난다. 허무의식을 동반하는 방랑하는 혼은 어떠한 지적인 통제도 무력하다. 그래서 ②의 시와 같이 허무를 찬미하고 허무혼을 보여주는 것이다.

　그리고 그 외에도, 1920년대 초기에는 사랑, 죽음, 절망, 눈물, 비통한 혼으로 시를 형상화시키고 있는 시인들이 많이 있음을 볼

수 있다. ‘보낸다 나는/ 조고마한 흰 棺桶에/어린 깨끗한 시체를 담어/ 멀고 먼 영원의 죽엄의 나라로’(박종화, <만가>, 창조, 1920), ‘두고 가는 긴 시름 쥐어틀어서 /여긔도 내 고향 저긔도 내 고향/ 저지나 마르나 가는 이 설음/ 혼자 울 오늘밤도 머지 안쿠나’(홍사용, <흐르는 물을 붓들고서>, 백조, 1923. 9), ‘아! 자추도 업시/ 나를 껴안은/ 이밤의 훗짐이 설어워라// 비오는 밤/ 까라 안즌 영혼이 / 죽은 듯 고요도 하여라’(이상화, <단조>, 백조, 1922.1) 등이 그 예라고 할 수 있다.

다. 소월 시, 혼의 심연

> 따라서 시혼도 산과는 가트며는 가름과도 가트며 달 또는 별과도 갓다고 할 수는 잇스나, 시혼 역시 본체는 영혼 그것이기 때문에, 그들보다도 오히려 그는 영원의 존재이며 불변의 성형일 것은 물론입니다.
>
> 그러면 시작품의 우열 또는 異同에 따라 가튼 한 사람의 시혼일지라도 혹은 변환한 것가티 보일지 모르지만는 이것은 결코 그러치 못할 것이, 적어도 가튼 사람의 시혼은 시혼 자신이 변하는 것은 인입니다. 그것은 바로 산과 물과, 혹은 달과 별이 片刻에 그 형체가 변하지 안음과 마치 한가지입니다.(김소월, 1925.5).

‘영혼’을 시혼의 본체라고 파악하는 소월은 시인의 영혼이 시적 표현력을 선험적으로 갖추고 있을 때 시는 자연발생적으로 창작되는 것이라고 생각한다. 그리고 ‘시혼은 직접 시작에 이식되는 것이 아니라 그 음영으로서 현현된다.’고 하여 결국 시혼의 기능을 음영이라고 하고 있다. 이러한 시관을 가지고 있는 소월은 대부분의 시에서 보여주는 것과 같이 '혼' 혹은 '넋'에 충만되어 있거나 그것에 보다 깊숙이 관여되어 있음을 알 수 있다.

127편의 시가 수록되어 있는 소월시집 <진달래꽃>(1925)에서 '귀뚜람이'라는 소제목으로 묶인 19편의 시들은 대개 영혼의 목소리를 표현하고 있다.

생각의 끗테는 조름이 오고
그립음의 끗테는 니즘이 오나니,
그대여, 말을 마러라. 이후부터
우리는 옛낫업는 서름을 모르리.

——〈옛낫〉 전문

꿈? 靈의 해적임. 서름의 고향.
울쟈, 내 사랑, 꼿지고 저므는 봄.

——〈꿈〉 전문

꾸러안자 올니는 香爐의 香불.
내 가슴에 죠고만 서름의 덩이.
초닷새달 그늘에 빗물이 운다.
내 가슴에 죠고만 서름의 덩이.

——〈셔름의 덩이〉 전문

소월은 이와 같이 영혼 속에서 배어 나오는 설움을 표현하고 있다. 영혼은 인간의 가장 깊은 가슴 밑바닥에서 아무런 위치관계도 없이 스스로 일어나 흐른다. 자기 표현적 정조인 '설움의 덩이'가 대상성에 깊이 파고들어서 내면화되고 있다.

이러한 슬픔과 어두움이 '고독'이라는 소제목으로 묶인 5편의 시에 이르면 아주 깊은 혼의 면모가 드러난다. 우선 <무덤>이라는 시를 살펴보기로 한다.

> 그누가 나를 헤내는 부르는소리
> 붉으스럼한 언덕, 여긔저긔
> 돌무덕이도 음즉이여 달빗헤,
> 소리만 남은 노래 서리워 엉켜라
> ....<중략>..........
> 그 누구가 나를 헤내는 부르는 소리
> 부르는 소리, 부르는 소리,
> 내넉슬 잡아끄러 헤내는 부르는 소리.

——〈무덤〉에서

여기서 소월의 자아는 죽은 자가 불러 이끌어 내는 소리에 대한 호응으로 교응하고 있는 존재다. 즉 이 자아는 현실에서의 삶의 의미를 상실한 채, 깊은 혼의 심연에 침잠되어 분열된 의식이다. 현실적 의미를 상실한 '소리만 남은 노래'에 이끌리는 것은 소월의 자아가 현실에 부딪혀 철저히 무너져 내리고 방향성을 잃어 상실과 슬픔으로 충만된 설움만 남아있기 때문이다. 이러한 설움을 극복할 수 없을 때, 필연적으로 맞닿는 것은 죽음과의 만남 이외에는 해소할 방법이 없다. 그리고 이 시에서 '부르는 소리'를 반복시킴으로써 심연에서 분열된 소월의 혼에 파상적으로 충격을 가하는 역할을 하게 된다. 그 결과 그의 혼을 일깨워주게 된다. 이때 그의 자아는 깨어나 삶과 역사의 전개과정을 통합시켜 의지적인 것이 되지 않고, 인간의 허망한 상실과 슬픔의 고통을 넘어 삶과 죽음을 초월한 혼의 심연으로 내려간다. 소월의 혼은 심연의 중심부에 침잠하면서도 분명히 어떠한 정표로 나타난다. 이것이

다름아닌 영혼의 고백이다. 이러한 혼의 고백이 지닌 비밀은 과연
무엇인가, 다음의 시들에서 다시 천착하기로 한다.

> ①어둡게 깁게 목메인 하늘
>   꿈의 품 속으로서 구러나오는
>   애달피 잠 안오는 유령의 눈길
>   그럼자 검은 개버드나무에
>   쏘다쳐 나리는 비의 줄기는
>   홀늦겨 빗기는 주문의 소리
>
>   식검은 머리채 푸러헷치고
>   아우성하면서 가시는 따님
>   헐버슨 버레들은 꿈트릴 때
>   흑혈의 바다 고목 동굴
>   탁목조의
>   쪼아리는 소리, 쪼아리는 소리

——〈열락〉 전문

> ②붉은 해는 西山마루에 걸니웟다.
>   사슴이의 무리도 슬피운다.
>   떠러저 나가안즌 山우헤서
>   나는 그대의 이름을 부르노라.
>
>   서름에 겹도록 부르노라
>   서름에 겹도록 부르노라
>   부르는 소리는 빗겨가지만
>   하늘과 땅사이가 넘우 넓구나
>
>   선채로 이 자리에 돌이되여도

부르다가 내가 죽을 이름이여!
사랑하든 그 사람이어!
사랑하든 그 사람이어!

——〈초혼〉에서

①은 '어둡게 깊게 목메인 하늘'에 '시커먼 머리채 풀어헤치고 아우성 하면서 가는 따님'을 노래한 것이고, ②는 사랑하는 사람의 죽음을 애도하는 시인의 처절한 슬픔이 담겨 있다. 초혼이란 상례의 한 절차로 나가버린 혼을 불러 재생시킨다는 염원으로 행했던 것이다. 돌이킬 수 없는 연인의 죽음을 보고, 죽은 자를 소생시키겠다는 초혼의 행위 자체는 이미 그 무의식 속의 연인의 죽음을 현실적으로 받아들이지 않겠다는 퍼소나의 의지를 잘 나타내주고 있다.

이 두시는 모두 '넋' 혹은 '혼'에 깊숙이 관여되어 있음을 알 수 있다. 소월이 혼을 시적 대상으로 다루고 있는데, 과연 혼에다 시적 형식을 부여하는 일이 가능할까, 무엇보다도 소월 시에서 혼의 시화가 가능한 것은 퍼소나의 기술 태도이다. 소월 시에서는 어떤 대상에 대한 객관적 묘사는 거의 찾아 볼 수 없고, 대부분 전지적 시점으로 되어있는데, 그의 시에서 퍼소나는 신의 대행자라 볼 수 있고, 따라서 혼의 시화가 가능하다고 생각된다. 그렇다면 소월 시에서 혼의 의미는 무엇인가. 그의 시에서 혼은 어떤 의미에서든 한을 몰고 오는 일종의 역동적 에너지원이라 할 수 있다. 그리고 그 혼은 풀길없는 응결의 감정인 한의 표출구 역할을 하고 있음을 알 수 있다.

또한 소월 시에서 혼의 의미는 주술성과도 밀접한 관계를 가지고 있다. 그의 시 중에서 '밤마다 닭소래가 날이 첫 시면/ 당신의

넉마지로 나가볼 때요'(<님의 말씀>에서), '부엉새가 와서 울더니/
하로를 바다우해 구름이 캄캄' (<부엉새>에서) 등과 같이 이들 시
는 모두 독백에 가까운 심경의 기술적 성격을 지니고 있다. '혼'
혹은 '넋'이 떠도는 괴괴한 무속적 분위기까지 느낄 수 있다. 소월
에게서 무의식적 시작 태도는 바로 言靈사상의 속성을 지니고 있
다고 볼 수 있기 때문에 주술성과 밀접하다고 판단된다.

소월 시에서 가장 중요한 정서의 하나인 한은 좌절과 미련, 원
망과 자책이라는 상호 모순된 속성을 포함한 내포적 시의 감정으
로서, 한국문학을 대표해 온 중요한 정서의 하나이다(오세영,
1980;343). 소월 시에서 혼은 이러한 한이 몰고 온 후속적이고 결
과적인 현상이다. 그 혼의 심연에는 우리 한국인의 마음 가장 깊
숙한 밑바닥에 서려있는 한의 정서가 놓여있다. 즉 이 혼은 바로
자아와 대상의 거리감이 소멸된 곳에 놓인 에너지인 한의 원천이
되주는 것이다.

라. 1930년대 시, 혼의 지향점

1930년대의 한국은 일제의 식민 정책이 본격적인 실천 단계에
접어들어 강압이 더욱 심화된 상태에 놓여있었다. 이러한 시대적
상황 속에서 주체적 자아 확립을 위한 구체적인 움직임이 없었던
것은 아니지만 절망적 위기를 감당하기엔 역부족이었다.

따라서, 많은 시인들이 살아있는 실체이며, 이념적인 자기 지향
성을 갖는 정신성이 충만된 시를 쓰지 못하고, 초월적인 혼의 시
를 썼던 것이다. 혼의 시는 정신성의 결여상태에 놓여있기 때문에
확실한 방향성을 못 가지고 있으며, 이 때문에 시인 스스로 어떤

일을 결정해야 할 때나, 어떠한 판단을 위해 고통스러운 시간 속에 있을 때 의지적이지 못하다. 1930년대에 이러한 토대 위에서 시를 쓴 시인은 김영랑, 김상용, 노천명, 신석정, 이하윤 등이다.

김영랑의 시를 읽고 평가를 하는 사람들의 공통적인 견해는 그의 시가 순수 서정시의 핵심이라는 것이다. 서정적인 생명의 표현은 곧 영혼의 표현이며, 서정시의 목적은 물론 자기표현적 정조에 있다. 그의 시 70여편 중에서 대부분이 자기표현 중심의 시를 썼고, 삶의 현장적 고통과 체험과는 먼 거리에서 현실과 유리된 미적 세계를 그려나갔다. 대부분 그의 시가 '마음'을 중심으로 표출되고 있는데 물론 마음과 혼은 차이가 있다.

마음이 구체적이기는 하지만 지나치게 광범위한 것이다. 혼은 절대적이긴 하지만 초월적인 것으로 파악된다. 그러나 혼과 마음 모두가 사람의 모든 정신 활동의 본원이 되는 실체라는 점에서 공통적이다.

①가슴엔듯 눈엔듯 또 피ㅅ줄엔듯
　마음이 도른도른 숨어있는 곳
　내 마음의 어딘 듯 한편에 끝업는 강물이 흐르네.
　　　　　　　　　──〈동백닢에 빗나는 마음〉에서

②나는 내 하나의 외론 벗
　간열픈 내 그림자와
　말업시 몸짓업시 서로 맛대고 엇스러니
　이 밤 옴기는 발짓이나 들려오리라
　　　　　　　　　　　　──〈작품. 49〉에서

③너 아니 울어도 이 세상 서럽고 쓰린 것을

이른봄 수풀이 초록빛드러 물내음새 그윽하고
가는 대닢에 초생달 매달려 애틋한 밝음 어둠을
너 몹시 안타까워 포실거리며 훗훗 목메였으니
아니 울고는 하마 죽어 업스리 오! 불행의 넉시여
　　　　　　　　　　　　——〈작품. 56〉에서

④모란이 지고 말면 그뿐 내 한 해는 다 가고 말아
　삼백예순날 하냥 섭섭해 우옵내다.
　모란이 피기까지는
　나는 아즉기둘리고 잇슬테요 찬란한 슬픔의 봄을
　　　　　　　　　　——〈모란이 핏기까지는〉에서

　①의 시에서 강물은 화자의 마음 ·속 흐르고 있는 것으로서 시인의 마음의 세계를 암시적으로 표현한 하나의 상징적 대상으로 보여진다. 강물은 시인의 '가슴엔듯 눈엔듯 또 피스 줄엔듯' 영혼 속에 살아 흐르는 영원한 생명체임을 알 수 있다. ②에서는 시인이 '밤 옴기는 발짓이나 들'으면서 고독을 철저하게 되새기고 있다. 이 시는 슬프도록 외로운 삶으로 물들여진 순수함과 섬세함을 보여주고 있는 반면에 우리에게 생동적 의욕을 고무하고 촉진하지는 못한다. 이는 그의 시가 마음의 심연에 놓인 서정의 표현이기 때문이다. ③의 시도 역시 현세적 의미를 무의미한 것으로 파악하고 있으며, 정신성이 결여된 상태에 이르고 있다. 현실적 삶의 세계를 초월하는 하나의 인생태도다. ④는 우리에게 잘 알려진 시로서, 우리 인간이 누릴 수 있는 아름다운 것의 표상이 모란이라면, 아름다운 것도 필연적으로 순간일 수밖에 없다. 이렇게 슬픔이 시작되고, 모란이 지고 나면 모든 보람이 무너져 절망에 빠지지만 다시 모란이 피는 오월을 기다리고 있다.

순수시란 음성구조의 강조가 특징이다. 서구 근대시들은 공작적 인간이 지배하는 비정한 이익 사회에 대한 혐오 때문에 시의 내용이 되는 사회를 시에서 배제한다. 이러한 혐오는 언어에서 의미를 제거하게 된다. 의미를 제거하였을 때 남는 것은 음악적 요소다. 이 소리로써 어떠한 정조를 노리고 인간의 영혼을 전율케 한다는 것이 순수시의 방법이다(김용직외, 1983;259-260). 김영랑은 순수 서정시를 쓰면서 인간의 영혼를 전율케 하는 시적 의장을 가졌던 것이다. 박용철이 1930년 3월 <시문학> 창간호 후기에서 '가슴에 느낌이 잇슬 때 절로 읊어나오는'(박용철, 1930.3) 시를 써야한다고 말하고 있는데, 영랑은 이러한 태도에서 아무런 위치 관계도 없이 일어나는 영혼으로 시를 썼다.

월파 김상용(1902-1951)은 허무의식과 관조적 세계의 태도 위에서 시를 쓴 시인이다. 이러한 허무의식은, 죽음이 누구에게나 숙명적으로 오는 것으로서 결코 피할 수 없으며, 따라서 일상적 욕망은 부질없는 것이기 때문에 삶이라는 것은 덧없다는 것을 깨닫게 되는 데서 연유한다.

> 그대 앞 깜박거리는
> 내 생의 초ㅅ 불도 꺼질 때가 올 것이 아닌가
> ....<중략>.............
> 가장 깨끗한 때 피와 눈물로 써두엇든
> 내 생명의 참시 한 수를
> 마즈막 선물로 밧게
>
> 내 초ㅅ 불 꺼진 후 내 선물 퍼보아주게
> 내 넉의 말 못하든 호소

내 넉의 못 아뢰든 서름
내 넉만이 알든 목마름
내 넉만이 품엇든 원한
다 썩어 재된 그 자리에
무덤 우 피든 산국화가
피여난 내 생명의 참시 한 수를
그대 홀로 펴보아 주게
――〈내 생명의 참시 한 수〉에서

이 시에서 무수히 반복되는 '그대'는 육체를 초월한 영혼의 존재다. 그리고 생명을 표상하는 '초ㅅ불'이 누구나 다 마찬가지로 인간은 죽음이 오듯 꺼질 때가 오는 것을 시인은 깨닫고 삶이란 부질없는 것임을 이야기하고 있다. '가장 깨끗한 때 피와 눈물로 써두엇든' 유언은 넋이 담긴 언어들이다. 그리고 자신의 육체가 다 썩어 재로 된 그 무덤 위에 피어날 산국화같이 그의 생명은 고독과 비애와 한숨이 서려있다. 그러나 '내 초ㅅ불 꺼진 후/ 그 선물 펴보아주게'에서와 같이 자신이 살아있는 한은 그의 슬픈 영혼을 남에게 보여주려고 하지 않는다. 이러한 삶에 대한 회의와 허무의식은 총 59행이나 되는 긴 시 <무제>에서 더욱 확대되고 구체화된다.

우리와 저 사람 사이를 백년이라 하세
일순이지
때되면 그대 도라가리 나도 가리
달밝은 공산자규 슬허 울ㅅ제
그대 그곳에 저러히 되리
나도 그곳에 저러히 되리

적막한 일일세

——〈무제〉에서

이 시에서는 인간의 육체를 해체하여 그 속에 스며있는 허무를 들여다보고 있다. 우리가 맞이하는 죽음은 벗어날 수 없는 운명이며 자연원리이다. 따라서 인간이 누리는 백년이란 일순간일 수밖에 없는 허무한 존재라는 것이다. 이렇게 김상용의 시에 나타나는 허무의식은 영혼에서 표출되는 것들이다.

노천명의 시에 쓰인 시어 중 중심적인 것들은 밤, 하늘, 사슴, 장미, 여인, 고향, 길 등이다. 이러한 시어들은 노천명이 고독과 향수의 정서를 추구한 시인임을 드러내 보여준다. 김현자는 노천명이 주로 사용한 시어를 분석하여, 그의 시가 주로 고독, 벗어나고 싶다는 의지, 고향으로의 회귀를 기본 명제로 하고 있다(김현자, 1975.5)고 지적하고 있다.

> 모가지가 길어서 슬픈 짐승이여,
> 언제나 점잖은 편 말이 없구나.
> 冠이 향기로운 너는
> 무척 높은 족속이었나 보다.
>
> 물 속의 제 그림자를 듸려다보고
> 일헛든 전설을 생각해내곤
> 어찌할 수 없는 향수에
>
> 슬픈 모가지를 하고
> 먼데 산을 쳐다본다.

——〈사슴〉 전문

　이 시에서 사슴은 향수에 잠긴 퍼소나의 상징이며, 고향을 그리는 퍼소나의 환치물이다. 점잖게 서서 긴 목을 시켜 세우고 먼 산을 바라보는 짐승의 모습은 고향을 그리는 사람의 이미지와 일치한다. 물 속의 제 그림자를 들여다보고 잊었던 전설을 생각해내는 사슴의 모습에서 자아 상실의 인간상을 보게 되고 원초적 세계를 그리고 있는 인간상을 찾을 수 있다(이건청, 1985;96).

　이러한 노천명의 시에 나타나는 서정성은 영혼의 깊이에서 오는 고독과 향수의 정서라고 할 수 있다.

　그리고 김달진이 추구하고 있는 시세계는 절대 세계로서 삶의 궁극적인 지향이다. 그는 1930년대 그의 시 85편을 모아 시집 <청시>를 간행하였다. 그의 시는 종교적 신념이나 관념도 아니며 현실적 좌절이나 번민의 표현이 아니다. 부질없는 세사의 번잡스러운 일들을 버림으로써 가능해지는 금욕적 시세계를 보여주고 있다. 그는 그의 <산거기>에서와 같이 행복과 쾌락 같은 대상에서 생의 의의와 가치를 찾으려는 태도가 아니고 모두 초월한 절대의 세계에서 생의 의의를 찾으려 하고 있다. 이렇게 볼 때 김달진의 시적 표현의 정서는 혼에 그 뿌리를 두고 있음을 알 수 있다. 즉 그가 추구하고 있는 '초월한 절대의 세계'는 영혼의 세계인 것이다.

①저 밑뿌리에 고달픈 머리칼은 어즈러히 길고
　고독을 안은 애연의 한숨은 날카로워……
——〈황혼〉에서

②깊은 밤 뜰 위에 나서
　열려 있는 애인을 생각하다가

나는 여러 억년만년 사는 별을 보았다.

——〈애인〉에서

①은 '고창한 작은 정원에' '무심히 어루만지는 가슴이 끝끝내 여위'는 것과 같은 황혼을 표현하면서 가시적인 것을 통하여 인생의 의미를 캐내고 있다. 즉 고달픈 머리칼이 어지럽게 길고, 고독을 안은 애인이 혼자 날카로워진 한숨의 현실을 초월하고자 한다. 그의 궁극적인 삶에 대한 지향은 시 ②에서 잘 나타난다. 이 시의 퍼소나는 멀리 있는 애인을 생각하고 있는데, 그 현실 세계는 유한하고 변화성이 많은 공간이다. 유한한 애인을 별과의 대비를 통하여 현실 세계와 별이 사는 절대 세계와의 엄청난 차이가 있음을 보여준다. 그런데 애인을 생각하다가 억년만년 사는 별을 보았다는 진술로서 유한한 애인을 '억년만년 사는 별'로 인식하고 있다. 이는 시의 퍼소나가 절대 세계인 이데아를 찾아냈음을 의미한다.

이렇게 절대 세계를 궁극적 삶으로 지향하고 있는 김달진의 시 세계는 어떠한 역사성이나 방향성에서 벗어나 마음 깊은 곳에서 분출되는 서정적 자아의 표현이다. 그래서 절대 세계를 향한 울림은 곧 생명의 열림이며 미지의 것이다.

그외 이하윤의 주된 정서는 한국적 정조에 회고조의 가락을 싣는 그리움이다. "기나긴 가을밤에 또드락 또드락/ 끊임없이 들려오는 처량 소린/ 안방에 들어앉아 흰옷 다듬는" <다드미 소리>라는 시에서도 볼 수 있듯이 과거에 대한 한국적 정조의 그리움이 담겨 있다. 뿐만 아니라 이 그리움은 암울한 현실과 도시 혐오에 대한 하나의 시적 대응 양상으로 나타난다. 앞에서도 언급했듯이 현실과 도시 문명에 대한 혐오는 언어에서 의미를 제거시키고 음악적 정조를 소사시켜 독자의 영혼을 전율케 한다. 그의 시 <님 무덤 앞에서>에서는 상실의 아픔을 노래하고 있다. 이는 가신 님 무덤 가에서 울던 새는 어디로 갔는지 간곳 없고 봄바람만 스치는 애닲은 자취에 까닭 모를 그리움에 한숨짓는 영혼의 실체를 표출하고 있다. 한편 신석정은 그의 첫시집 <촛불>(1939)과 <슬픈 목가>(1947)는 주로 꿈과 악몽의 세계를 저변에 깔고 형상화시키고 있는데, 그가 꿈꾼 세계는 현실과 격리된 먼 이상형이었다. 이렇게 시대 상황과 거리가 먼 이상향을 노래한 것은 현실의 중압으로 정신성이 충만된 시를 쓸 수 없었기 때문이다. 따라서 그의 시는 확실한 방향성을 가지거나 의지적이지 못하고, 정신성이 결여된 초월적인 혼의 표현이라고 할 수 있다.

4. 정신의 정서 표현 맥락

가. 육당과 춘원의 정신 표현

우리 근대시의 출발은 육당과 춘원 그리고 김억, 주요한, 황석우 등에 의해 시작되었다. 특히, 육당과 춘원은 당대의 선각자로서 계몽적 지성인이었고, 1910년대를 대표할 만한 시인이었다.

육당의 시정신적 사상의 배경은 시와 논설 등을 통하여 조선주의로 구현된다. 육당의 초기 시가에서 보이는 이미지들은 그의 개화의식이 중심이 된 민족의식을 상징하고 있으며, 후기 시가에서 보이는 작품들은 조선주의의 상징으로써 민족의 생명과 역사를 표증했다(최원규, 1985;180). 우리가 일반적으로 최초의 신체시라 일컫는 육당의 <해에게서소 년에게>(1908)는 청소년에게 용기를 가지라는 웅변조의 시로 신흥민족의 감정을 표출시킨 일종의 계몽적 교도시이다.

> 텨…르 썩, 텨…르 썩, 텩, 쏴…아
> 따린다. 부슨다. 문허 바린다.
> 泰山갓흔 놉흔 뫼, 딥태갓흔 바위ㅅ 돌이나
> 요것이 무어야, 요게 무어야,
> 나의 큰 힘이 아나냐, 모르나냐, 호통까지 하면서
> 따린다. 부슨다. 문허 바린다.
> 텨 ……르 썩, 텨 ……르 썩, 텩, 튜르릉, 콱.
>
> ——〈해에게서 소년에게〉에서

이 시에서 '따린다. 부순다. 무너 바린다'와 같이 파괴적인 힘을 '태산같이 높은 뫼'와 '집채같은 바윗돌'에 작용케 한다. 이는 우리의 재래적인 여러 인습의 파괴에 초점을 맞추고 있는 것으로 보인다. 2연에서 '육상에서 아무런 힘과 권을 부리던 자'에 대한 신문화의 파도가 밀려드는 의미가 제시되고, 3연에서는 '진시황, 나팔륜, 너희들이냐'와 같이 구시대의 전제 군주를 부저의 대상으로 표출시키고 있다. 또한, '손벽만한 땅'을 가지고 이해 득실을 따지는 인습을 비판하면서 '담크고 순정한 소년배들'이 '바다'와 '하는' 이 통합된 새 시대의 주인공임을 열정적으로 말하고 있다.

그리고 춘원은 육당에 대하여 '그는 이십년의 세월을 잡지와 고서 간행과 조선력사연구 - 일언이 폐지하면 조선주의를 위하여 희생한 것이다.'(이광수, 1925)라고 언급하고 있다. 그렇다면 육당의 시대 상황에 대응한 정신 표상의 실체인 조선주의는 어떠한 근거에서 전개되었고, 어떠한 내용의 사상이었던가.

육당의 조선주의는 한국 역사와 정신문화, 문명 이전의 민족 개념을 재검토하고 분석함으로써 가능한 한국 본연의 사상 체계를 유출하려는 시도에서 비롯되었다. 그것은 다시 우리 산하와 민족에 대한 숙연한 예찬 등에서 보여주는 것과 같이 국토에 대한 한 개인으로서의 신앙적인 열정의 표백이 시화되었던 것이다. 이는 그의 개인시조집 <百八煩惱>에서 잘 나타난다. 특히, 제1부 '동청 그늘에서'는 대중적 연시인 듯 하나 이들 속에는 그의 조선주의 요소를 도입하여 불교적 사상을 바탕으로 형상화시키고 있다. 제2부인 '구름 지난 자리'는 주로 국토순례 체험을 시화한 것으로 민족혼을 표상하고 있다.

춘원은 1910년대에 실험적인 시의 형태를 시도했고, 더불어 소설과 논설에서도 선구적인 노력을 엿볼 수 있다. 춘원의 민족주의 사상은 반전통적 개화의식의 바탕에서 성립되었고, 개화의식에 입각한 계몽주의는 안티테제로서 유교윤리와 인습을 부정하고 부정된 전통의식으로 전환되어 갔다(최원규, 1985;180).

> 太古로부터, 자리오난 수풀이 잠뚝 드러서서
> 안이 빗최난데 업난해도 이곳에는 안이 비최여
> 어대서 나난지는 모르겟스나
> 凄凉히 그러나 한가로히 무난 부홍의 소래
> '부홍, 부홍' - 너는 무엇을 호올로 노래 하나냐?
> 너 곳 업서든들 이 깊흔 沈默은 永遠할 것을
> ──〈곰(熊)〉(1910)에서

이 시는 64행이나 되는 긴 시로 꺾을 수 없는 자아를 꺾도록 강요하는 바위와 대결해 목숨을 버리는 곰을 소재로 하고 있다. 춘원은 현실의 시대 상황 때문에 민족의식 혹은 자아의지를 직접 토로하지 못하고 '곰'과 같은 동물을 대신해서 표출한 것으로 보인다.

춘원문학의 정신적 근저에는 계몽주의 혹은 민족주의인 이데아가 깊이 깔려 원맥을 이루고 있다. 이러한 춘원의 의식은 이상주의와 결합되었다. 그러나 그는 이상의 실현이 불가능해지자 내걸었던 논리는 '민족개조론'으로 뒤바뀌었고, 1930년대 후반에는 민족적 변절에 이르게 되었다.

춘원의 변절은 역사의식의 결여의 결과라고 말할 수 있으나, 정신의 상황적 표징을 잘못 적용했기 때문이라고 추정할 수 있다. 영혼은 아무런 위치관계도 없이 스스로 일어나는 것과 흐름이 하나가 되는 까닭에 길을 잘 못 들 수 없다. 그러나, 정신은 참다운 느낌과 직관에서 분리하여 표징과 말들의 저술 속에 保持하기 때문에 오류를 범할 수 있다. 표징을 잘못 적용하는데서 착오와 기만이 성립한다(E.슈타이거, 1987;289).

나. 1920년대 시인들의 정신 표현

1920년대 초에서 1930년대에 이르는 시기는 3.1운동의 실패로 인한 민족적 좌절의 시대였지만, 한국 근대시의 황금기이기도 하였다. 1920년대초 문단의 정조를 지배한 좌절과 슬픔은 새로운 시의 창조적 가능성의 터전이 되었다. 온 국민의 염원인 독립운동이 실패로 돌아가자 독립을 위한 항일운동이 계속되었다. 일제강점시대는 식민지시대로 '이때 지배민족이 궁극적으로 노리는 것은 피지배민족의 영구한 노예화다. 영구 완전한 노예화의 기도에 맞서 나를 지키고 민족의 권익을 지켜나가기 위해서는'(김용직,1982;21) 그 시대의 문학은 부득이 저항성을 띨 수밖에 없다.

이처럼 민족의 운명이 그 어느 때보다도 암담하고 침울했던 때, 민중의 마음 속에 들어가 정신에 충만되어 민족 정신적 옹전의 한 형태로 정서를 표현한 시인에는 만해 한용운, 이상화, 심훈 등이 있다.

정신의 표징은 잘못 적용하면 착오와 기만이 생기기도 하지만, 정신은 냉엄하고 명쾌하다. 콜링우드는 정신을 '한 줄기의 강이 항상 水源에서 출발하여, 항상 통과하는 여러 곳을 지나서 흐르고 항상 바다로 흘러가는 것과 다소 비슷하다. 그러나 정신의 과정은 의식적인 과정이다. 강으로 비유하면 강은 흐르고 있는 동안 시종일관 자기를 의식하고 있어야 한다.' 설명하고 있다.

만해의 시에서, '님'의 의미를 풀어내는 일은 만해 시 해석의 열쇠라고 할 수 있다. 최원규 교수는 님의 대상적 존재에 대하여 다양한 각도에서 복합적의미로 설명될 수 있음을 지적하고, 동시에 저항의식에서 형성된 민족적 염원의 한 대상으로서의 '님'을 포용하고 있다고 논급하고 있다.

①님은 갓슴니다. 아아 사랑하는 나의 님은 갓슴니다.
　푸른 산빗을 깨치고 단풍나무 숩을 향하여 난 적은 길을 걸어
　서 참어 떨치고 갓슴니다.
　黃金의 꽃가티 좃고 빗나던 옛 盟誓는 차듸찬 티끌이 돠야
　서 한숨의 微風에 날어갓슴니다.
　　…… 중략 ……

　　그러나 리별은 쓸데업는 눈물의 源泉을 만들고 마는 것은
스스로 사랑을 깨치는 것인 줄 아는 까닭에 것잡을 수 없는
슯음의 힘을 옴겨서 새 希望의 정수박이에 드러부엇습니다.
　　우리는 만날 때에 떠날 것을 염려하는 것과 가티 떠날 때에
다시 만날 것을 믿습니다.
　　아아 님은 갓지마는 나는 님을 보내지 아니하엿습니다.
　　제 곡조를 못이기는 사랑의 노래는 님의 沈默을 휩싸고 돕
니다.

――〈님의 침묵〉에서

②나는 집도 업고 다른 까닭을 겸하야 民籍이 업습니다.
　‘民籍업는 者는 人權이 업다. 人權이 업는 너에게 무슨 貞操
냐’하고 凌辱하랴는 將軍이 잇엇습니다.
　그를 抗拒한 뒤에 남에게 대한 激憤이 스스로의 슯음으로 化
하는 刹那에 당신을 보앗습니다.

――〈당신을 보앗습니다〉에서

　①은 인구에 회자되는 만해의 시 〈님의 침묵〉이다. 이 시는 ‘님
은 갓슴니다. 아아 사랑하는 나의 님은 갓슴니다’와 같이 첫행부
터 님이 떠나갔음을 자각하고 확인하는 것에서 시작하여, ‘참어
떨치고 갓슴니다/ 黃金의 꼿가티 좃고 빗나든 옛 盟誓는 차듸찬
티끌이 되야서 한숨의 微風에 나러갓슴니다’와 같이 이별의 상황
을 반복시켜 강조하고 있다. 이 시에서 화자는 님이 사실상 떠났
다는 것을 시인하면서도 심정적으로 또는 의지적으로 떠나보내지
않았다는 진술을 통해 일제치하의 민족적 주체의식을 견지하고
있다.

　②는 학대받는 민족의 슬픔을 노래한 시라고 할 수 있다. 감당
할 수 없는 극한선상의 슬픔 속에서 그리운 님을 보았다는 것이

이 시의 핵심이다. '民籍 업는 者'는 좁게 보면 만해 자신이요, 넓게 보면 학대받는 민족일 수 있다. 시집 <님의 침묵> 속에 일관되게 흐르고 있는 것은 어둠 속에서 밝음을 지향하고, 죽음에서 삶을 확신하는 일이다. 그것을 위해 헌신적으로 믿고 사랑했기 때문에 님이 없는 시대에 '당신(님)을 보았습니다'라고 가슴 심연에서 솟구쳐 오는 심정을 노래하고 있다.

만해는 현실의 고통에서 새로움을 창조해내고자 했고, 이러한 정신적 표상이 시의 형태로 표출되었다. 즉, 뚜렷한 정신으로 나라를 되찾으려고 평생을 몸바쳤으며, 그것을 시로 표현하여 민족주의를 펼쳐나갔다.

이상화는 <나의寢室로>, <빼앗긴 들에도 봄은 오는가> 등의 시로 오늘날까지 우리에게 음각된 시인이다. 이상화의 초기 시들은 주로 <백조>에 발표되었는데, 이들 시는 대개 감상성이 짙은 낭만성의 성향을 띠고 있었다. 그러나, 1925년경부터 역사적 방향감이 뚜렷한 정신에 충만되어 시를 쓰기 시작하였다.

> ①이 세기를 물고 너흐는, 어둔 밤에서
> 다시 어둠을 꿈꾸노라 조우는 조선의 밤-
> 忘却 뭉텅이 가튼, 이 밤 속으론
> 해쌀이 비초여 오지도 못하고
>
> 한우님의 말슴이, 배부른 군소리로 들리노라
>
> 나제도 밤- 밤에도 밤-
> 그 밤의 어둠에서 씀여난, 뒤직이 가튼 신령은,
> 光明의 목거지란 일홈도 모르고
> 술취한 장님이 머 - ㄴ 길을 가듯

비틀거리는 자욱엔, 피물이 흐른다!

——〈緋音〉 전문(개벽 55호, 1925. 1)

②오랜 오랜 넷적부터
　아 멋百년 멋千년 넷적부터
　호미와 가래에게 등심살을 벗기이고
　감자와 기장에게 속기름을 빼앗기인
　山村의 뼈만 남은 땅바닥 우에서
　아즉도 사람은 收穫을 바라고 잇다.
　　…… 중략 ……
　한울에도 게으른 흰구름이 돌고
　땅에서도 고달픈 침묵이 까라진
　오- 이런 날 이런 때에는
　이 땅과 내 마음의 憂鬱을 뿌술
　東海에서 暴風雨나 소다저라 - 빈다.

——〈暴風雨를 기다리는 마음〉에서

　　이들 시는 시대상황에 대한 강렬한 정신적 대응이 엿보이는 작품이다. ①을 퇴폐적 경향으로 일관된 표현으로 파악하고 있지만 (김학동, 1974;172-189). 이 시는 단순한 개인의 아픔이 아닌 민족적 차원으로 승화시킨 작품이라고 할 수 있다. '이 世紀를 몰아넣는 어둔 밤'으로 일제치하의 비참한 현실을 표현하고, '술취한 장님이 머언 길을 가듯/ 비틀거리는 자국엔 핏물이 흐른다'는 표현에서는 시대적 중압감에 대하여 피눈물로 몸부림치고 있는 화자를 발견하게 된다. ②는 시대 상황의 암담한 나날과 비극에 분통을 터뜨리고 있는 화자의 심정을 잘 나타내고 있다. 가슴 가득 뭉쳐진 분노에 '이 땅과 내 마음의 우울을 뿌술/ 동해에서 폭풍우나 소다저라-빈다'와 처럼 격정적인 몸부림을 하고 있다.

　이상화는 1922년, 23년경 시에서 보이는 것과 같이 '밀실', '동굴'이라는 개인의 공간에 침몰해 있었다.

저녁늬 피무든 洞窟 속으로
아-밋업는, 그 洞窟 속으로
　　…… 중략 ……
가을의 병든 微風의 품에다
아! 꿈꾸는 미풍의 품에다
낫도 모르고
밤도 모르고
나는 술취한 집을 세우련다
나는 속압흔 우슴을 비즈련다.
　　　　——〈末世의 歎息〉(백조 창간호, 1922.1)에서

　『마돈나』 언젠들 안갈 수 잇스랴, 갈테면, 우리가 가자, 끄을려 가지 말고-
　너는 내말을 밋는 마리아- 내 침시리 부활의 동굴임을 네야 알런만……

　『마돈나』 밤이 주는 꿈, 우리가 읽는 꿈, 사람이 안고 궁구는 목숨의 꾸미 다르지 안흐니.
　아, 어린애 가슴처럼 歲月 모르는 나의 침실로 가자, 아름답고 오랜 거긔로.

　『마돈나』 별들의 웃음도 흐려지려 하고, 어둔 밤물결도 자자지려는도다.
　아, 안개가 살아지기 전으로, 네가 와야지, 나의 아씨여, 너를 부른다.
　　　　——〈나의 寢室로〉(백조 3호, 1923.9)에서

위의 시에서 처럼 이상화는 미래에 대한 전망이 망실됨에 따라 끝없이 절망의 나락에 자신을 은폐시키려 했다. 이는 일제하 지식인으로서 아무런 일도 할 수 없었기에 하나의 도피처로 '동굴' 혹은 '밀실'을 선택했을 가능성이 높다. 그러나, 그들은 민족의 생존이 심각한 위험에 놓임에 따라 도피의 공간에서 머물 수만은 없었다. 그들은 그러한 공간에서 재생을 꿈꾸었고, 결국에는 도피했던 공간에서 나와 역사의 정면에 서고 있는 것이다.

심훈은 장편소설 <상록수>로 더 잘 알려진 소설가이며, 영화인으로도 활약하였다. 그러나, 그는 1920년대 후반에서 1930년대 초반까지 저항성이 강한 정신성을 표출한 시를 썼다.

①손가락을 깨물어 따끈한 피를
　그 입 속에 방울방울 떨어뜨리자!
　우리는 반드시 蘇生할 것을 굳게 믿는다.
　마지막으로 붉은 정성을 다하여
　산 祭物로 우리의 몸을 네에게 바칠 뿐이다.
　　　　　　　　　　　　　——〈너에게 무엇을 주랴〉에서

②그날이 와서 오오 그날이 와서
　六曹 앞 넓은 길을 울며 뛰어 뒹굴어도
　그래도 넘치는 기쁨에 가슴이 미어질 듯하거든
　드는 칼로 이 몸의 가죽이라도 벗겨서
　커다란 북(鼓)을 만들어 들쳐메고는
　여러분의 행렬에 앞장을 서오리다.
　　　　　　　　　　　　　——〈그날이 오면〉에서

①은 1927년에 쓴 시로, 좌절과 눈물의 상황 속에서도 민족의 재생을 확연히 믿고 있는 내용이다. '너'의 생명은 곧 화자인 '나'의 생명과 동일한 의미로서 너를 소생시킬 방법을 찾고 있다. 화자는 손가락을 깨물어 따끈한 피를 수혈시킴으로써 소생시키는 방법을 구체적으로 제시하고 있다. 그리고 '우리'라는 일인칭복수의 개념을 통하여 민족의 공동의식을 고양시키고, 민족 전체의 주체성과 그 생명은 인식하여 화자는 '우리는 반드시 소생할 것을 굳게 믿고' 있다. ②는 1930년 3월 1일 기미독립선언 일을 기념하여 쓴 것으로 일제치하의 저항시를 대표하는 작품이다. 1930년대에 들어서면서 일제식민지 지배체제는 더욱 강화되어 확고하게 고착되어 갔다. 이러한 시대 상황 속에서 많은 시인들은 절망의 위기를 감당하기엔 역부족이었다. 따라서 많은 문학인들이 붓을 꺾고 현실에서 도피하거나 살아남기 위해 비굴한 형태인 친일을 하기도 하였다. 그러나, 심훈은 역사의 현장을 두 눈을 부릅뜨고 주시하였던 것이다. 그는 이 시에 해방의 전망이 불투명한 시대 상황 속에서도 해방의 날을 기다리며, 그날이 오면 '드는 칼로 이 몸의 가죽이라도 벗겨서 커다란 북을 만들어 들쳐 메고' 북을 치며 행렬에 앞장을 세겠다는 결연한 의지를 보이고 있다. 또한 자신의 몸 가죽을 잘드는 칼로 벗긴다는 것은 화자가 해방의 날을 기다리며 울분의 분출을 자학으로 대치시키면서 얻는 희열이라고 할 수 있다.

이처럼 시대 상황에 대응하는 심훈의 정신적 강렬성은 아프고도 고통스러운 현실의 벽을 뛰어넘어 초월적인 삶을 유지하는 뿌리가 되었다. 그는 1920년 옥고를 치룬 뒤, 해방의 그날을 기다리며 10여년 동안 올곧고 강한 역사의 방향성을 기반으로 정신성이 강한 시를 표출하였다.

다. 이육사, 윤동주 시의 정신 표현

1930년대에 들어서면서 우리 나라는 일제의 식민정책이 **本**격적인 실천단계로 접어들었다. 이에 따라 자연히 일제의 강압은 더욱 심한 상태에 놓일 수밖에 없었다. 이러한 시대 상황 속에서 대부분의 시인들은 살아있는 실체이며, 이념적인 자기 지향성을 갖지 못했다. 따라서 그들의 시는 정신의 결여 상태에 놓여 있기 때문에 확실한 방향성을 가지지 못했으며, 상황 대응적 전략을 마련할 때나 시인 스스로 결경하고 판단하기 위해 고통스러운 시간 속에 있을 때 의지적이지 못했다.

그럼에도 불구하고 이육사와 윤동주는 절망적인 위기에 놓여있던 시대 상황 속에서도 주체적 자아를 확립하기 위하여 시대 정신을 작품으로 표상시켜 의지적인 시를 썼다.

이육사는 비극의 주인공이다. 그의 시는 행동과 문학의 경계선에 놓여 있다. 그는 국내의 크고 작은 사건이 있을 때마다 투옥되기를 17회, 감옥을 드나들다가 1944년 북경으로 압송되었다가 광복도 못본채 그곳 감옥에서 순절하였다. 그의 시는 이러한 생애가 반영되어 정신성이 충만한 굳건하고 남성적인 기질의 굵다란 흐름으로 우리 시사를 장식하였다. 육사의 시를 일컬어 흔히 남성적인 시라고 하는데 이는 그의 시가 정신성에 충만되어 표출되었기 때문이다.

매운 季節의 챗죽에 갈겨

마츰내 北方으로 휩쓸려오다.

　하늘도 그만 지쳐 끝난 高原
서리빨 칼날진 그 위에 서다.

어데다 무릎을 꿇어야 하나,
한발 재겨 디딜 곳조차

이러매 눈 감아 생각해 볼밖에
겨울은 강철로 된 무지갠가보다.

——〈絶頂〉 전문

　이 시는 앞에서도 살펴보았듯이, 의식과 행동의 대결은 일촉즉
발의 것으로서 3연에서와 같이 '한 발 재겨 디딜곳 조차 없다'고
할만큼 절대절명의 순간인 것이다. 이는 황현이 한일합방 때 4편
의 절명시를 남기고 음독자살한 시중에서 '휘휘한 바람에 날리는
촛불 창공 비추네'와 같이 창천을 비추는 촛불이 휘날리는 바람에
절명의 순간을 맞아 느끼는 칼날같은 이미지와 상통한다. 그러나
<절정>의 4연에 오면 상황이 달라진다. 겨울과 강철의 이미지는
시련과 극복이라는 보편적인 주제의 표출이며, 여기서 행동이 유
보된 찰나적 순간, 그의 행동은 깊은 생각의 형태로 뒤바뀌어 무
지개의 찬연한 빛살을 퍼져나게 한다.
　정신의 시는 역사적 방향성에 민감하고 극적이며, 의지적인 시
이다.
　육사는 1930년대 외적인 압박이 침통하게 가중되던 시대에 불
의를 용납하지 못하는 정신을 지니게 되었다. 그러한 정신의 소유

자는 마침내 죽음을 명상하기에 이른다. 즉 죽음을 관조함으로써 김종길 교수가 말하는 '비극적 황홀경'에 이르게 된다. 황현이 절명한 것과 마찬가지로 육사 역시 그러한 비극적 순간의 작자인 동시에 비극의 주인공이기도 하다. 또한 이육사의 시는 <광야>에서 이미지 구조나 정신성이 종합적으로 승화된다.

> 지금 눈 내리고
> 梅花香氣 홀로 아득하니
> 내 여기 가난한 노래의 씨를 뿌려라
>
> 다시 千古의 뒤에
> 白馬타고 오는 超人이 있어
> 이 曠野에서 목놓아 부르게 하리라
>
> ──〈광야〉 4,5연

　이 시는 자아의 초극과 미래지향적 자세가 광활한 대륙과 남성적인 강건성으로 표출된다. 일제하 현실은 광야의 삶과 같이 춥고 고독하며 고통스러운 것이다. 그러나 화자는 비극적 몰락을 선택하지 않고 현실에 대해 긍정적 자세를 보이며, 미래에 대한 낙관적 신념을 가지고 있다. 여기서 '초인'은 상황을 극복할 수 있는 확고한 정신성을 바탕으로 승리를 믿는 자의 기다림이다. 그리고, 그의 시 <교목>은 그의 지사적 정신을 상징함은 물론, 그 장렬한 회후까지도 예견하는 시적 인식이 '마음은 아예 뉘우침 아니라'는 표현을 통해 나타내고 있다.

　이러한 정신의 소유 때문에, 그 시대의 많은 시인들이 중압적 현실을 감당하지 못하여 순수시를 썼던가, 아니면 붓을 꺾고 말았

던가 혹은 친일을 하였지만, 육사만은 시련의 극복을 오직 끊임없
는 행동을 통해 성취하겠다는 시적 소신을 불태웠던 것이다. 그리
고 시대적 인식을 바탕으로 한 역사적 상상력의 작용 결과로 그의
시는 불멸의 저항정신이 꽃처럼 피어나고 있다.

　윤동주의 시는 내면적이며 자성적인 시인의 순결함의 표현인
동시에, 한 시대의 상황 속에서 고통받던 정신적 고백의 기록이라
할 수 있다. 그는 어두운 식민지 시대를 살아가면서 '내가 무엇을
할 수 있을까'의 의문을 놓고 괴로워했던 시인이다.

　그의 시 <자화상>에서는 아무도 다니지 않는 외딴 우물을 들여
다보고 그곳에 투영된 자신의 이중적 모습, 즉 밉기도 하고 가엽
기도 한 동시에 간절히 그리워지는 모습에서 갈등을 느끼는 서정
적 자아가 드러나고 있다. <돌아와 보는 밤>에서는 울분을 침잠시
키고 있고, <병원>에서는 병든 시대적 상황이 우의적으로 표현되
어 있다. <무서운 시간>에서는 '일을 마치고 죽는 날 아침'을 염
원하지만 현실상황을 의식하는 전율적인 통찰을 드러내고 있다.
이들의 시는 모두 윤동주의 정신적 고백이 이루어 내는 결정체들
이다.

　이 <십자가>에서는 '행복한 예수 그리스도'가 처형된 십자가의
상징적 뜻을 빌어 자기 희생의 각오가 제시된다.

　　　괴로웠던 사나이,
　　　幸福한 예수 그리스도에게
　　　처럼
　　　十字架가 허락된다면

　　　목아지를 드리우고

꽃처럼 피어나는 피를
어두어 가는 하늘 밑에
조용히 흘리겠습니다.

──〈十字架〉에서

　이 시는 그 내부에 시인의 시정신이 응결되어 서려있다. 시는
고통스러운 시대상황 앞에 선 한 인간, 또는 한 민족을 위한 처절
한 자기 확인의 살아있는 실체이고, 진실을 위한 투쟁에의 목소리
인 것이다. 그러므로 시인은 늘 민족이라는 단위 속에서 체험하고
작업하면서, 현실적으로는 다만 고독한 한 인간으로 사회에 서있
게 된다. 윤동주는 일제하 한국인들의 처했던 가혹한 상황속에서
절박한 심정을 어떠한 대상성의 내면에 표상시켜야 했다. 그 정신
적 표상의 실체는 자기 희생의 이념인데, 바로 위의 시 <십자가>
에 그러한 비극적 자기 희생의 이념을 표출하고 있다.

　또한 그는 <또 다른 고향>에서도 '아름다운 혼'의 울음소리를
확인하면서 분열된 자의식을 날카롭게 보여주는데, 아는 시대적
암흑의 심층에서 토로되는 내면적 자기 고백인 것이다. 그리고
<참회록>에서는 치욕적인 삶 속에서 부끄러운 역사를 참회하고
있다.

내일이나 모레나 그 어느 즐거운 날에
나는 또 한 줄의 懺悔錄을 써야 한다.
- 그때 그 젊은 나이에
왜 그런 부끄러운 告白을 했던가.

밤이면 밤마다 나의 거울을
손바닥 발바닥으로 닦아보자.

그러면 어느 隕石 밑으로 홀로 걸어가는
슬픈 사람의 뒷모양이
거울 속에 나타나온다.

──〈懺悔錄〉에서

이와 같이 시대적 아픈 현실 속에서 홀로 사라져가는 어둠 속의 한 고독한 인간을 볼 수 있다. 이는 곧 고통스러운 현실 속에서 무엇을 할 수 있을 것인가에 대한 내향적 의식으로서 참회를 하고 있는 것이다. 즉 참회는 부끄러운 자기 고백의 형태로 표상되는 것이다.

5. 맺음말

이상과 같이 한국 근대시에서, 혼과 정신 표현의 두 맥락을 살펴 보았다.

시에서 혼은 마음 깊은 곳에 놓인 것이지만 방향성을 못 가진 것이며, 따스함을 펼쳐주고, 사랑을 받으며 서정적이다. 따라서 혼에 충만된 서정시는 어떠한 역사성이나 방향성에서 벗어나 서정적 세계와 자아가 자기 표현적 정조의 자극 속에서 융합되어 내면화된다. 반면에 시에서 정신 표현은 혼에 비해 깊이가 모자라지만 확실한 방향성을 가지며, 냉엄하고 명쾌감을 주며, 더욱 적극적이고 남성적인 기질을 품고 있다. 따라서 정신에 충만된 시는 사물 혹은 상황의 전체성을 가늠하고 역사적 방향성에 민감하여 극적이거나 의지적인 시가 된다.

한국 근대시에서 혼의 정서적 표현의 시는 목적의식을 중심으로 했던 육당류 시에서 벗어나 1914.5년경에 김억이 '찰나의 생명을 찰나에 느끼게 하는 예술'로 파악하여 자기 표현적 정조를 대상성 깊숙이 심령적인 것으로 내면화시킨 데서 시작되었다. 그리고 1920년대 초기에 남궁 벽, 황석우, 오상순, 박종화, 홍사용, 이상화 등이 사랑, 죽음, 절망, 눈물, 허무, 아픔 등으로 혼의 시를 형상화 시켰다. 특히 소월 시에서 혼의 심연에는, 우리 한국인의 마음 가장 밑바닥에 서려있는 한의 정서가 놓여있다. 이러한 혼은 한을 몰고 오는 역동적 에너지원이며, 풀길 없는 응결의 감정인 한의 표출구 역할을 한다.

1930년대 혼의 정서를 표현한 대부분의 시인들은 시대의 중압적인 상황을 감당하기에는 힘겨웠기 때문에 정신성에 충만된 시보다는 초월적인 혼의 시를 썼다. 따라서 순수 서정시 (김영랑), 허무의식(김상용), 고독과 향수의 정서(노천명), 초월적 절대세계의 추구(김달진), 회고조의 그리움(이하윤), 꿈의 낭만 세계와 목가적 전원시(신석정) 등이 30년대 시인들의 시적 대상의 목표인 동시에 혼의 지향점이기도 했다.

이들의 시는 비록 역사적 방향성에 민감하지 못하였으며 시대정신으로서 민족 정신을 표상시킨 의지적인 시가 못되었더라도 심령적인 것이 삶과 시대라는 대상성에 내면화되어 한국 근대 서정시의 심연적 흐름에 주맥이 되었다 하겠다.

한편, 이 땅에 근대 문학이 자리할 때, 씨앗을 뿌린 육당과 춘원은 계몽적이고도 교도적인 정신으로 시를 표현하였다. 육당은 그 시대 상황에 민족 정신인 조선주의로 대응했고, 춘원 역시 계몽주의 혹은 민족주의적인 이데아로 그의 시를 표현했다. 그러나,

후에 그들의 변절은 정신의 상황대응적 표징을 잘못 적용한 것에서 연유된 것으로 파악된다. 1920년대는 민족의 운명이 그 어느 때보다도 암담하였다. 이에 만해는 현실의 고통에서 뚜렷한 정신으로 '님'을 표상하여 시종일관 자기를 의식하면서 시로 민족정신을 고양시켰다. 또한 이상화는 목을 조이는 시대 상황에 처절에 가까우리 만큼 시로서 절규 대항했으며, 20년대 말의 심훈도 시대 상황에 대응하여 고통스러운 현실을 뛰어넘어 초월적인 삶을 유지했고, 그러한 정신의 분출이 시로 형상화되었다.

1930년대에 접어들면서 일제의 강압이 더욱 거세지면서 대개의 시인들은 이념적인 자기지향성을 잃고 말았다. 그러나 이러한 시대 상황 속에서도 육사는 주체적 자아를 확립하기 위해 시대 정신을 시로 표상시켰다. 그는 시적 상황의 비극적 순간에 작자인 동시에 비극적 주인공이기도 했다. 즉, 그의 시적 소신은 시대적 인식을 바탕으로 하여 불멸의 저항정신을 드러내 것이다. 그리고 어두운 시대를 살면서 무엇을 할 수 있을까에 늘 괴로워했던 윤동주는 일제의 암흑 속에서도 정신성에 충만된 절박한 심정을 내면적 자기고백을 통하여 토로했다.

이렇게 일제강점시대에 한국 근대시는 혼과 정신 표상 맥락의 시들이 두 주류를 형성하면서 한국 현대시의 중심축으로 자리잡았던 것이다. 일제 시대에 억압적 상황 속에서 정신적 가열성으로 시를 표현했거나 역사성과는 거리를 두면서 혼을 표현했거나 결국은 이들 작품들 나름대로 예술성을 확보해나갔던 것이다. 정치적 억압 상태에서 창작된 작품들이라 해서 모두 예술성이 제거되는 것은 아니다. 예술사의 영역은 동일한 원인이 동일한 결과를 낳는 것이 아니기 때문이다. 정신을 표상했던 시들도 나름대로 서정성을 확보하면서 시 미학을 확보했고, 역사성에 민감하지 못했던 시들도 나름대로의 예술성을 확보했던 것이다.

참고문헌

고려대 민족문화연구소, 한국민속대관 3, 1982.
김달진, "산거기," 올빼미의 노래, 시인사, 1983.
김소월, "시혼," 개벽 59호, 1925.5.
김억, "시형의 음율과 호흡," 태서문예신보 14호, 1919.1.13.
김용직 외, 한국현대시문학사, 일지사, 1983.
김용직, 한국근대문학의 사적 이해, 삼영사, 1982.
김학동, 한국근대시인연구, 일조각, 1974.
김현자, "고독한 오월의 시화," 문학사상, 1975.5.
박계홍, "구비문학에 나타난 한국인의 영혼관," 충남대 인문과학논문집,1981.
박용철, <시문학>창간호 후기, 1930.3.
오세영, 한국낭만주의시연구, 일지사, 1980.
이광수, "육당 최남선론," 조선문단, 1925.3.
이건청, "한국전원시연구," 단국대 대학원(박사학위논문), 1985.
이은봉, 한국고대종교사상, 집문당, 1984.
정한모, 한국현대시문학사, 일지사, 1974.
최원규, 한국현대시론고, 예문관, 1985.
황석우, "시화," 매일신보, 1919.9.20.
슈타이거, A(오현일·이유영 역), 시학의 근본개념, 삼중당, 1978.
Hauser, A(백락청·염무웅 역), 문학과 예술의 사회사; 고대편, 창작과비평사, 1976.
Kayser, Wolfgang(김윤섭 역), 언어예술작품론, 대방출판사, 1984.

노작 시의 전통시가 수용 양상

1. 머리말

노작 홍사용(1900-1947)은 흔히 '애상의 시인,' '눈물의 시인'으로 불렸고, 그의 시는 '감상의 색실로 엮여진 애수의 화환'(백철, 1948: 301)으로 평가받기도 했다. 또한, 1920년대 시사를 논할 때마다 노작은 백조 혹은 감상적 낭만주의 시인으로 묶여 언급된 것 외에는 논자들에게서 별다른 관심의 대상이 되지 못했다. 이는 오세영 교수가 다음과 같이 노작 시에 대한 기존의 평가를 정리한 것에서도 잘 드러난다.

①민요시 – 박종화, 박영희, 김학동
②향토시 – 박종화, 김학동, 박철희
③감상시 – 백철, 조연현, 김용직, 김학동, 이선영, 박영길
④동심추구 – 백철, 김학동

⑤꿈에의 동경-이병기, 백철, 김학동, 한효
⑥죽음에의 신비-백철, 김학동
⑦눈물의 애상-박영희, 박두진, 홍효민, 이선영
⑧낭만성-일반적인 견해

그외의 연구자들도 노작의 시를 '민요시'(최원식; 1982, 조동일; 1988), '감상시'(정한모; 1981, 신동욱; 1983, 전규태;1978, 김병택; 1981), '죽음의식'(윤란홍; 1987) 등으로 파악하고 있어 기존의 평가에 크게 벗어나지 않는다. 노작 시에 대한 본격적인 연구는 김학동과 오세영에게서 비롯된다. 김학동은 노작의 시를 전후기로 나누어 고찰하는데, 초기 시를 ①어머니와 동심적 비애 ②꿈과 낭만 ③봄과 애상 ④墓場과 신비 등으로 유형화하였고, 후기 시를 고유 민요의 사상과 율조를 바탕으로 민족관념을 제시하였다고 분석하고(김학동, 1985) 있다. 오세영은 그를 민요파 시인으로 묶고 김소월과 함께 한의 시인으로 규정하고 있다. 또한 그는 노작의 시에 등장하는 대표적 이미지들인 유년, 환상, 꿈, 무덤 등을 퇴행화된 정신세계로 해명하고 있다. 결국, 이러한 연구들은 대개 노작의 시가 낭만적 감상시의 속성을 지녔다는 견해로 집약된다.

이처럼 노작의 시에 대한 평가는 대부분 의미를 대상으로 하였다. 그러나, 그의 시가 내용적인 면에서 당대의 일반적인 시적 경향을 크게 벗어나지 못했다하더라도 시 형태적인 측면에서 볼 때, 1920년대 초기 김억, 주요한, 황석우, 양주동 등의 시에서 보여주는 서구시 형태의 수용보다는 전통지향성이 강하게 드러나는 독특한 형태를 보인다.

따라서 이 글에서는 그의 초기 산문지향성의 자유시는 사설시조의 형태를, 후기 민요시는 민요의 형태를 수용했다는 가설아래 노작의 전통지향적 문학관, 시의 형태적 특성과 전통시가 형식의 수용 양상을 고찰하고자 한다.

이러한 결과로 한국 근대시 형성이 서구적 영향보다도 오히려 전통적인 요소가 더 크다는 한 근거가 마련될 것으로 판단된다.

2. 전통지향의 문학관

1920년대 초기 자유시는 서구시 경험을 수용하거나 혹은 대결하면서 형성 전개된다. <백조>동인들도 대부분이 서구 지향적인 자유시나 데카당티즘에 경도되었다. 그럼에도 불구하고 노작은 그러한 경향을 거부하고 전통지향성의 문학관을 견지하고 있다.

<백조> 제2호에 실린 편집후기에 해당하는 "六號雜記" (1922. 5.25)라는 글에서 전통지향성 태도를 엿볼 수 있다.

> 대개는 넘어 新을 꿈이려 애쓰다가 新도 新이 안이고 舊도 舊가 안인 무엇인지 알 수 업는 일종 특제품이 되어바림이 큰 缺欠이며 엇던 심한 것은 무엇을 흉내낸다고 민족적 리슴까지 죽여바리는 아모 뜻도 업는 贋造玉을 맨드러바림은 매우 유감이 올시다. 이런 점은 신시에서 더욱 만이보였습니다. 행방불분명하고 사상이 불건강한 우리 문단 자신의 죄이겠지요. 그러나 될 수 만 잇거든 아무쪼로 순정한 감정을 그대로 써스면 합니다.

이 글은 독자들이 <백조>지에 보낸 시에 관한 논평이다. 이의 요점은 첫째, 너무 서구시(신시)를 모방하려다 신시도 전통시도 아닌 것이 되었고 둘째, 신시를 흉내내 민족적 리듬을 죽여버렸으며 셋째, 신시에 대한 경도는 불건강한 우리 문단의 탓이며 넷째, 따라서 우리 시는 순정한 감정 그대로 표현해야 한다는 주장이다. 여기에서 '신시'라함은 1920년대 초기 한국 문단에 팽배했던 서구의 퇴폐주의 시 경향을 의미한다. <백조> 동인들은 "그 '데카단' 일파를 가리치어 불운의 천재들의 不羈의 용감으로 인습이나 도덕에 거릿끼지 안은 어듸까지든지 예술가다운 태도나 생활이라고 찬미의 偈頌을 드리며," "그때 한창 유행하든 퇴폐주의……'데카단'……'데카단'……회색 세계로 돌아다니며"(홍사용, 1936.9) 창작을 꿈꾸며 방자한 생활을 했다. 그러나 노작은 이러한 퇴폐주의 경향을 불건강한 문단이라고 비판하고 있다. 노작이 주장하는 "민족적 리듬'이나 '순정한 감정'은 서구시의 퇴폐성과 대립되는 전통적 한국 정서이다. 이처럼 그의 전통지향성의 문학관은 서구지향의 시경향에 관한 비판에서 비롯된다.

노작의 서구시에 대한 비판은 1920년대 후반에 쓴 "朝鮮은 메나리 나라"(별건곤, 12.13호, 1928.5)라는 글에서 구체적으로 제시된다. 이글에서 노작은 우리 나라를 '메나리(민요)'의 나라라고 일컫고, 내 것이 아닌 즉 민요가 아닌 신시는 모두 빌려온 것이라고 주장한다. 또한, 그는 서투른 서구적인 신시를 쓰는 사람을 '어색한 앵두장수'에 비유하여 남의 시를 받아들여 소화하지 않은 채 남의 것에 대한 모방에만 급급하다고 비판하고 있다. 그리고 그는 1920년대 한국 시단에서 서구시를 받아들인 상황을 '洋가 가에서 일부러 얻어온 肉燭 부스럭이'라고 하고 있다. 이같이 노작은 문단 출발기부터 일관되게 탈전통적인 서구시의 경향에 관하여 부정적인 견해를 표명하고 있다.

그렇게 노작이 서구시 경향을 비판하고 전통 문학의 지향은 불행한 식민지 현실을 극복하는 방법으로 과거의 예술에 대한 재인식에 주안점을 두고 있다.

> 나는 다시금 朝鮮의 藝術이 그리웁다. 우리 祖上들의 나리어준 그 藝術이 그리워 못견 되겟다. 藝術로 불리운 우리 歷史는 얼마나 燦爛하얏스며, 우리 家乘은 얼마나 赫赫하얏느냐. 시방은 물론 볼 수도 업고 들을 수도 업다. 모다 업서져버리엇다. 그러나 우리가 잇지 아니하냐. 우리가 살아잇지 아니하냐. 저 상에게서 藝術的 天性을 遺傳해 바든 특별한 우리의 朝鮮 사람이 살아잇지 아니하냐.(홍사용, 1923.9.6)

우리의 역사 속에서 찬란하게 유전해 온 조선의 예술을 계승해야 하나는 것이 그의 주장이다. 즉, 일본을 통해 무비판적으로 서구 문물을 수용한 결과 전통 예술은 모두 사라졌으며, 이를 회복하기 위해서는 전통 예술의 가치를 재인식해야 한다는 것이다. 이 글에서 한국 전통 예술이 무엇인지 구체적으로 언급되지 않았지만, 그의 시, 수필, 문학론, 소설에 수용된 구비문학 중심의 전통문학에 대한 관심에서 이를 추론할 수 있다.

①시에 수용된 것-자장노래(백조는 흐르는데 별 하나 나 하나, 1922), 나무꾼의 산타령, 상두군의 구슬픈 노래(나는 왕이로소이다, 1923)

②수필에 수용된 것-농부가(靑山白雲, 1919), 날탕패의 잡소리, 嶠南의 육자박이, 관서의 수심가, 천안삼거리, 노들강변, 춘향

이타령, 심청이노래, 꿈타령, 상두군의 노래, 김매는노래(그리
움 한 묵음, 1922)

③문학론에 나타난 것-한마당의 굿노리판, 산타령, 양구양천,
아리랑타령, 두마치ㅅ 장단, 육자배기, 문경어 새재넌, 도라지
캐러 간다고, 喬主明川 가는 베장사야, 홍타령, 산염불, 난봉
가, 수심가, 무당의 제석거리, 회심곡, 장ㅅ 돌뱅이의 장타령,
재주바치의 산듸도감, 꼭두각시, 쾌지나친친나-늬, 배다라기,
배뱅이꿋, 기심노래, 배틀가, 산유화, 춘향전, 심청전, 홍부전,
톡끼전(조선은 메나리 나라, 1928.5)

④소설에 수용된 것-상여소리, 고개타령(저승길, 1923), 류자박
이, 홍타령(烽火가 켜질 때, 1925)

이상에서 열거한 것과 같이 민요를 중심으로 한 구비문학에 관
심과 이해가 깊었다. 노작의 구비문학에 대한 관심은 공동체적(민
족적) 자각의 결과라고 할 수 있다. 구비문학은 민족 공동의 소산
이며, 민족을 구성하고 있는 대다수의 사람들에 의해 공유된 문학
이기 때문에 민족문학을 사실상 대변할 수 있다(장덕순 외,
1978;8). 그는 민요뿐만 아니라 판소리, 민속극, 무가, 불교가요, 탈
춤, 잡가, 배뱅이굿 등 폭넓게 구비문학을 체험하고 있었다.
　특히, 그는 민요에 대한 관심이 컷다. 그가 구전민요를 채집한
초고본 <靑邱歌謠>와 민요론인 "조선은 메나리 나라"에서 보는
바와 같이 민요의 본격적인 채록과 민요의 가치에 관하여 적극적
으로 옹호하고 있다. 민요 속에 '이 나라의 운율적 생활 역사'가
살아있으며, 우리는 '메나리 나라의 백성'이므로 '메나라 나라'로
돌아가자는 그의 주장은 바로 민요를 백성의 노래로 파악한 공동

체의식의 소산이다.

이러한 노작의 전통지향성은 당대 민족의 상황을 극복하고자 하는 현실대응 태도에서 기인한 것이다. 물론 노작의 전통지향 문학관이 소박한 것이긴 하지만, 이것이 단순히 복고주의로서 시대에 뒤떨어진 인습쯤으로 생각해서는 안될 것이다. 그 당시 전통을 버린다는 것은 서구 혹은 서구화된 일본의 근대 문화를 추종하는 결과가 된다. 그것은 한국인으로서 몰주체적인 태도이며 필연적으로 식민지 체제의 고착에 봉사하는 일이다. 노작이 전통 문학에 집착하는 것은 식민주의와 화해하지 않으려는 태도로 이해할 수 있다. 또한 그의 내면에는 민족 정체감을 고양시키고, 이를 통해 일제의 야만적인 폭력에 맞서려는 저항의 힘이 서려있다고 할 수 있다.

3. 전기 자유시의 전통시가의 수용

가. 창작배경

노작은 1921년에 <문화사>를 설립하였고, 이듬해인 1922년 1월에 <백조>의 창간호를 발행함에 따라 본격적으로 시창작 활동이 시작된다. 그는 휘문의숙 시절에 월탄, 정백 등과 유인물 <피는 꽃>을 펴내 문학에 정열을 불태웠다고 하고, 1920년에 <文友>를 창간하여 <크다란 집의 찬밥>이라는 시를 발표했다지만(김용성, 1979;124-125) 이들이 전해지지 않아 문헌적으로 고증할 길이 없다. 현전하는 첫발표 작품인 <푸른 언덕가으로>가 3.1운동이 나던

해 12월에 시골에서 월탄에게 보낸 시라고 볼 때(박종화, 1956) 그의 시창작은 1919년부터 시작되었다고 할 수 있다. 그러나 공식적으로 활자화된 것은 1921년 10월 <동명>(7호)에 민요시 <비오는 밤>이다. 그 이후 그는 <동명>, <개벽>, <백조>, <신조선>, <월간매신>, <삼천리문학>, <삼천리>, <동아일보> 등의 다양한 잡지와 신문에 <크다란 집의 찬밥>을 제외하고 모두 32편의 시를 발표하였다.

그는 <백조>시절인 1922-23년 사이에 그가 발표한 시 전체의 3분의 2가량이 되는 21편을 발표하였다. 그후 1934년 <신조선>과 <월간매신>에 발표한 2편의 시를 제외한다면 1938,39년에 <삼천리문학>과 <삼천리>에 7편의 시를 발표할 때까지 15년 동안 거의 시를 쓰지 않았다. <백조>가 폐간된 이래 그는 오랫동안 시를 쓰지 않고, 1920년대 중반부터는 희곡창작과 연극활동에 전념하기도 했으며, 문예지 간행의 실패와 연극활동의 실패 또한 일제의 어두운 현실을 견디지 못하고 오랫동안 방랑생활을 하였다. 따라서 그의 시창작은 전기와 후기로 확연히 구분된다. 전기 시에서 <비오는 밤>(동명 7호, 1921.10), <시악시 마음>(백조 2호, 1922.5), <흐르는 물을 붓들고서>(백조 3호, 1923) 등의 민시 혹은 민요조 시를 제외한다면 나머지는 자유시 혹은 산문시체의 자유시이다. 그러나 1934년에 발표된 <月餠>(월간매신, 1934.11)부터 1938년까지 발표된 시는 모두 민요시이다.

노작의 시형은 앞에서 살펴보았듯이 전기 자유시와 후기의 민요시로 대별된다. 그는 본격적으로 시를 창작발표했던 <백조> 창간호 첫 페이지부터 <백조는 흐르는데 별 하나 나 하나>라는 산문시를 수록하고 있다. 그의 대표작이라고 일컫는 <백조> 3호의

<나는 왕이로소이다>를 비롯하여 <별, 달, 쏘냐. 나는 노래만 합니다>, <그것은 모다 꿈이엇지마는> 등은 줄글 형태의 산문시이다. 또한 <희게 하야케>, <키스 뒤에>도 대화체의 산문시이다. 그의 대부분의 전기시가 자유시이지만 산문성을 띠고 있다. 이러한 노작 시의 산문지향성은 어디에서 온 것일까? 시사적 관점에서 그의 산문시의 창작 배경을 탐색해 보자.

한국 근대시의 출발은 1910년대의 시를 새로운 세대의 시로 전환의 계기를 마련한 <태서문예신보>에서부터이며, 여기에 실린 시와 시론은 1920년대 시의 거점이 되고 동시에 출발점이라고 본다. 그러나 이전인 1910년대 이광수, 최남선, 김억 등의 산문시는 한국 근대시의 공간을 확보한 것으로 보아진다. 문덕수는 우리 나라 근대 산문시의 효시를 이광수의 <옥중호걸>(대한광학보 9호, 1919. 1)로 잡고, 이에 이어 최영택의 <져리로>(태서문예신보 16호)가 형식적으로 분명히 산문시라고 밝히고 있다(문덕수, 1968:302). 어느 정도 산문시의 형태를 획득한 것은 <소년> 제3년 제3권부터 수록된 최남선의 산문시에서 찾을 수 있다. 이러한 육당의 자유시체의 산문시 지향에 대하여 장르의식의 결여로 보기도 하지만 근대 산문시의 장르형성은 한국시사 발전의 내재적 요인에 의한 필연성으로 간주해야 마땅하다고 생각한다.

근대 산문시는 그 형성의 내재적 요인으로 전래의 가사나 사설시조의 영향을 받았을 것이다. 특히 현대의식으로 시조의 전통적인 미학을 변혁 극복하여 시조의 정형률을 치중했던 육당 역시 개화기의 교훈자적 입장에서 한국 사회를 계도하려는 현실의식이 자연스럽게 사설시조 형식을 취할 수 있었다고 하겠다.

> 사설시조의 자각적 요소가 바로 자유시의 내적 속성으로 보
> 아지는 것이다. 그만큼 자설적인 요소가 타설적인 것과 주기적
> 순환이며 잠재적이고 기존적인 자기 요소로서의 내부적인 기
> 반인 것이다.… (중략)… 사설시조가 형식면에서 평시조의 율
> 격을 따르면서 무율에 접근한 시, 말하자면 무형시다. 시조가
> 갖는 장과 구의 배열을 무시했을 때 사설시조와 자유시는 그
> 형식이 동일하다(박철희, 1980;59).

한국 근대 산문시가 서양이나 일본을 통해 수용된 산문시의 자극을 받아 형성되었다 하더라도, 사설시조는 근대 산문시의 내적 기반을 독자적으로 구축해 왔다는 것은 간과할 수 없는 사실이다. 근대 산문시가 사설시조로는 만족할 수 없었으나, 사설시조가 파생된 정신 속에는 정형시에서 이탈하여 자유시로 나아가려는 정신이 충분히 내포되어 있기 때문에 외부적 조건을 용이하게 내적 조건과 조화시킬 수 있었다고 본다(조윤제, 1970;445-446).

사설시조는 근대 내지 그에 조금 앞서는 시대의 지배적인 문학 장르였고, 이조가사 이래 그같은 산문성이 한국시사의 미학적 기반이었다는 김열규의 지적(김열규, 1976;37)은 타당성 있게 받아들여진다. 그리고 근자에 들어 사설시조의 형태나 시정신이 한국 근대 산문시의 원형으로 보고, 한국 시문학의 형성 전개가 우리 문학 나름의 독자성과 지독성을 지니고 있음을 끊임없이 밝히고 있다.

사설시조는 개인적 창작 행위로서 어느 정도 반사회적인 감정, 가치 또는 진실을 담고 있다. 즉 사설시조는 현실에 대한 당대의 의식의 반영으로서 자아발견인 동시에 사회 모순을 폭로하는 출구로서 외부현실에 대한 풍자를 하고 있다. 그 결과 사설시조는

산문화의 경향을 띠게 되었다. 초창기 한국 근대시의 산문화 현상은 우리 민족이 겪은 식민지라는 역사의 질곡에 대한 절규의 소산임을 사설시조의 창작 동기와 관련지어 생각할 수 있다. 1920년대는 근대시사에서 대표작으로 평가받고 있는 주요한의 <불노리>, 한용운의 <님의 침묵>, <알 수 없어요>, 이상화의 <나의 침실로>, 홍사용의 <나는 왕이로소이다> 등 대부분이 산문시 형태를 지닌다. 특히 서구시를 거부하고 전통시가의 맥락에서 시창작 의지를 보였던 노작의 경우, 그의 초기시는 사설시조의 형태적 특성을 보이고 있다. 이는 그의 전기 시의 창작 배경이 한국시사의 내적 요인에 기반을 두고 있음을 보여주는 것이다. 따라서 노작의 전기시가 전통적인 사설시조의 형태적 특성을 계승하고 있다는 점을 치밀히 검토할 필요성이 있게 된다.

　정병욱 편의 <시조문학사전>(1985)과 심재완 편저 <역대시조전집>(1972)에 수록된 320여수의 사설시조의 형식적 특징을 살펴 보면 ①대화체 구성 혹은 대화체 삽입 ②이야기식 구성 ③민요풍, 가사투 혼입 ④반복어구와 상징어가 두드러짐을 알 수 있다. 이러한 사설시조의 형태적 특징이 노작 전기 시 형식에 그대로 나타난다. 사설시조의 특성에 대비하여 노작 초기 시를 구분하면 다음과 같다.

　　①대화체 구성 및 대화체 삽입 : <봄은 가더이다>, <별, 달, 쏘나, 나는 노래만 합니다>, <희게 하야케>, <키쓰 뒤에>, <그러면 마음대로>, <그것은 모다 꿈이엇지마는>, <나는 왕이로소이다>

　　②이야기식 구성: <백조는 흐르는데 별 하나 나 하나>, <통발>,

<어부의 적>, <별, 달, 또 나, 나는 노래만 합니다>, <희게 하
야케>, <그러만 마음대로>, <어머니에게>, <그것은 모다 꿈이
엇지마는 >, <나는 왕이로소이다>

③민요풍, 가사투 혼입: <그것은 모다 꿈이엇지마는>, <희게 하
야케>

④반복어구와 상징어 두드러짐: <꿈이면은?>, <통발>, <봄은 가
더이다>, <키쓰 뒤에>, <시악시의 무덤>, <그것은 모다 꿈이
엇지마는>, <나는 왕이로소이다>

이와 같이 사설시조와 노작 전기시의 형태적 유사성은 노작 전
기시가 사설시조 계승의 가능성을 시사해 준다. 그리고 19C에 소
멸 위기를 맞던 사설시조는 그 장르적 성격이 갖는 기능성이 시대
적 요청에 부응할 수 있었기 때문에 개화기에 다시 왕성하게 창작
될 수 있었다. 개화기에 사설시조가 <대한민보>에 14수, <대한매
일신보>에 37수, 그외 잡지에 14수 등 약 65수의 사설시조가 개화
기에 창작되었음이 확인된다. 이는 사설시조가 갖는 비판정신이
개화기의 역사 현실에 밀접히 조우될 수 있었던 것이다(김영철,
1984;367). 1910년 한일합방 이전까지 <대한매일신보>, <대한민보>
에 집중적으로 사설시조가 발표되었고, 그리고<소년>를 중심으로
한 육당의 사설시조 창작도 눈에 띄는 것으로 판단할 때, 노작이
이들을 읽었으리라 생각된다.

전대의 사설시조가 임병양란의 급격한 사회 구조의 변동에서
비롯된 것과 마찬가지로 개화기의 사설시조 역시 개화기라는 전
형기의 사회구조의 변화에 따른 가치관과 세계관을 수용, 반영하

고 있다. 1910년 한일합방 이후 창작이 소멸된 사설시조는 그 형
태의 잔영을 1910년대 이후 한국 근대시에 자연스럽게 남길 수 있
었다고 본다. 그리고 3.1운동이후 당대의 시대감정과 역사 현실을
표출하기 위해서는 노작이 배척한 '민족적 리듬까지 죽여버린' 신
시로는 적합하지 않았을 것이다. 따라서 그의 초기시는 사설시조
가 갖는 산문정신의 지향과, 형태적인 면에서 확대지향성을 갖는
다.

나. 운율과 구조

(1) 운율

노작의 산문시는 운율적이다. 산문이면서 율문이라는 표현은 이
율배반적인 것처럼 들린다. 산문시의 개념 규정에서도 어느 논자
는 산문성을 강조하고, 또 다른 논자는 운율성을 강조하여 서로
대립적 견해를 보이기도 한다.

산문시는 짧은 산문 단락과는 달리 보다 뚜렷한 리듬, 음향효
과, 이미져리, 표현의 긴밀성을 가지며, 내적 리듬과 율격적 흐름
도 포함할 수 있다. 운문과 산문은 리듬의 존재 여부에 따라 판단
되는 것이 아니고, 어떠한 리듬을 지니는가에 따라서 구분되는 것
이다. 시에서 리듬의 강세, 운율, 음의 패턴이 복합체임을 보여주
는 반복적 리듬이 주요한 리듬일 때 운문의 에포스가 생기고, 의
미의 리듬이 주요한 것일 때 산문이 생긴다(N.Frye, 1957). 그러나,
김용직은 운율성을 부정하여 산문시가 특별히 의도된 행과 연의
구분이 없어야 하고, 분석적 토의적이며, 일상 그대로의 언어가
쓰여야 함을 강조하고 있다(김용직, 1974.6;15). 마광수도 마찬가지

로 산문시의 운율성을 부정하고 있다. 그는 리듬의 배열을 통한 음악적 효과, 음악적 배려를 완전히 씻어서 철저하게 평면적인 산문을 만들어야 산문시로서 감동 효과를 기대할 수 있다고 주장한다. 또한 그는 우리 나라 산문시는 '산문시 기본 정신에 빗나간 것들' 뿐이라고(마광수, 1980;21-37) 하고 있다. 그는 이러한 산문시의 본질에 완전히 부합되는 산문시의 전형을 산문으로 되고 꽁트적인 내용으로만 구성된 뚜르게네프의 <배추죽>과, 보들레르의 <Henri Michaux>로 보고 있다. 서구적 산문시 이론의 준거로 우리의 산문시를 재단한다면, 그와 맞아떨어지는 작품이 얼마나 있을까? 우리의 산문시를 서구적인 틀에 넣어 맞지 않으면 자를 것이 아니라 한국적 의미의 산문시 이론을 구축해야 타당할 것이다.

산문시가 일화적이거나 묘사적일 때 실패한다는 윤재근의 견해는 수긍이 가지 않는다 하더라도, 그가 산문시의 운율성을 강조하여, 산문시는 오직 외형율을 거부할 뿐이지 내재율을 가진다는 주장(윤재근, 1974.6;28-29)은 타당성있게 받아들여진다. 산문시도 시인 한 창조적일 수 있으며 운문의 리듬과 다르지만, 독특한 리듬을 지닐 수 있다.

이렇게 볼 때, 산문은 운문의 리듬과는 다르지만, 의미의 리듬이 내재해 있으며, 산문시에서 '산문성'을 강조한다 하더라도 운율성을 배제해서 안될 것이다. 그렇다면 노작 산문시에서의 운율성은 어떻게 규명해야 할 것인가. 노작 시의 주제, 형태, 발생 등이 모두 한국문학 전통에 기반을 두고 있음을 생각할 때, 노작 산문시의 운율적 특성은 전대에 형성전개 되었던 사설시조에서 그 준거를 찾아야 할 것이다. 박두진의 산문시가 운율적인 것에 대해 '묘한 굴절'(김춘수, 1971;149)이라고 파악하기도 하지만, 김대행이 그 율적 요소로서 단어의 선택, 문형, 주제적 요소가 관여한다는 것을 기틀로 하여 박두진의 산문시가 왜 운율적인가를 해명한 것 (김대행, 1984;74-86)은 시사적이다. 특히 김대행이 홍사용을 비롯한 한용운, 이상화, 박두진의 산문시가 갖는 운율적 양식을 사설시조가 보여주는 다변적 진술양식에서 찾고 있는 것은 노작 전기시의 운율상 규명에 중요한 의미를 준다.

노작 전기시의 운율적 특성을 규명하기 위해 운율적 특성에 관여하는 음성, 통사, 주제의 세 요소를 고려해 넣고자 한다.

첫째, 노작 전기시의 음성적 요소를 살펴보자. 시의 운율 형성에 기여하는 음성적 요소로는 음상징의 3단계를 들 수 있다. 이는 사실 세계의 음향을 청각영상에 남겨진 대로 기호화하는 실제음의 모방단계, 자의적으로 결합한 음성기호가 의미내용을 환기시키는 음의 재생산 단계, 음성기호를 통해 의미를 암시하는 음상징단계 등 세 단계로 나눌 수 있다. 김대행은 두리 시가 국어의 조어 특질 때문에 음의 재생산 표현, 또는 음상징의 표현 단계는 찾기 어렵다고 지적(김대행, 1984;77-78)하고 있다. 노작 전기시의 음성적 요소도 대부분이 실제음 모방의 의성적, 의태적 단계에 머물러 있다. 다만 음성성징의 표현이 한 두 군데 보일 뿐이다.

노작 전기시의 음성적 요소는 주로 의성어, 의태어로 표현되고 있다.

①고흔 물결이 찰낙찰낙 나의 몸을 씨담어쥬노나!
──〈백조는 흐르는데 별 하나 나 하나〉

②燕子매ㅅ 돌이 붕하고 게을리 돌아갈 째에

③마을의 큰북이 두리둥둥 울 째에
④송아지는 엄매- 하며 싸리문으로 나가고
　　　　　——이상, 〈별, 달, 쏘 나, 나는 노래만 합니다〉

⑤쩌르렁-하는 소리는, 건너 山이 우렁차게 울림이로소이다.
　　　　　——〈그것은 모다 쏨이엇지마는〉

⑥그것은 '으아-'하는 울음이엇나이다
　　　　　——〈나는 왕이로소이다〉

　이상과 같이 '찰낙찰낙,' '붕,' '두리둥둥,' '엄매-,' '쩌르렁,' '으아-' 등의 의성적 표현은 노작 전기 시의 운율적 요소로 중요한 몫을 차지한다. 의성표현은 실제음에 밀접하게 결부되어 있으므로 그 청각영상의 환기기능이 강하다. ①의 경우, 고운 물결이 나의 몸을 쓰다듬어 주는 행위를 '찰낙찰낙'으로 의성적으로 자연음 그대로 표현함으로써 이 시행 전체를 음악적 요소가 두드러지게 된다.

　의성 표현과 함께 의태적 표현은 노작 전기 시의 운율성에 기여한다.

①상글상글하는 태백성이 머리우에 반쟉이니
②너르너른하는 허연 밀물이 팔버려 어렴풋이
③호랑나뷔처럼 훨훨 나라듭니다
　　　　　——이상 〈백조는 흐르는데 별 하나 나 하나〉

④비죽비죽 우는 눈물을 쥬먹으로 씻스며
　　　　　——〈통발〉

⑤어른어른하는 흰옷은, 누구?

──〈쑴이면은?〉

　노작 시의 의태적 표현은 음성표현에서 원초적인 단계에 머물고 있다. '상글상글,' '너른너른,' '휠휠,' '비죽비죽,' '어른어른' 등은 모두 자연음의 모방 상태라고 할 수 있다.

　그의 전기 시중에서 <백조는 흐르는데 별 하나 나 하나>는 음성표현이 두드러지게 나타난다. 시에서 '밋칠 듯이 자지러 철철 흐르는 깃붐에 씌여서─'와 같이 의미내용을 환기시키는 경우도 있다. 여기에서는 기쁨이 감정의 폭을 넓혀주고, 기쁨의 모습을 청각화함으로써 운율적 인상을 더욱 강하게 해준다. 그리고 이 시를 읽으면 비교적 거침없이 읽힌다. 그 까닭은 의성어 의태어의 대부분이 流音의 반복으로 나타나기 때문이다. '상글상글,' '너른너른,' '철철,' '찰낙찰낙'에서 'ㄹ'의 반복이 그것이다. 특히 '너른너른'은 '허-연 밀물'에, '철철'은 물에 '찰낙찰낙'은 물결에 대응한다. 이 의성·의태에서 유음 'ㄹ'의 반복은 자연스럽게 유동감을 불러오고, 물이라는 의미를 연상시킨다.

　둘째로, 통사적 요소를 살펴보기로 한다. 반복과 열거의 구문이 文을 반드시 운율적이게 하지는 않지만 노작 시의 경우, 그 문형들의 빈번한 반복과 열거가 운율 형성을 이룬다.

①밤! 밤! 회색밤의 이밤! 이밤에 이밤에 아─ 이밤에
②장명등, 발등걸이, 사리불, 횃불, 불이야 ─쥐불

──이상 〈그것은 모다 쑴이엇지마는〉

③나는 왕이로소이다. 나는 왕이로소이다. 어머니의 가장 어
여쁜 아들 나는 왕이로소이다. 가장 가난한 농군의 아들로서
　……

그러나 十王殿에서도 쫓겨난 눈물의 왕이로소이다.

　　　　　　　　　　——〈나는 왕이로소이다〉 첫연

①은 '밤'이라는 어휘의 반복, ②는 어휘의 열거, ③은 "나는 왕
이로소이다'의 구문의 반복을 보이는 예다. ①, ②의 예와 같이
<그것은 모다 꿈이엇지마는>은 어휘의 반복과 열거가 현저하게
나타난다. ② 의 경우, 열거된 개개의 단어들은 그 자립성을 상실
하고 하나의 커다란 움직이는 물구비 속의 파도처럼 제 모습을 들
어올리고 있다. 즉 이 시에서 이러한 단어들을 열거함으로써 훨훨
타오르고, 퍼지는 불길을 보는 듯하다. 여기에서 커다란 언어의
소용돌이가 일어나고 있음을 느낄 수 있으며, 이는 운율적 효과를
가져다준다. ③의 시에서는 시 전체를 지배하는 구문 '나는 왕이
로소이다'가 되풀이됨으로써 의미가 강조되고 유창하게 읽히는 운
율적 효과를 준다.

다음 시는 각연 둘째 행 첫 문장이 다섯연 모두 동일하게 반복
되는 경우도 있다.

㉠ ……………………………………………………………

㉡ 앗다, 이 사람아! ………………………………………

㉠´ ……………………………………………………………

㉡´ 앗다, 이 사람아! ………………………………………

각연 제 2행마다 '앗다, 이사람아!와 같은 동일 어구가 반복되어 운율적 효과를 가져온다. 이러한 경우는 노작 시에서 빈번히 나타난다. <나는 왕이로소이다> 제2연의 경우에도 규칙적 반복을 보인다.

제2연　제 1 행: 맨처음으로 내가………
　　　제 2 행: 맨처음으로 어머니께……
　　　제 3 행: 맨처음으로 내가………
　　　제 4 행: 맨처음으로 어머니께……

각 행의 문장 머리어에 '맨처음으로'가 되풀이되고, 1, 3행의 둘째 어휘는 '내가', 2, 4행의 둘째 어휘는 '어머니께'가 반복된다. 이렇게 반복됨으로써 규칙성을 보여주고, 운율 형성에 도움을 준다.

이러한 반복이 운율적 구조를 이루는 필수조건이지만 이때의 반복은 단순히 어휘 또는 통사적 사실을 뜻함이 아니라 규칙성을 가진 단위로서 음보형식의 반복이어야 한다(김대행, 1984;80).

이같은 관점에서 위에 인용된 노작 시행들을 음보형식으로 율적 구조를 살펴보자.

①장명등, /발등걸이 // 싸리불 / 횃불 // 불이야- /쥐불 //

——〈그것은 모다 쑴이엇지마는〉

②나는 / 왕이로소이다 //나는 / 왕이로소이다 //어머니의 /가장 // 어여쁜/아들//나는 /왕이로소이다/ 가장 /가난한/농군의 /아들로서……//

　　　　　　　　　　　　　　　　　　——〈나는 왕이로소이다〉

③앗다/이사람아!//휘파람/국누나//하자는 /말이지//남몰래/울째에//
　　　　　　　　　　　　　　　　　　——〈키스 뒤에〉

　사선 '/, // '으로 표시한 부분에서 뒤 시들의 보격이 뚜렷이 인식된다. 인용된 시의 대부분이 1음보와 2음보는 각기 서로 대응하는 음보구조로서 그 정형적 반복이 계속된다. 이처럼 보격의 구조에서 오는 정형적 율격은 한국 시가의 기본적인 정형률을 이루고 있다.

　노작의 대표적 산문시라고 일컫는 <나는 왕이로소이다>, <그것은 모다 꿈이엇지마는> 등은 특히 유창하게 읽히고, 운율적이다. 그 까닭은 첫째 어휘구문의 열거 혹은 반복 둘째, 음보구조의 정형적 반복 셋째, 행 구분이 없이 호흡의 단절이 없기 때문이다. 또 하나의 이유는 그의 산문시가 다변의 형식을 취하고 있다는 점이다.

　<백조는 흐르는데 별 하나 나 하나>에서는 종결 어미 '-ㅂ니다'가 13회 반복, '-소이다'가 3회 반복됨으로써 다변성을 보이고, <그것은 모다 꿈이엇지마는 >도 '-ㅂ니다' '-소이다'가 빈번히 반복되고 있다. <나는 왕이로소이다>는 이러한 현상이 더욱 두드러진다. 이 시의 34개 종결어미 중 44%에 해당하는 15개가 '-소이다'이다. '-소이다'의 반복을 통하여 탄생했던 날부터 현재까지 따라 다니는 '눈물'에 대하여 반복적으로 강조하고 있다. 이러한 다변적 진술은 식민지 시대 상황 속에서 감정의 극대화 현상이라고 할 수 있다. 이러한 다변적 진술양식을 사설시조의 잔영으로 관찰하는 김대행의 견해는 치밀한 논증을 없지만 타당성을 지닌다.

셋째, 운율과 관련된 주제에 대하여 살펴보자. 운율에서 의미를 제거했을 때는 운율도 본래의 의미를 잃게 되므로, 운율은 주제 의식과 결부해서 이해하여야 한다. 노작 시에서 나타나는 꿈, 동심추구, 죽음, 애상, 감상 등을 퇴행의식의 표층적 양상으로 해명하기도 하지만(오세영, 1980;377) 그가 현실의 고통과 불행에 대한 각성된 토대 위에서 문예창작을 했다는 점을 상기할 필요가 있다. 노작의 현실에 대한 비애 인식은 그 비애를 극복하려는 행위의 일환으로 비애의식을 반복적으로 시화했다고 할 수 있다. 그의 전기 시 주제는 다양성을 지닌다. 비애적인 요소와 함께 산문적인 진술을 원용하면서 일상 서민 생활을 중심으로 한 인간사, 애욕, 풍자, 희극미 등을 보여준다.

① 燕子매시 돌이 붕하고 게을리 돌아갈 째에 왼종일 고달픈 검억 암소는, 귀치안흔 걸음을 느리게 옴기어놉니다. 젊은이 머슴은 하기실흔 일이 손에 서툴러서? 안이지요? 첫사랑에 겨을러서 조을고 잇든게지요.

——〈별, 달, 또 나, 나는 노래만 합니다〉

② '여보셔요! 쪼처오지 말고 저만츰 서셔요
　남들이잇거든……'
　'앗다, 이사람아 - 맛날 째에면 참을 수 업구나 울렁거리는
　　가슴을'

——〈키쓰 뒤에〉

③'거저 미더라……'
　봄이나 쏫이나 눈물이나 슯흠이나
　온갓 세상을, 거저나 미들가?

에라 미더라, 더구나 미들 수 업다는
젊은이들의 풋사랑을……

——〈봄은 가더이다〉

④ 어머니의 젓꼭지에 다시 매여달릴 수도 업시
이러케 제가 점잔어젓습닛가
그것이 원통해요
이 자식은

——〈어머니에게〉

시 ①에서 '맷돌' '고달픈 검억 암소' '젊은이 머슴' 등은 일상 서민적 생활을 표현하는 언어다. 이 시에서 표현되는 사랑도 가진 자의 사치스런 것이 아닌, 하층민인 머슴의 사람이다. 그의 <통발>, <어부의 적>, <그러면 마음대로> 등의 시도 서민의 일상사를 그리고 있다. 시 ②는 애욕을 표현하고 있다. <봄은 가더이다>에서 "내가 어리석어 말도 못할게/훨훨 버서버리는, 분홍초마는/ '봄바람이 몹시분다' 핑계이더라"와 같은 사랑의 戲畵化는 반발과 역설을 동반하고 있다. 사랑을 희화화한 것은 노작이 "인습타파 노동신성 연애지상 유미주의…… 무엇이든지 거릿길 것이 없이 어듸가지든지 자유롭게" 생각하고 행하자는 의식을 기저로 기존의 규범에 반발을 보인 결과로 파악된다.

시 ③에서는 믿을 수 없는 온갖 세상사들을 믿으라고 강요함을 풍자하고 있다. 이는 피지배민족의 한 구성원인 시인에게 지배민족의 논리를 강요함에 대한 믿을 수 없다는 거부감의 표현이다. 노작은 그의 시에서 식민지 지식인의 좌절감에서 비롯된 민족 감정을 풍자화하고 있다.

내가 입을 담을랴, 입을 담을어?
속고도 말못하는 이 세상이다
억울하고도 말못하는 이 세상이다.
  …… 중 략 ……
가슴이 뮈여지는 그 울음은
뼈가 녹도록 압헛건만은
모지더라 매정하여라
깨여서는 흐르는 눈물 일부러 씻고서
허튼 잠고대도 돌이고 말고녀

──〈쑴이면은?〉

하욤업시 도라가든 언덕,
긴 한숨 불이든 머나먼 벌판
눈물에 저저서
잡풀만 싹이터 욱어졋는데
이 산에서 저 산으로 오고가는 산새
가슴이 압흐다 '뼈뼈국'
그이가 깨끗하게 닥거주고 가든

내 맘의 어루쇠(鏡)는 녹이 스러서
깃거우나 슬푸나 빗초이든 얼골,
다시는 그림자도 볼 수 업스니
아, 그날은
병드른 나의 살림
마음 압흔 오월 열하로
나는 이제껏 그이를 차저서

어두운 이 나라에 헤메이노라.

——〈해저믄 나라에〉에서

누-런 썩갈나무 욱어진 산길로 허무러진 봉화압흐로 쫓긴이
의 노래를 불으며 어실넝거린 째에 바위미테 돌부처는 모른체
하며 감증현하고 안젓더이다.
아- 뒤ㅅ 동산 장군바위에서 날마다 자고 가는 뜬구름은 얼
마나 만히 왕의 눈물을 실고 갓는지요.

——〈나는 왕이로소이다〉에서

이 시들은 풍자성을 띠면서 다변성을 가진다. 이는 짧은 형식에
식민지 상황하에서도 북받치는 감정을 모두 수용할 수 없기 때문
이다. <나는 왕이로소이다> 9연 33행, <그것은 모다 꿈이엇지마
는> 7연 36행, <꿈이면은?> 72행, <봄은 가더이다> 61행 등이 보
여주는 바와 같이 감정의 극대화된 확산형의 시를 이룬다. 시 <나
는 왕이로소이다>에서는 어머니의 젖꼭지에 매달릴 수 없이 성장
한 자신이 원통하다는 어처구니없는 희극미를 보여주기도 한다.
시인의 성숙이 더럽고 원통하다는 것은 일제 식민지 상황하에서
정상적인 삶을 누릴 수 있는 권리를 박탈당한 데서 연유된 것이라
고 할 수 있다.

노작 전기 시의 주제나 소재는 현실 생활을 대상으로 일상적
삶을 그린 것이 많으며, 풍자정신, 희극미를 드러낸다. 비록 그의
시가 현실적 개혁 의지를 갖지 못한다 하더라도 현실적 삶에 관심
을 갖고 풍자정신과 희극미를 보여주고 있다. 1920년대의 식민지
상황에서 시인은 감정의 극대化 현상을 보이고, 이것이 시의 주제
와 관련되어 시행의 절제가 없는 확장문의 특성을 갖는다. 이 산

문적 진술의 확장문은 다변성을 띠면서 운율적 속성을 지니게 된
다.

(2) 구조

노작의 전기시가 대화체 구성, 민요풍 삽입, 반복구조, 이야기식
구성을 지니고 있다는 점을 앞에서 밝힌 바 있다. 이는 20년대 다
른 어떤 시인의 시에 비해 독특한 특징이다.

①대화체 문답식

대화방식은 희곡이나 소설에 주로 사용하는 기법이지 시에서는
사실상 쓰이지 않는 것이 보통이다. 그러나 노작의 전기시는 대화
체 구성이 두드러진다.

> ① '여보셔요! 쪼처오지 말고 저만츰 서서요 남들이 잇거든
>   ……'
>   '앗다, 이 사람아-맛날 째에면 참을 수 업구나 울렁거리는 가
>   슴을'
>
>   '입을 그리마셔요 입마첫다하게요 남들이 보면은'
>   '앗다, 이 사람아! 휘바람구누나 하자는 말이지 남몰래 올 째
>   에'
>
>   '쉬! 썰들지 말아요 우리집의 사나운 개 쏘 짓고 나서요'
>   '앗다, 이 사람아! 두근반하드냐 너의 가슴이'
>   ──〈키쓰 뒤에〉에서

② '맨처음으로 내가 너에게 준 것이 무엇이냐' 이러케 어머니
쩨서 무르시면 맨처음으로 어머니쩨 바든 것은 사랑이엇지오
마는 그것은 눈물이더이다'하겟나이다 다른 것도 만치오마
는……

   '맨처음으로 네가 나에게 할말이 무엇이냐' 이렇게 어머니쩨
서 무르시면은 '맨처음으로 어머니쩨 들인 말씀은 '젓주셔요
'하는 그 소리엇지오마는 그것은 '으아-'하는 울음이엇나이
다'하겟나이다 다른 말슴도 만치오마는……'

——〈나는 왕이로소이다〉에서

③왼동니가 환한 듯하지요? 어머니의 켜드신 홰ㅅ불이 밝음이
로소이다. 연자맷ㅅ 돌들이 붕하고 게을리 돌아갈 쌔에…… <
중략>…… 젊은이 머슴이 하기 실흔 일이 손에 서툴러서? 안
이지요! 첫사랑에 겨을러서 조을고 잇든게지요

——〈별, 달, 또 나, 나는 노래만 합니다〉

①은 직접화법의 대화체 문답식을 보여준 예이고, ②는 대화체
의 삽입을 보여주고 있으며, ③은 독백 형태의 대화체 문답식을
보여주고 있다. ①은 키쓰 뒤에 수줍고 부끄러운 여인과 한 남자
의 직접적인 대화로 삽입하는 형태를 취하고 있다. 그 예는 <봄은
가더이다>, <희게 하야케>, <바람이 불어여!>, <그러면 마음대로>
등의 시에서도 볼 수 있다.

② 반복
노작 시의 반복구조는 대구식, 연쇄식, 문답식 반복을 보여준다.
이는 현대시에 비해서 단순하고 원시적인 구조라고 할 수 있다.

① ㉠ 봄은 오더니만, 그리고 쏘 가더이다

　 ㉡쏫은 피더니만, 그리고 쏘 지더이다

② ㉠ '모른다 모른다하야도, 도모지 모를 것은, 사나희의

　　 마음이야'하시기에, 나는

　 ㉡ '모른다 모른다하야도, 도모지 모를 것은, 나라는 '나'

　　 이올시다 '

──〈봄은 오더이다〉에서

　 ①과 ②는 대구식 반복을 보인 예이다. ①은 정확하게 통사구조 상 동위개념으로 대구식 반복을 이룬다. ㉠의 '봄'과 ㉡의 '쏫', ㉠의 '오더니만'과 ㉡의 '지더이다'가 대비를 이룬다. '그리고 쏘'는 ㉠, ㉡ 행 모두 동일하다. ㉠, ㉡행이 비록 다른 표현이라 해도 각 행이 제시하는 내용은 동일한 의미의 반복이다. 어절의 반복은 ② 에서도 마찬가지이다. ㉠행 '모른다 모른다 하야도, 도모지 모를 것은'은 ㉡행에서도 동일하게 반복되고 있다.

　 다음은 연쇄식 반복을 보인 예이다.

　 (A) 누의가 일업시 날더러 말하기를

　　 ①'나의 얼굴이 어찌해 흰지 옵바가 그것을 아시겟습니

　　　 까?'

　　 ②'아마 너의 얼굴이 근본부터 어여쁜 까닭이지'

　　 ③'아니지요! 달님의 흰웃음을 바닷슴이지요'

　 (B)① ´ '나사는 이땅이 휨은 어쩐 일인지 옵바가 아십니

　　　 까?'

　　 ② ´ '아마 하얀눈이 오실 째에 우리의 마음도 희엿든

　　　 까닭이지'

③´'아니지요! 감안이 게셔요 나의 노래를 들어보셔
　요'

(C)① "'옷짓는 시악시를 마나보거든
　　붉은곷 수노은 비단을낭 탐하지 말고
　　붉은곷 피우랴는 사랑이 올 쌔에 젊은이의 붉은시
　　름 지지 안흘터이니'
　　② "나는 누이의 뜻을 알았다, 그가 나의 옷을 지을 때
　　에 일부러 흰가음으로 고르는 줄을
　　　　　　　　　　　　　　——〈희게 하야케〉 전문

　이 시는 액자식 구성에 의한 연쇄식 반복을 보여준다. 즉 이 시
에서 '흰' 이미지는 상호 연결된 고리와 같이 발전한다.

　　　　(A) 얼굴 → 달→ (B) 땅 → 눈 → (C) 옷

　의 형식이다. (A)의 ①에서 누이가 얼굴이 흰 까닭을 묻자 ②에
서 오빠가 근본적으로 예뻐서라고 하지만 ③에서와 같이 달님의
흰 웃음을 받았다고 하면서 '흰' 것의 이미지를 강조하고 있다.
(B)에서는 '이 땅이 힘'은 '한민족= 흰색'으로 한민족이 사는 땅을
표상하고 있다.
　(C)에서 '흰 옷' 역시 우리 한민족인 백의민족임을 상징하고 있
다. 이 시에서 이미지의 발전을 보인 얼굴, 달, 땅, 눈, 옷은 흰 얼
굴, 흰 땅, 흰 눈, 흰 옷이다. 연쇄식 반복구조를 통하여 '흰' 이미
지를 강조하고, 일제하 우리 민족의 순결한 정신을 드러내고 있다.
　그리고, 노작 전기시에서 반복구조의 특색 중 하나는 문답식 반

복형태이다.

> 할아범 : '요것들 어린 것이 감짜지말아라'
> 아이들 : '당신이 죽으면 가지고 갈터요'
> 할아범 : '요녀석 죽기는 왜 죽는단 말이냐 '
> 아이들 : '그러면 마음대로 오백년사오'
> ──〈그러면 마음대로〉(등장인물 표시 : 필자)

이러한 문답식 반복은 <희게하야케>, <키쓰 뒤에> 등에서도 보여준다.

노작 전기시의 대구식, 연쇄식, 문답식, 반복구조는 그의 시를 보다 유니크하게 드러내는 특징의 하나이다.

③민요풍의 삽입

노작의 전기 시에서, 산문시 사이에 민요형식이 삽입되어 있는 경우도 있다.

> ① ㉠ 장명등, 발등걸이, 싸리불, 횃불, 불이야─ 쥐불, 듯기에도
> 군성스러운 통탕매화포, '가자─ 건는 편으로' 마른잔듸
> 바 테불이 부트오니, 무덕이 불이 와르를하고 일어납니다.
>
> ㉡쥐불은 기어붓고
> 노루불은 쒸어오고
> 파랑불
> 쌀안불
> 호랑나비 나비불

사내편
계집애편
얼시구 조타 두둥실

ⓒ'으아 – 쥐불이야' '무어 막걸리 열동의?' 붉은 입술, 연
시보담 더 빨안 청춘의 쌤, 늙은이의 눈쩻, 선머슴꾼의 너
털웃음, 용틀임하는 젊은이 마음, 이밤은 이러케 모다 놀
아나는데, 고갯짓하는 홰나무의 속심을 누가 아오리까.
——〈그것은 모다 쑴이 엇지마는〉에서

①은 산문시형과 민요시형을 의식적으로 중첩시켜 이 시의 정
서적 극대화를 노리고 있다. 즉 ①의 ㉠과 ⓒ 사이에 ㉡과 같은 2
음보격의 민요시형을 삽입하고 있다. 이에 대하여 오세영은 판소
리의 구성에 비유하여, 서두와 종말 부분의 산문체 시행은 창에
조응된다고 언급하고 있다(오세영, 1980:371). ㉠, ⓒ와 같이 다변
적인 산문성이 흘러넘치는 감정을 표현하는데 비하여 ㉡과 같이
민요조의 시형을 삽입시킴으로써 감정의 절제를 보여준다. 이는
노작 시의 독특한 구성방식이라 하겠다. <희게 하야케>에서도 문
답식 대화방식 구성 사이에 민요풍의 시형이 삽입되어 있다.

④ 이야기식 구성

노작 전기 시의 두그러진 특징 중의 하나는 이야기식 구성이다.
즉 그의 전기 시는 일화적 산문의 진술로 꽁트식 전개의 특성을
지니고 있다. 다음의 몇 작품에서 그 예를 찾아보기로 한다.

㉠ <나는 왕이로소이다>

제 1 연 :성숙해 있는 현실적 진술
제 2 ~8 연 : 탄생과 성장과정 진술
제 9 연 : 성숙해 있는 현실적 진술

이 시는 이른바 액자식 구성을 취하고 있다. 1연에서 화자는 자신이 어머니의 어여쁜 아들이기도 하며, 농군의 아들이기도 하고, 십왕전에서도 쫓겨난 왕이라고 성숙해 있는 현실에 대해 진술하고 있다. 2~8연에서는 탄생, 성장과정의 유년시절의 추억이 과거적으로 묘사되는 형식을 지니고 있다. 2~6연이 철들기 전이라면, 7~8연은 철든 후에 대한 내용이다. 마지막 연에서 다시 화자는 현실의 세계로 돌아온다.

ⓛ <그것은 모다 꿈이엇지마는>
제 1 연: 현실적 진술
제 2~6 연: 꿈속에서 불놀이 광경의 진술
제 7 연: 현실적 진술

제 1연은 사나이의 마음을 모르겠다는 누님과, 자신을 모르겠다는 나와 현실의 대화로 이루어져 있다. 2연에서 6연까지는 누님의 꿈으로 쥐불놀이 장면에 대하여 진술하고 있다. 누님의 꿈은 인간의 성적 욕구의 표현임이 드러난다. 제 7연에서는 현실로 돌아와 제 1연의 대화를 동일하게 반복하고 있다. 이는 현실적으로 사랑의 본능에 대한 회의와 인간의 본성에 대한 물음이다.

ⓒ <통발>
1~3행: 뒷집 친구와 통발을 만듬

2~7행: 통발에 걸린 고기를 나누어 갖는 꿈을 꿈
8~9행: 날이 샘
10~13행 : 누군가가 통발에 든 고기를 털어 감
14~15행: 친구가 움

<통발>에서는 고향의 모습을 구체적인 이야기로 묘사하고 있다. 달이 든 봉당에서 이야기 잘 해주시는 어머니의 옛이야기 속에서 뒷집 친구와 통발을 만들어 돌모로(石隅) 냇가에 쳤다. 붕어를 잡아 나누어 가지는 꿈을 꾸다가 날이 샜다. 일찍 일어난 친구가 주먹으로 눈물을 씻으며 누군가가 통발을 떼어서 장포밭에 던지고 고기를 모두 털어갔다는 유년기의 이야기이다.

다. 사설시조 형식의 계승

앞에서, 노작의 문학관, 시창작 동인, 시의 형태적 특성에 비추어 그의 시가 한국 전통시 형태의 계승으로 이루어졌다는 가설을 세웠다. 앞에서 언급한 바와 같이 사설시조와 초창기 한국 근대시의 형태적 특성을 밝힌 바를 토대로 하여, 그의 전기 시의 사설시조 계승 가능성을 검증해 보자.

첫째, 사설시조의 운율적 특성인 반복어구, 상징어, 음보형식의 반복 등은 노작 전기 시의 운율적 특성을 이룬다.

①가마기가 가마기를 됴차 셕양사로에 나라든가 쩌든다.
  님의 집 송경 뒤로 오르면 골각 나리며 길곡갈곡길곡 하는 중
  에 어늬 가마기 슈가마기냐

그중에 멈점 나라 안젓싸가 야즁 나라가는 그 가마기 긴가.

——〈남훈 198〉

②男兒의 少年行樂희올 일이 하고 하다.
글닑기 칼쓰기 활쏘기 말달니기 벼슬하기 벗사괴기 술먹기
姜하기 화조월석 노리하기 오로오로 다 호기로다.

——〈진청 566〉

③신 버서/손에 쥐고 //보션 버서 / 품에 품고// 곰뷔 님뷔/ 님뷔
곰뷔// 천방지방/ 지방천방// 한번도/ 쉬지 말고// 허위허위/올
라가니//

——〈진청 542〉

①은 의성어,②는 어휘열거, ③은 어휘반복과 음보형식의 반복
을 보인 예이다. 사설시조에서 음성적 요소인 의성어, 의태어는
①과 같이 빈번히 나타난다.

    ㅇ 이리로 홀근 져리로 홀적 홀근홀적
    ㅇ 에룽렝 꽐꽐 더지등 덩실 임차자 가니
    ㅇ 홀노 에이울 에이울 울고울고 가는 기러길낭
    ㅇ 비 오는 쇼래는 우르룩 쥬루룩

위의 의태·의성어는 인간 행동이나 자연 현상의 묘사까지 다
양하게 쓰이고 있다. 그리고 ②, ③에서와 같이 사설시조는 빈번
한 어휘의 열거, 반복을 통해 율적 효과를 준다.

    ㅇ 개미야 불개미야 준등 부러진 불개미야

○ 나눈마다 나눈마다 고대광실 나·눈마다

○ 씌오리라 씌오리라 셔빅사 ……씌오리라

○ 각골아 쟝쟐이 큰 각골아 쟝쟐이

○ 고모장지 세 살장지 들장지 암돌져귀]

○ 누른 히 흰 달 ᄀ눈 비 굴근 눈

노작의 전기시들에서도 이러한 어휘의 열거와 반복이 두드러진다. <나는 왕이로소이다>에서 '나는 왕로소이다'의 어휘반복은 ③의 '못가느리라 못가느니라 나를 버리고 못가느니라'의 반복어휘에서 보여주는 운율적 구조와 유사함을 지니고 있다.

또한 대부분의 사설시조는 ③에서와 같이 1음보와 2음보가 각각 서로 대응하는 음보구조로서 정형적 반복이 계속된다.

○ 명ᄉ십리/ᄒ당화야//닙히진다/설어말며//쏫이진다/설어말라//

○ 압너엣/고기와//뒷너엣/고기를 //다 몰쏙/줍아니//

○ 오날가고/내일가고//모레가며/그리가며//나홀/곱집어//여들에
  /팔십리//

이러한 사설시조의 율격구조는 노작 전기 시에서도 빈번히 나타난다. 음보의 정형적 반복에 의해 이루어지는 사설시조의 다변적 진술양식도 앞에서 살펴본 바와 같이 노작 전기 시에서도 현저하게 나타난다.

둘째, 그의 전기시는 문답식 형식을 취하는 것도 하나의 특징으로 나타난다.

<아해>: 각시님 물너 내품에 안기리

<각시>:이 아히놈 괘샘ᄒ니 네 날을 안을소냐   <아해>: 각
시님 그말 마소 됴고만 닷졋고리 크느큰 고양감긔 쌩쌩 도라
가며 제 혼쟈 다 안거든 내 자니 못안을가 쌩쌩 도라가며 제
혼쟈 다 안거든 내 자니 못안을가……(중 략)……<각시>: 이
아히놈 괘심ᄒ니 네 날을 그늘을소냐   <아해>:가시님 그말 마
소 됴고만 빅지당이 관동팔면을 제 혼자 다 그늘 오거든 내
자니 못그늘을까
　　<각시>: 진실노 네 말 ᄀᆺ틀쟉시면 빅년 동쥬ᄒ리라
　　　　　　――〈古今 291〉 (등장인물 표시 :필자)

이는 '아히'로 표상되는 사내와 '각시'로 표상되는 처자 사이의
애로티시즘적 대화로 구성되어 있다. 이 사설시조의 초장은 '아희'
가 '각시'에게 품에 안길 것을 종용하고, 중장에서는 '아히'와 '각
시'의 문답체 대화가 오고 간다. 결국 종장에서는 '각시'와 '아히'
에게 백년동주 즉 한평생 같이 살기를 허락한다.
　다음 화자에 따라 대화 문답형식을 지닌 몇 작품을 간추려 정
리해 보자.

　　① "댁들에 연지분들 ᄉ오"
　　　"저 장ᄉ야 네 연지분 곱거든 ᄉ랴"

　　② "ᄋ홈, 긔 뉘오신고"
　　　"건너 불당에 동녕승이 오련이"

　　③ "宅레드 나무들 ᄉ오"
　　　"져 장시야 네 나무갑시 언믜나ᄒ니"

④ "宅드레 단겨단술 스소"

　　"져 장시야 네 황우 나무갑시 몇가지나 웨느다 스자"

　이러한 문답식 대화체는 사설시조에서 흔한 구성방식이다. 노작의 전기 시에서도 이러한 대화체 형식은 여러 시에서 찾을 수 있다. 노작 시에서 두드러진 문답식 대화체의 형식이 민요의 선후창 형식 혹은 대화체 형식과 무관하지 않겠지만, 그의 전기시의 구조로 보아 민요형태보다는 사설시조의 구조와 훨씬 더 밀접한 관계를 가지고 있다. 대화체 구조는 노작 시에서 흔히 찾을 수 있지만, 다른 <백조> 동인들의 시에서는 전혀 찾아볼 수 없는 노작만의 독특한 기법이다.

　셋째, 그의 시는 사설시조에서 흔히 취하는 것처럼 이야기식 구조를 취한다. 이야기의 주된 내용은 서민 생활의 체험들을 소재로 한다. 이러한 이야기식 구성방식은 노작의 전기 시에서도 흔하게 사용된 기법이다.

　　　싀어마님 며느리 낫바 벽바홀 구루지 마오
　　　볏에 바든 며느리가 갑세 쳐온 며느린가 밤나모 서근 등걸
　　　에 휘초리라 굿치 쌜족하신 싀누으님 당피 가튼 밧틔 돌피나
　　　니굿치 싀노란 욋곳굿튼 피똥누는 아들하나 두고
　　　건밧틔 멋곳갓튼 며느리를 어듸를 낫바 ᄒ시논고
　　　　　　　　　　　　　　　　　　　　——〈진청 573〉

　이는 힘겨운 시집살이에 고달픈 며느리의 이야기를 담고 있다. 힘든 노동과 시아버지, 시어머니, 시누이와 시키는 고달픈 시집살이를 인간적 갈등을 중심으로 그리고 있다.

넷째, 노작의 <그것은 모다 꿈어엇지마는>과 <희게 하야케>에
서 보여주는 산문적 진술 사이에 민요조의 삽입은 사설시조에서
흔하게 찾아볼 수 있는 구조이다.

①풋고츄 절의김치 문어 전복 황쇼듀 쏠타 향다니 드려 오류졈
　으로 나간다.
　어늬 연 어늬 째 어늬 시졀에 다시 만나 그리든 스랑을 품에
　다 품고

②스랑스랑 니 스랑아
　에화둥게 너가 가마
　이제 가면 언제 오료
　오만한을 일너듀오
　…… (중략) ……

③그리든 님을 만나 만당졈회 치 못ㅎ여 날니 즁츳 발가오니 글
　로 민망ㅎㄴㅁ라 놀고 가셔 놀고 가셔 너구 나구 (나구 너구)

──〈歷時　3108〉

사설시조를 산문시 진술 부분과 민요조의 삽입 부분을 재배열
하여 연을 구분하여 정리해 보았다. ②부분은 4.4조의 민요시형인
데, ①과 ③의 산문적 독백 사이에 삽입되어 있다. 이는 사설에 민
요 형태를 의식적으로 중첩시켜 정서의 극대화를 노린 것으로 볼
수 있다. 즉 사랑을 그리는 화자가 사랑타령의 민요를 창과 같이
중간에 삽입시켜, 사랑 성취에 대한 간절함의 효과를 높여 준다.
노작의 산문시 중간에 민요시가 독립적으로 삽입된 형태를 변용

된 민요시롤 보기도 하지만, 그의 민요시가 삽입된 산문시 형태는 사설시조의 형식에서 왔을 공산이 더 크다.

한편, 사설시조는 그 주제나 소재가 대부분 현실 생활 및 구체적인 삶의 현장을 대상으로 하여 비판, 풍자정신, 희극미, 애욕 등을 표현하고 있다. 앞에서 살펴보았듯이, 노작 시가 비록 현실적 개혁 의지를 못갖는다 해도 현실적 삶에 관심을 갖고, 식민지 지식인의 좌절감정에서 비롯된 민족 감정을 풍자하고, 희극미를 보여준다.

이상과 같이 몇 가지의 측면에서 노작 전기 시의 사설시조 형태의 계승 가능성을 살펴보았다. 이로 판단할 때 그의 전기시는 당대 서구시에 경도되었던 경향과는 달리 한국 전통시가인 사설시조의 경향을 토대로 하여 형성되었음을 알 수 있다.

4. 후기 민요시의 민요형식 수용

가. 창작배경

노작은 1920년대 초기부터 민요에 관심을 보여왔으며 1928년 그의 민요론인 <조선은 메나리 나라>를 쓰던 시기에 그의 민요의식이 확립되었다. 그리고 민족적 모순이 더욱 격화되었던 1938~1939년에 본격적으로 민요시를 창작하였다.

노작이 시창작 초기부터 민요시에 관심을 보였다. 1921년 <동명> 7호에 5연 20행 2음보격의 민요시 <비오는 밤>을 발표한 것으로 보아 그가 시창작 초기부터 민요시에 관심이 있었음을 알 수 있다. 왕성하게 자유시 창작을 하던 시기인 1922년, <백조> 2호에 민요시 <시악시 마음>이 표지와 목차 사이의 간지에 나무밑에 두 처녀가 나물바구니를 놓고 생각에 잠겨있는 그림 아랫부분에 실려 있다. 이렇게 표지 다음 쪽에 민요시를 수록하고 있는 것은 그만큼 민요시에 대한 그의 관심이 크다는 것을 입증하는 일이다. 그리고 같은 호에 <봄은 가더이다>의 수록 지면에 이어서 '慶尙道民謠에서'라는 부제를 붙여 '민요' 한 편을 싣고 있다. 노작이 1922-23년에 자유시를 집중적으로 창작하지만 이 자유시도 민요형태를 혼용하거나, 민요 율조를 차용하는 등 민요시에의 관심이 직접 창작에 활용되고 있다.

그러나, 1930년대 후반기에는 거의 민요 형태에 가까운 민요시만 집중적으로 창작한다. 1938년 1월 김동환이 창작한 <삼천리문학>에 '민요 한묶음'이라는 표제 아래 <각시풀>, <시악시 마음이란>, <붉은 시름> 등 3편의 창작 민요시가 수록되어 있다. 1939년 4월에도 <삼천리>(창간만십년호)에 <감출수 없는 것은>, <고초당초 맵다한들>, <호젓한 걸음> 등의 민요시 3편을 발표하였다. 노작 개인이 창작한 시를 '민요시'가 아닌 '민요'라고 명명한 것에서 그만큼 전래 민요의 형식에 가까운 민요시라는 것을 표명하고 있음이 드러난다.

앞에서 살핀 바와 같이 그의 민요시 창작은 다양한 구비문학적 체험을 근거로 하고 있다. 그렇다면 그가 후기에 집중적으로 민요시를 쓴 이유가 무엇일까? 문학작품은 어느 시대이든 당대의 상황에 영향을 받지 않을 수가 없다. 문학의 매체인 언어는 사회적 구성물이고, 문학의 창조자는 당시의 시대와 장소에서 경제, 윤리, 정치에 의해 영향을 받는 사람이기 때문이다. 따라서 노작 민요시의 창작요인을 그 시대적 특징에서 찾고자 하는 것은 당연하다 하겠다. 이를 몇 가지 관점에서 탐색해 보자.

첫째, 노작의 민요시는 3.1운동 이후 한국의 민족주의이념의 문학적 표현으로 나타난다. 3.1운동은 일제의 식민지 수탈에 대한 전민족적인 항쟁이며, 한국민 자체내의 힘으로 사회의 제반 모순을 극복하려는 민족운동이었다(김윤식·김현, 1973;139). 3.1운동에 의해 일제의 무단정치가 문화정치로 방향전환되었다고 하지만, 소위 문화정책은 한국인을 기만하기 위한 술책이었고, 그 이전의 문화정치와는 근본적인 차이가 없었다. 그러나 당시의 문화정책으로 문예창작이 활발하게 진행될 수 있는 시대적 여건이 마련되었다. 지식인들은 이러한 기회를 민족 독립과 민족적 이익을 위한 기회로 이용하기도 했다. 특히 문학은 은유나 상징성을 갖기 때문에 민족주의 이념을 간접적으로 표출할 수가 있었다. 노작도 이러한 상황 속에서 그 자신의 주체적인 삶과 예술의 창조를 위해 노력하게 되었다.

민요시는 민요를 지향하면서 씌어진 개인 창작시로 정의되며 민요를 지향한다는 점에서 민요와 다르다. 민요시는 뚜렷한 개인의 창작시이므로 민족 혹은 집단의식을 지향한다해도 어느 정도의 개인의식 혹은 주관 표현이 존재한다. 그럼에도 불구하고 20년대 민요시는 민요의 기본구조인 율격, 기법, 정서 등을 바탕으로 한다. 민요시는 민요의 성격과 마찬가지로 민중적 공감대를 형성하였으며 쓰이기만을 원치 않고 노래불려지기를 바라면서 추구한 시의 한 유형이다. 민요가 창가, 고려속요, 시조, 가사에 이어 근대시의 형성 요인으로 크게 작용해 왔다고 볼 때(최원규, 1985;17) 민요가 시형식의 형성 요인으로 작용해 온 것은 한국 근대시의 일

현상은 아니다. 하지만 1920년대 이전 시가 양식은 민요를 무의식적이며 자연스럽게 수용한 경우로 볼 수 있으나, 1920년대 민요시는 자각에 의한 의도적 수용이었다. 3.1운동 이후 점점 심각해지는 시대적 현실에 보다 강력한 대응책의 요청으로 한국인들은 민족주의 의식과 민중의식이 점점 고조되었다. 민요시는 공동체적으로 대응할 정신을 문학양식으로 형상화시키기 적합한 특성을 가졌기 때문에 당대 시인들은 민요 양식을 시로 선택하게 되었던 것이다. 따라서 노작의 민요시 창작은 일제의 탄압에 대한 대응의 한 방편으로 민족주의의식의 확립을 위한 요인이 작용되었다고 본다.

둘째, 결국 민족주의이념의 문학적 표현에 귀결되는 것이지만, 노작의 민요시 창작은 고유한 민족의 전통문화 확립과 일제강점하 한국인의 문화적 각성의 결과이다. 1920년대 우리 시인들은 심각해지는 시대 현실을 부정하고 퇴폐시 혹은 낭만적 상상의 가공세계에 머물러 미적 가치만을 추구할 수가 없었다. 그 시대의 문학은 삶의 정당성을 확보하기 위해서라도 역사와 전통을 기반으로 한 근거를 마련해야 했다. 따라서 고유한 민족의 정신문화에 눈을 돌리는 한편 민족정신을 탐구하기에 이르렀던 것이다. 시조 양식 부활, 역사소설, 창작, 고전정리 등을 주축으로 한 민족이념의 탐구와 민족정신 현양을 위한 집단적 활동은 1925, 6년경에 국민문학파로부터 시작되었다. 하지만 노작은 1920년대 초기부터 구전민요를 채록하는 등 민요에 깊은 관심을 가진다.

20세기 이후 우리 문화 구조의 연속성은 전통에의 복고의식에 입각하는 것이 특징이다. 20년대 민요시가 일종의 현실로부터의 도피, 혹은 시인들의 퇴행의식에서 씌어진 것이라 하지만 일제강점하의 문학 양식이 전통적 양식으로 돌아가는 것은 비록 문화의 창조적 발전을 보장받지 못한다 하더라도 적어도 자기 문화의 파멸이나 자기 문화에 배반하는 것은 아니다. 우리의 전통 문화에 대하여 인습쯤으로 생각하여 버리고, 서구화한 일제의 근대문화를 추종한다면 이는 몰주체적 태도로서 필연적으로 식민지체제의 고착에 봉사하는 일이 될 것이다. 노작이 민요시형을 선택하여 전통에로 회귀하고자 한 것은 식민주의와 화해하지 않으려는 결단으로서 의의를 지닌다. 또한 이는 민족적 정체감을 고양시키는 일이며, 이를 통해 소극적 의미이긴 하지만 일제의 황국정신에 맞서는 저항의 힘을 갖추는 일이라 하겠다. 그래서 그는 우리가 민요국의 백성이며, 민요 속에서 살아 온 '이 나라 백성의 운율적 생활역사'를 강조하게 된 것이다. 초창기 퇴폐풍조의 서구시에 대하여 노작은 '서투른 언문풍월' '양가가에서 얻어온 육촉부스럭이'이며, '모두 빌어온 것 뿐'이라고 하고, 그러한 시를 쓰는 사람을 '어색스러운 앵도 장사'라고 배척하고, 민요시의 창작을 주장하였다. 이는 초창기 한국문단에 팽배했던 데카당스적 시를 거부하고, 우리의 사상과 감정을 담는 문학이어야 한다는 반성과 자각이라고 할 수 있다. 이러한 것들이 구체적인 실천으로 나타난 것이 전통 민요를 바탕으로 하는 민요시의 창작이었다. 노작의 민요시 선택에로의 문학적 변화는 사회적 상황과 질서에 대한 문학적 응전의 한 방식이었다.

넷째, 노작의 민요시는 민중 체험을 형상화한 민중의식의 표현이었다. 민요는 공동체적 소산이며, 그렇지 않다 하더라도 공동체를 위해서 씌어지고, 공동체가 그것을 받아들이며, 그것을 생활의 일부로 삼아 전통으로 내려오는 것이다. 그리고 민요는 비전문적인 민중의 공동참여에 의해서 성립되거나 존재하며, 그 발생이 개인작이든 공동작이든 그것 자체만으로는 존재 의의를 가질 수 없고 구비 전승되면서 민중의 공동참여에 의한 재창작 과정을 거치게 된다. 최원식의 견해대로 노작의 창작 민요들은 서정적 주체를 재건하려는 실천적 탐구였다(최원식, 1982;147). 그의 민요시는 다양한 화자를 선택함으로써 시인 자신의 주관적인 목소리에 지배되기 쉬운 서정적 영역을 확대하여 민중 체험을 형상화하고 있다고 볼 수 있다. 3.1운동을 계기로 한국 민족은 공동체 의식을 확립하였고, 한국 민족주의가 민중적 기반에 든든히 뿌리를 내리게 되었다. 따라서 각성으로 민중의 공동 참여로 향유했던 문학형식인 민요에의 탐구가 일반화되었던 것이다. 노작은 3.1운동에 적극적으로 가담하여 체포되는 등으로 그의 민족·민중의식이 20세 전후로 해서 커갔다. 그의 문학에서도 일제의 봉건적 식민주의의 질곡에 대한 강한 항의가 내포하게 되었다. 즉 그는 3.1운동의 거대한 역사적 체험을 통해 민중의식이 그의 내면에서 형성되었으며, 그 결과로 전통 시형인 민요시를 선택하게 되었다.

이렇게 노작이 민요시 장르를 선택하게 된 그 내면에는 민요의 본질과도 밀접한 연관을 맺는다. 민요의 본질이 공동 참여에 의한 재창작 과정을 거치는 민중의 소리이기 때문에 일제시대의 상실에 대한 주체적 각성으로서 노작이 그 회복의 정신적 근거를 마련하기 위하여 민요시를 선택했던 것이다. 식민지 상황이 심각해짐에 따라 우리 민족은 일제에 항거하였고, 노작의 민요시 선택은 삶의 문학의 방편으로서 현실에 대응하는 당대의 문화운동의 연장선상에 놓이게 된다.

나. 율격과 구조

(1) 율격

　노작 시의 32편 가운데 34%에 해당하는 11편이 민요조의 율격을 차용하고 있다. 그의 변용된 민요시 6편을 이에 포함하면 17편으로 절반이 넘는 수가 민요조의 시이다. 17편의 민요시 가운데 2음보격 4편, 3음보격 4편, 4음보격 1편, 2. 3음보격의 혼용 4편, 3. 4음보격의 혼용 4편으로 나타난다. 2음보가 중첩되면 4음보격을 이루기 때문에, 4음보격은 2음보격이라고 이해할 수 있다. 이러한 이해를 바탕으로 한다면 노작 민요시에서는 2, 3음보격이 보편적인 율격으로 사용되고 있음을 알 수 있다. 그의 민요시의 율격은 2음보, 3음보격 중에서도 후장 3음보 형식을 취하는 것이 주류를 이룬다.

> ①八月에도 / 한가위는
> 高句麗의 / 시름이라
> 七百里㉠ / 거친벌판
> 무삼일이 / 잇더니싸
> 秋夕節 / 아이네들
> 祖上來歷 / 일으라니
> 도래썩㉡ 　/ 울들겨레
> 오레송편 / 목이메네
> 　　　——〈月餠〉에서 (음보구분, ㉠㉡(休止) 표시 필자)

> ②忠州客舍 / 들ㅅ 보남글/都片手-ㄴ 아우
> 품안에든 /어린 郎君 /어이나 믿어

굽은사리 /外西村길 /푸돌면 가두
가랑개리 / 시뉘마음/그누가 알리
　　　　　　　——〈고초당초 맵다한들〉에서

③ 山椒나무 /휘추리에 /가시가붉고
　뫼비닭이 /짝을차저 / 「꾹구룩룩국」
　　잡어뜨더 /솟따지㉠ /되는대로/뜨덧소
　　한숨조차 /숨겨가며 /윗단佛堂 /왔노라
　「봄꽃꺽다'마즌三殺 /무슨법으로 /플릿가」
　　알업스신/김부처님 / 坎中連만 /하시네

　먼山보고/눈물지는 /서럽슨마음
　맛날사람/ 하나업시/기다리는 실음
　　긴메나리 /호들기㉡/불으기도/실혀서
　　바구니쏙/서리서리/되는대로/담엇소
　봄꿈꾸다 /마즌三殺/무슨法으로/플릿가
　　넌즛웃는 /金부처님/ 坎中連만 /하시네
　　　　　　——〈각시풀〉에서 (㉠㉡(休止) 표시 필자)

　①은 2음보격이, ②는 후장 3음보격이 ③은 3음보격과 2음보격
(2음보의 연속체)의 절충형태가 쓰여진 예이다. 한국 민요의 전통
적 율격이 3보격과 2보격이 보편적이라고 할 때, 노작의 민요시는
전통적 율격 그대로이다. ①은 종래의 음수율로 따지면 4. 4조의
규칙성을 보인다. 이 시에서 보이는 4음 2음보격은 우리 민요장르
에서 가장 많이 쓰이는 양식이다. 그리고 이는 2음보격의 일반적
속성을 가장 적합하게 드러내준다. 이 4음 2음보격은 단순한 율동

구조와 빠른 템포를 특징으로 하기 때문에 표현과 율동적 자유로
움을 온전히 지킬 수 있다. 이 시가 모두 4.4조로 규칙성에 얽매였
다면 2음보의 기계적 拍動을 만들었을 것이다. 그러나 제1연 3행
에 해당하는 '칠백리'와 제2연 3행에 해당하는 '도래썩'에서 ㉠,
㉡ 과 같이 休止의 방법을 사용하여 변화를 주고 있다. 휴지가 시
구조상 정확한 규칙성을 가지는 것으로 보아 노작은 치밀한 자수
율의 계산으로 민요시를 창작했음을 알 수 있다. ②는 노작 민요
시에서 비교적 빈번히 사용된 후장 3음보 형식으로, 음수율도 파
악한다면 4.4.5조의 규칙성을 가진다. 이 시는 화자의 정서적 갈등
의 현장을 표현하고 있다. 원래 후장 3음보격의 양식은 어느 정도
의 확고한 가치질서나 신념체계를 바탕으로 한 정리된 생각을 중
심축으로 둔다. 그러면서도 현실적으로 일어날 수밖에 없는 감정
의 기복이나 정서적 갈등의 현장을 그대로 포착해 낼 수 있는 율
동 표출의 특징을 가지고 있다.   이 시가 후장 3음보격이지만 4음
보격의 속성이 강하게 반영되어 있다. 이를 율독한다면 각 행의
끝음절인 '아우' '가두' '알리' 등은 한 음보를 발음하는 시간과 같
이 길어진다고 본다. 그러므로 노작 민요시의 후장 3음보격의 특
성이 공존하는 표현양식을 지니게 된다. 이러한 노작 시의 특성은
<흐르는 물을 붓들고서>, <시악시 마음이란>, <감출 수 업는 것은
> 등에서도 쉽게 찾을 수 있다. 그리고 <고초당초 맵다한들>에서
보는 바와 같이, 각연 4행중 후 2행에서 두 음절을 안으로 들어가
서 표기함으로써 인쇄된 시의 시각적 변화를 꾀하고 있다. 이러한
표기상의 변화를 주는 시는 그의 민요시 17편 중, 59%에 해당하
는 10편이나 된다. ③은 전 2행 3음보격과 후 4행 4음보격의 절충
된 음보형태를 보이고 있다. 음수율로 파악하다면 전 2행은 4.4.5

조, 후 4행은 4.4조 혹은 4.3조를 기본 음수율로 하고 있다. 1.2연의 통사구조가 유사하고, 치밀하게 계산된 음수율에 의해 시가 짜여져 있다. 이 시의 제 1연 3행 둘째음보의 '곳따지'와 제2연 3행 둘째 음보의 '호들기'의 ㉠, ㉡에서와 같이 규칙적으로 休止를 사용하고 있다. 이 휴지 사용은 1. 2연의 똑같은 행과 음보에서 반복한다. 노작의 민요시에서 흔히 사용된 4음보격은 2음보격의 속성을 가지고 있다. ③의 4음보격인 부분을 2음보격으로 다시 배열하면 4음 2음보격을 그대로 지니고 있음을 알게 된다.

위 인용된 시들은 노작의 민요시 중에서 음수율을 엄격히 지킨 시들이다. 그 외의 민요시들도 비교적 음수율이 지켜지고 있다. 오세영이 이미 밝힌 바대로 노작 민요시의 전형을 이루는 음수율의 기본 패턴은 $n+1 > x > n-1(x=$음수율$)$의 공식(오세영, 1980;370)이 그대로 적용된다. 음수율이 엄격히 지켜지지 않은 노작의 민요시들도 대체로 음수율의 기본 패턴에서 크게 벗어나지 않는다.

노작 민요시 중 초기에 창작된 것은 2음보격을 중심으로 하여 대부분 음수율을 지키고 있으며, 그 다음에는 변용된 민요시를 그리고 집중적으로 민요시를 발표한 1938~39년에는 약간의 변조된 것을 제외하고는 음수율의 기본 패턴을 지키면서 정형적인 민요시를 창작하고 있다. 노작의 민요시 창작은 민요에 대한 깊은 애정과 이해에서 출발했기 때문에 형식상 정교한 맛을 살리고, 때에 따라서는 전통적 민요 율격에 바탕을 두면서도 그것을 새롭게 가꾸어나가고 있다.

비탈길 /밧쑥에
삽살이 /조을고

바람이 /알구져
시악시 /마음은
....

찌저㉠ /나려라
버들㉡ /가지를
꺽지는 /말아요
비틀어 /다고㉢

시들푼 나물은
쓸거나 말거나
늬나나 / 나……
나나나 /늬……
　　　　　　——〈시악시 마음은〉(음보구분, 휴지표시 필자)

　　이 시는 <백조> 제2호(1922) 표지 다음 페이지에 실려있다. 첫
장을 넘기면서 맨 처음으로 민요시를 실렀다는 것은 노작이 민요
에 얼마나 깊은 관심을 가지고 있었는가를 알 수 있다. 봄날에 싱
숭생숭한 처녀의 마음을 3음 2음보격의 경쾌한 율동감으로 조성
해내고 있다. 구전민요에서 3음 2음보격은 주로 정서의 빛깔이 밝
고 명랑한 쪽으로 제한되는 양상을 보인다. 3음 2음보격은 경쾌한
율동감 표출을 지향하기 때문에 진지하거나 비장한 토운의 주제
를 용납하기 어렵다. 노작의 3음 2보격인 <시악시 마음은>에서도
이러한 특성을 그대로 유지하고 있다. 그리고, 이 시의 1.3연에서
는 3.3조의 음수율을 지키고 있으나, 2연에서는 '찌저 ㉠' '버들㉡'
'다고㉢'와 같이 집중적으로 휴지를 사용하여 변화를 가져오게 한

다. 1연에서 3연까지 똑같은 음수율로 읽을 때의 단조로움을 2연에서의 휴지와 3연에서 '늬나나 나…… /나나나 늬…… '와 같이 의성어 사용으로 해소시켜 준다. 그러나 이는 단순한 휴지와 의성어에 의한 다소의 변형이 있을 뿐, 기본적으로 전통 민요의 율조와 다름없다.

이러한 민요 율조의 체험이 그의 초기 시에서 변용되고 있다. 일반 자유시형에 자연스럽게 민요조의 리듬이 원용되거나 산문시 중간에 민요시가 독립적으로 사용되기도 하였다.

<바람이 불어요!>의 6연 중 처음 두 연에서도 민요율조가 쉽게 발견된다.

부러진 /칼로 /싸우든 /군사야
닛지/말어라/차든가/덥든가
주막집/시악시/부어주는 /술이……
해저믄/강가에/팔장낀/사공이
애타는/젊은이일/넌짓이/뭇거든
그리/말하소/더부살이/허튼주정/말도말라고

누구의 말이든가 「정성만 지극하면은
죽엇든 낭군도 살아 오느니라」고
그것도 나는 밋지안하여 거짓말이어서
「꺼진 불을 살리어 주소서」 정성썻 빌어도
북두칠성앵돌아 젓스니 어이 하리요
——〈바람이 불어요!〉 제2, 3 연

2연은 3.3조의 4음보격이다. 그러나 3연에서부터 6연까지는 자

유율에 의해 씌어지고 있다. 2연에서는 예사말을 사용하다가 3연
부터는 높임말을 사용하여 민요조에서 자유율에로의 변화를 실감
하게 한다. 또한 민요조에서 자유시로 갑자기 변화함에 따라 독자
의 충격이 예상되지만, 2연의 마지막 행은 보기드문 5음보로 설정
되어 자유율에 가깝도록 하여 그 충격을 줄이고 있다. 이러한 민
요조의 변용은 <해저믄 나라>, <그이의 畵像을 그릴제> 등에서도
보인다.

　위시는 민요시와 자유율이 명확히 구분되지만, 다음의 시는 자
유율인 서두부터 계속 읽다보면 자연스럽게 민요조가 살아나는
경우이다.

　　　(A)봄은 가더이다……

　　　「거저 미더라…… 」
　　　온갖 세상을, 거저나 미들가?
　　　에라 미더라 더구나 미들 수 업다는
　　　젊은이들의 풋사랑을…

　　　(B)봄은 오더니만, 그리고 쏘 가더이다
　　　　꽂은 피더니만, 그리고　쏘 가더이다
　　　　님아님아 울지말어라
　　　　봄도 가고 꽂도 지는데
　　　　여귀에 시들은 이내몸은
　　　　왜 쏘닥여 울리랴하느냐
　　　　님은 웃더니만, 그리고 또 울더이다.
　　　　　　　　　　　　　　　──〈봄은 가더이다〉에서

(A)에서는 완전한 자유율이나, (B)에 오면 완전히 자수율이 지켜지지는 않지만 민요조의 가락이 살아난다. 이는 노작의 전통 민요 율격에 대한 체험이 자연스럽게 자유시형에도 녹아들어가 민요율조를 띠게 된 것이다.

앞의 전기시 구조에서 살펴본 바와 같이 노작의 산문시에 의도적으로 혹은 자연스럽게 민요조를 삽입한 경우도 있다. 이러한 경우가 <그것은 모다 꿈이엇지마는>, <희게 하야케>에서 볼 수 있지만, 다음 예로 간략히 설명하고자 한다.

> ㉠'나사는 이쌍이 휨은 어쩐일인지옵바가 아십니까?'
>   '아마 하얀눈이 오실째에 우리의 마음도 희엿든 싸닭이지'
>   '아니지요! 감안이 게셔요 나의 노래를 들어보서요'
> ㉡'옷짓는 시악시를 맛나보거든
>   붉은쏫 수노은 비단을낭 탐치말라고
>   붉은쏫 피우랴는 사랑이 올째에 젊은이의 붉은시름 지지안홀
>   터이니'
> ㉢나는 누이의 뜻을 잘 알앗다. 그가 나의 옷을 지을 째에 일부러 흰가음으로 고르는줄을
>
>   ——〈희게 하야케〉에서

이는 자연스럽게 민요조가 삽입된 경우이다. ㉡부분을 원문과 달리 다음과 같이 스케닝(Scaning)할 수 있다.

> 옷짓는/ 시악시를
> 맛나/ 보거든
> 붉은쏫/ 수노은

비단을낭/ 탐치말라고
붉은쑷/ 피우랴는
사랑이/ 올 째에
젊은이의/ 붉은시름
지지안흘/터이니

원래 민요시는 민요의 줄글 형태를 취하고 있지만, 위와 같이 **2**음보격의 민요조 리듬이 살아나는 것을 쉽게 발견할 수 있다. ㉠의 끝부분에서 '나의 노래'라는 말에서도 다음의 노래가 민요조가 오리라는 예상을 할 수 있다.

(2)구조

노작 민요시는 민요의 특징인 단순하고 원시적인 반복.병치의 구조를 지니고 있다.

반복에는 대상에 따라 단순, 변화, 반복, 문체에 따라 쌍괄식, 두괄식, 미괄식 반복이 있다. 먼저 노작 민요시의 대상에 따른 반복구조를 살펴보자.

① ㉠시내물이 흐르며 노래하기를
　　외로운 그림자 물에쓴 마름닙
　　나그네 근심이 끚이 업서서
　　쌀래하는 처녀를 울리엇도다

　　㉡돌아서는 님의손 잡어다리며
　　그러지 마셔요 갈길도 六十里
　　철업는 이눔이 물에 어리어

　　　　당신의 옷소매를 적시엇서요

　　ⓒ두고가는 긴실음 쥐어틀어서
　　　여긔도 내故鄕 져긔도 내고향
　　　저지나 마르나 가는이 설음
　　　혼자울 오늘밤도 머지안쿠나

　　　　　　　　　——〈흐르는 물을 붓들고서〉전문

②㉠시들푼 나물은
　　　쓸거나 말거나
　　　늬나나 나……
　　　　나나나 늬……

　　　　　　　　　——〈시악시 마음은〉에서

　　ⓛ긴메나리 호들기 불으기도 실혀서
　　　보고거쪽 서리서리 되는대로 담엇소

　　　　　　　　　——〈각시풀〉에서

　　ⓒ木川무명 청주나이 열두새 길ㅅ 삼
　　　잉아걸고 북잡으니 가슴이 달캉
　　　　달캉달캉 우는바듸 무엇이 설우
　　　열두가락 가락고치 등ㅅ 골을 빼지

　　　속몰으는 시어머니 꾸리민 꼈수
　　　오백꾸리 풀어짠들 이서름 풀ㅅ 가
　　　　이 세목을 다-나으면 누구를 입혀
　　　앞댁아기 기저귀ㅅ 감 어이두 업네

                              ——〈고초당초 맵다한들〉에서

        ㉣피도말고 지도말어 피도지도 안엇다가
                              ——〈붉은 시름〉에서

        ③㉠웨또 우나요 봄사람 넘어울면 시드라니
          타락송아지 '엠매-'할쩨 무에그리 슬어워
          ㉡시럽슨말 하면은 얼골이붉고
          眞情대로 달래면 도라나려나
          그도저도 말업스면 가만한 한숨
            ㉢시악시마음이란 여울목 달빗
            왼달도 반달이양 대종도업지
        ㉣네 나히 열아홉살…… 봄꿈은 개꿈

        ㉠'웨또 우나요 봄사람 넘어울면 시드나니
          타락송아지 '엠매-'할쩨 무에그리 슬어워
           ㉡´뉘손에 꺽질솟가 걱정도업시
           일음몰을 딴시름 왼밤을새워
           붉은입술 다문대신 늣김만 잣지
            ㉢´시악시마음이란 덤불의 메꼿
            핀꼿도 진꼿인양 이슬에 젓네
        ㉣´네 나희 열아홉살……봄꿈은 개꿈
                              ——〈새악시 마음이란〉전문

    ①은 내용상 반복 ②는 어법상 반복을 보여준 예이다. ①의 각
연에서 제시하는 내용은 점진적이긴 하지만, 동일한 의미의 반복
이다. 이 시에서 이별의 테마가 ㉠, ㉡, ㉢ 각 연의 내용에서 같은

의미로 되풀이 된다. 위 예로 든 ③도 시악시 마음으로 형상화된 내용이 1연과 2연이 동일하게 반복된다. ②에서는 어절이 반복된 경우이다. ㉠에서는 '늬나나 나……/나나나 늬……'의 의성어가 ㉡에서 '서리서리'와 같이 의태어가 ㉢에서는 의성어 '달캉'을 반복하고 있지만, 이는 음상징의 효과를 가져온다. 즉, '달캉달캉'의 바듸우는 소리가 화자의 서러운 마음을 상징하고 있다. ㉣에서는 '피도' '지도'가 반복되고 '말고' '말어'가 유사형태로 반복되는 예이다. 첫 연의 ㉠과 ㉣은 둘째연 ㉠′와 ㉣′에서 문장 표현상 아무런 변화가 없이 단순반복이 된다. ㉢의 '시악시 마음이란' 어절은 ㉢′에서 동일하게 반복되고 ㉢과 ㉢′는 동일한 통사구조를 가지고 있다.

㉢의 '왼달도 반달인야'과 같이 ㉢′의 '핀꼿도 진꼿인양'에서도 동일한 수사법이 사용되고 있다.

다음으로 문체상, 성격상 반복에 대하여 살펴보자.

①제 1 연 ……………………………………………

봄 꽃도 여러 가지 우는꽃도 **꽃이려니**
　　　　㉠　　　　　　　　　　㉡

제 2 연 ……………………………………………

봄꽃도 여러 가지 보라꽃도 **꽃이려니**
　　　　㉠　　　　　　　　　　㉡

제 3 연 ……………………………………………

봄꽃도 여러 가지 가시꽃도 **꽃이려니**
　　　　㉠　　　　　　　　　　㉡

──〈붉은 시름〉에서

②제 1 연 ·······································
　　　봄꽃꺽다 **마즌三殺 무슨法으로 풀릿가**
　　　　　　　　　　ⓐ

　　　말업스신 **金부처님 坎中連만하시네**
　　　　　　　　　　　　ⓑ

제 2 연 ·······································
　　　봄꿈꾸다 **마즌三殺 무슨法으로 풀릿가**
　　　　　　　　　　ⓐ

　　　넌즛웃는 **金부처님 坎中連만하시네**
　　　　　　　　　　　　ⓑ

──〈각시풀〉에서

이는 미괄식 반복을 보인 예이다.

③제 1 연　**호젓한걸음** 보청다리 **무섭지 안소?**
　　　　　　ⓐ　　　　　　　　ⓑ
　　　　ⓒ일부러 맞는 함박눈 옷저즌들 대수요?
　　　·······································

제 2 연　**호젓한걸음** 곡갭이팔 **무섭지 안소?**
　　　　　　ⓐ　　　　　　　ⓑ
　　　　ⓒ일부러 맞는 함박눈 옷저즌들 대수요?
　　　·······································

제 3 연　**호젓한걸음** 訓練院터 **무섭지 안소?**
　　　　　　ⓐ　　　　　　　ⓑ

ⓒ일부러 맞는 함박눈 옷저즌들 대수요?

—⟨호젓한 걸음⟩에서

　이는 ㉠과 ㉡같이 쌍괄식 반복과, ㉢과 같이 단순반복이 교차된 예이다.

　노작의 민요시에 자주 나타나는 반복형태는 쌍괄식, 미괄식, 단순반복을 띠면서, 이는 주로 연쇄식 반복구조를 가진다. 위 예로 들었던 ①②③의 경우에도 모두 연쇄식 반복으로 짜여져 있다. ①에서는 꽃의 이미지가 '우는 꽃 → 보라꽃 →가시꽃'으로 연결되어 있고, ③에서는 '무서움' 대상이 '보청다리→ 도깨비 팔 → 훈련원터'로 연결되는 연쇄식 반복이 나타난다.

　다음 시에서는 점진적 변화반복의 구조를 지니고 있다.

봄은 오더니만, 그리고 또 가더이다.
곳은 피더니만, 그리고 또 지더이다.
님아님아 울지말어라
봄은가고 울지말어라
봄은 가고 곳도지는데
여귀에 시들은 이내몸을
왜 꼬닥여 울리랴하느냐
님은 웃더니만, 그리고 또 울더이다.

—⟨봄은 가더이다⟩에서

　이 시는 내용상 봄이 왔다가 가고, 꽃이 피었다가 지고, 님이 웃더니만 울더라는 시간적 경과를 나타내고 있다. 봄의 왔다 감,

꽃의 피었다 짐은 님과의 만남과 헤어짐에 대한 비유라고 할 때, 이 시에서는 이별의 슬픔을 강조하기 위해 점진적 변화·반복의 구조를 보여주고 있는 것이다. 그러면서도 연쇄식 반복이 나타나고 있다. 즉 봄 → 꽃→ 님의 이미지가 상호연결 된 고리와 같이 발전한다.

병치는 본질적으로 반복에 포괄될 수 있으나, 단순한 되풀이를 벗어나, 특히 비교 혹은 대립적 구조를 형성할 때, 그것을 병치라고 한다. 노작의 민요시에서는 어법상 병치가 두드러지게 나타난다.

①제 1 연 ……………………………………
　　　시악시 마음이란 여울목 달빛
　　　윈달도 반달인양 대종도업지

제 2 연 ……………………………………
　　　시악시마음이란 덤불의 메꽃
　　　핀꽃도 진꽃인양 이슬에 젓네

　　　　　　　　　——〈시악시 마음이란〉에서

②제 1 연 이슬비에 피엇소 마음고아도 찔레꽃
　　　이몸이 사웨저서 검부사리 될지라도
　　　꽃은 아니되올것이 이것도 꽃이런가
　　　……………………………………

제 2 연 구즌비에 피엇소 피기전에도 진달래
　　　이몸이 시여저서 떡가랑닙 될지라도
　　　꽃은 안이되올것이 이것도 꽃이런가

──〈붉은 시름〉에서

①은 제1연, 제2연의 유사성에 의해 진술의 내용이 강조되기 때문에 본질적으로는 의미변화가 없다. 즉 1연에서 '시악시 마음'이 '여울목 달빗'이고, 2연에서는 '덤블의 메꼿'으로 표상된다. 이는 ②도 마찬가지이다. 제1연에서 진술된 요소는 제 2연에서 발전시키지 못하고, '이슬비→ 구즌비' '찔레꼿→ 진달래' '검부사리→떡가랑닙'과 같이 병치될 뿐이다.

다음의 경우는 대립적 병치의 예이다.

①우는눈 웃는입
　붉은뺨 풀흔눈섭

──〈그이의 畵像을 그릴제〉에서

②쥐불은 기어붓고 노루붙은 쒸어오고
　파랑불 쌀가안불
　호랑나비 나비불
　사내便　계집애便

──〈그것은 모다 쑴이엇지마는〉에서

③여긔도 내故鄕 저긔도 내故鄕
　저지나 마르나 가는이 설움

──〈흐르는 물을 붓들고서〉에서

④시악시마음이란 덤불의 메꼿
　핀꼿도 진꼿인양 이슬에 젓네

──〈시악시 마음이란〉에서)

①에서는 '우는'과 '웃는,' '붉은'과 '푸른'이 서로 상충하는 요소이다. ②에서 기어붙는 쥐불과 뛰어붙는 노루불, 파랑불과 빨간불, 사내편과 계집애편이 각각 서로 대립되는 것을 발견할 수 있다. ③에서는 '여기도'와 '저기도', '마르나' '젖으나'가 대립되고, ④에서는 의미상 꺾지말고 비틀어달라는 서로 대립되는 표현을 하고 있다. ⑤에서도 '핀꽃'과 '진꽃'이 서로 대립된다. 이들은 진술하고자 하는 요점에 대하여 두 요소의 차이점을 대조시켜 강조하고 있는 것이다. 이들은 대개 통사적 구조나 어법, 표현의 관점 등의 변화가 없이 대립적 병치를 이는 것이 특징이다.

다. 전래 민요 형태의 계승

노작의 민요시는 3·1운동 이후 심각해지는 식민지의 현실대응 방법으로 선택되었다. 즉, 일제시대의 상실에 대한 주체적 각성으로 민요의 본질 그대로 유지하면서 민요시의 틀에 현실을 담고자 했던 것이다. 다음 몇가지의 관점에서 노작 민요시의 전통민요의 계승에 대하여 살펴본다.

첫째, 노작의 민요시 창작은 전통 민요에 대한 깊은 체험과 이해의 바탕에서 이루어졌다. 그의 시창작 초기인 1922년 <백조> 2호에 노작은 그의 시 <봄은 가더이다>가 실린 여백에 경상도 구전 민요인 <생금노래>를 채록하여 실었다. 여기에서 그의 민요에 대한 관심의 단서를 찾을 수 있다. 그리고, <백조> 2호, 3호 첫페이지 (간지와 내표지)에 각각 그의 창작민요시 <시악시 마음은>과 <흐르는 물을 붓들고서>를 수록한 것에서도 그의 민요에 대한 관심의 정도를 읽을 수 있다. 앞에서 살펴보았듯이, 그의 민요론인 "조선은 메나리 나라"에서도 그는 민요를 철저히 백성의 노래로 파악하여 민요시 창작을 주장하고 있다. 이뿐만 아니라, 그의 시 수필, 소설 등에서도 민요가 빈번이 등장한다.

이와 함께 그의 민요시가 구전민요를 기반으로 창작되었음이 다음 시들에서도 쉽게 찾을 수 있다.

① ㉠잡어뜨더 꽃따지 되는대로 뜨덧소
　한숨조차 숨겨가며 윗단佛堂 왓노라

　　　　　　　　　　　　　　　——〈각시풀〉에서

②㉠木川무명 淸州나이 열두새 길ㅅ 삼
　잉아걸고 북잡으니 가슴이 달캉
　　달캉달캉 우는바듸 무엇이 설우
　　열두가락 가락고치 등ㅅ 골을 빼지
㉡七八月에 자체방아 온밤을 새두
　애벌댓김 꽁버리밥 그것도 대견
　　강피훓다 陋名쓰기 시누이 암상
　　눈ㅅ 결마다 헛주먹질 철없는 郞君

　　　　　　　　　　——〈고초당초 맵다한들〉에서

①은 나물캐면서 부르는 '나물노래'를 기반으로 노작이 나름대로 변형시켰다고 보아진다. 충남 천안지방의 "잡아뜯어 꽃다지/ 쏙쏙뽑아 나싱게/ 주벅주벅 굿텡이/ 바귀바귀 씀바귀"라는 나물노래에서도 그 흔적을 쉽게 찾을 수 있다.

②에서 ㉠의 '木川무명' '길ㅅ 삼' '잉아' '북' '바듸' '가락고치'

등은 <베틀가>에서, ⓛ의 '자체방아' '애벌댓김' '꽁버리밥' 등은
<방아찧기>에서 그 흔적을 읽을 수 있다. 특히 시의 제목 <고초당
초 맵다한들>은 <시집살이 노래>에서 흔히 발견되는 구절이다.

둘째, 노작의 민요시의 율격은 전통 민요의 율격을 그대로 따르
고 있다. 그의 민요시에 나타나는 율격은 2음보격과 3음보격을 기
본 율조로 하고 있다. 비교적 음수율을 엄격히 지킨 10편의 민요
시 중에서 2음보격과 3음보격이 동일하게 5편씩이 된다. 약간의
변조가 있지만 2음보격 중에서 3.3조가 2편, 4.4조가 3편이다. 3음
보격 중에서는 4.4.5조가 2편이고, 1편은 4.3.5조, 3.3.5조를 혼용하
고 있으며, 2편은 4.4.5조를 기본으로 하고, 4.3.5조를 혼용한다. 따
라서 3음보격은 노작 시에서도 후장 3음보격만 있는 셈이다. 소위
7.5조, 8.5조가 주종을 이루고 있는데 이는 후장 3음보격의 변형이
라고 생각된다. 2음보격과 3음보격은 한국 시가 율격의 양식적 순
수성을 가장 잘 보존하고 있는 기본보격이다.

노작 민요시의 3.3조, 4.4조를 기본으로 하는 2음보격은 전통 민
요에서 가장 흔한 보격이다.

　　　　①우리배 사공님
　　　　　신수가 좋아서
　　　　　암암팍 두물에
　　　　　수만큼 벌었네
　　　　　　　　　　　　　　——(전남 흑산도지방의 〈뱃노래〉)

　　　　②남산시에 나도 낳고
　　　　　나난시에 넘났건만
　　　　　몹쓸년이 요내팔자

　　공부도 못배우고
　　호미자루 웬말인가
　　　──(충남 예산지방의 〈신세타령〉, 이상희 제보, 필자 채록)

　①은 3음 2음보격으로서 우리 시가 율격의 양식적 순수성을 그대로 전승해온 기본적 율격양식이다. 노작의 <시악시 마음은>, <비 오는 밤> 등에서 볼 수 있는 율격이다. 사실상 이러한 율격양식은 널리 사용되고 즐기던 양식이 아니고, 민요에서만 발견되는 양식이다. ② 는 우리 민요양식에서 가장 많이 쓰이는 기본양식이다. 이 4음 2음보격은 빠른 템포이면서도 단순한 율동구조를 특징으로 하기 때문에 정서적 표현도 밝고 명랑한 것뿐만 아니라 어둡고 비극적인 것까지 표현할 수 있다. 노작의 <월병>이나, 4음보격이면서도 단순 소박한 2음보격의 속성을 가지고 있는 <붉은 시름>, <각시풀>에서도 4음 2음보격을 그대로 지니고 있다.
　그리고 노작이 빈번히 사용한 후장 3음보격은 전통 민요에서 쉽게 발견되는 보격이다.

　　문경아 세재는 웬구비인데
　　구비야 구비마등 눈물이로다
　　　──(경북 문경지방의 〈문경새재〉, 송영철 제보, 필자 채록)

　위 인용된 민요는 약간의 음수율상 변화가 있지만, 후장 3음보격을 이룬다. 이 양식은 현실적으로 일어날 수밖에 없는 감정의 기복이나 정서적 갈등의 현장을 그대로 표출해낼 수 있는 율적 특징을 가지고 있다. 이러한 특성 때문에 노작의 시 <흐르는 물을 붓들고서>, <각시풀>, <시악시 마음이란>, <감출 수 없는 것은>,

<고초당초 뱁다한들> 등에서와 같이 후장 3음보격을 비교적 빈번히 사용하고 있다.

노작이 개인적인 정서나 감정을 시로 표현하고 있지만, 그 기본 정조는 전통 시가인 민요에 바탕을 두고 있다. 그의 민요시는 개인적 율격 체험에 의한 개인적 표현보다는 민요적 율격을 적극적으로 수용하여 그의 감정과 정서를 표현하고자 했음을 알 수 있다.

셋째, 노작 민요시의 구조는 반복과 병치의 두 원리를 기본으로 하고 있음을 앞에서 검증하였다. 이러한 반복과 병치구조는 전통 민요의 구조적 특징을 이루는 원리이다.

①자장자장 우리애기
  자장자장 우리애기
  어서커라 바삐커라

　　　　　　　　　　——(충남 예산지방의 〈자장가〉)

②하루가고 이틀가고
  열흘가고 한달가고
  날가고 달가고
  해갈수록 님생각이
  뼈속에 든다.
　　　　——(충남 보령지방 민요, 한석언 제보, 필자 채록)

①은 어절의 반복으로 성격상 동일한 문장을 되풀이하는 단순 반복이다. ②는 반복되는 내용이 한 방향으로 향해 점진적으로 진행된다. 즉 하루, 이틀, 열흘, 한달, 해가 갈수록 님에 대한 사무치

는 그리움이 점점 더 깊어지는 정서발전이 표현되고 있다.

　그리고 노작의 민요시에서 흔히 발견되는 병치는 민요의 기본
구조이다.

①㉠너는 죽어 제비되고
　나는 죽어 낭기되고
　오월이라 초단오에
　군듸줄에 만나보세
㉡너는 죽어 봄부시되고
　널랑죽어 봄배추되어
　봄바람에 만나보세

──(경북 의성지방 〈너랑죽어〉)

②낮에 짜는건 일광단이요
　밤에 짜는건 야광단이라
──(충남 예산지방의 〈베틀가〉, 이상희 제보, 필자 채록)

　①은 현실적으로 불가능한 사랑을 죽어서나 이루자는 같은 의
미를 지닌다. 이 민요는 같은 의미를 ㉠과 ㉡에서 다른 비유법으
로 반복시킨다. 의미상 각연의 전개는 동일한 방향이다. 이렇게
진술의 내용은 유사성에 의해서 강조되기 때문에 본질적으로 의
미변화는 있을 수 없다. ②에서는 각각 대립되는 이미지들을 발견
하게 된다. '낮에 짜는 것'과 '밤에 짜는 것', '일광단'과 '야광단'
은 서로 모순된 이미지들이다. 즉 이들은 시어상 대립적 병치를
이루고 있다. 노작 민요시의 반복과 병치구조는 민요의 본질을 그
대로 답습한 것이라 하겠다.

노작 시의 전통시가 수용 양상　205

노작은 전래 민요를 계승한 민요시 형태에다 민족적 모순을 서정화 하거나 공동체적 질서회복 지향의 의지를 담고 있다.

　밥빌어 죽을 쑤어서
　　열홀에 한끼 먹을지라도
　밧비나 돌아오소
　　속못채는 우리 님아
　타는애 썩는 가슴도
　　그동안 발써 아홉해구려
　내 니희 서른이면
　　어래먹은 삼닙이라
　아모려나 죽더라도
　　임자의 집 귀신이나
　봄풀이 푸르러지니
　　피릿소리나 들으라오

　冬至섯달 기나긴밤을
　　눈물에 자져 드새올쩍에
　마음을 다실르고
　　니를갈며 별럿서요
　꿈마다 자로가튼길
　　머다사 얼마나 멀리
　설흠이 압흘서니
　　깜아앗득 주져안소
　님의별 엇던별이뇨
　　내直星 하마 벼틀할미

銀河水 말을때까지
예안져서 사위라오

──〈離恨〉 전문

　민담의 분위기를 엿볼 수 있는 이 시는 2음보격의 연속으로 비장감을 돋우고 있다. 집을 나가 아홉해 되는 남편을 기다리는 가난한 여인의 애원은 비장감마져 느낀다. 즉, 은하수가 마를 때까지 그녀 자신이 불에 다 타서 재가되듯 '예 안자서 사위'겠다는 그녀의 결심이 바로 그것이다. 그토록 기다리는 남편은 왜 집을 나갔을까. 이는 말할 것도 없이 일제의 수탈로 집을 떠난 이농민임을 짐작할 수 있다. 이 시가 이농민의 아내의 관점을 빌려 고통스러운 식민지 현실 곧, 민족적 모순을 서정화하고 있다. 이렇게 그의 민요시는 식민지 현실의 상황을 여실히 반영하고 있다.
　<월병> 같은 시는 민족적 현실의 모순된 상황으로부터 역사에까지 관심의 영역을 확대하여 공동체적 질서회복의 대응양상을 보이고 있다.

5. 맺음말

　지금까지 노작의 전기의 자유시와 후기의 민요시의 특성과 전통 시가 양식의 수용 양상을 고찰하였다.
　노작의 시는 그의 생애, 1920-30년대의 시대성, 문학관이 반영되어 형성되었다. 그의 문학 형성은 3.1운동을 비롯한 일제강점 상황의 역사적 체험에 근간을 둔다. 특히, 그의 문학관은 전통지향성이 두드러진 특징으로 나타난다. 그의 전통지향성은 민요를 비롯한 다양한 구비문학의 체험을 바탕으로 하고 있다. 이러한 문학에 대한 태도는 민족의 고통과 상실에 대한 회복 지향을 목표로 하는 주체적 각성의 소산이다. 그의 전통지향의 문학관은 복고주의만을 의미하지 않고 식민지와 화해하지 않으려는 결단인 동시에 민족적 정체감을 고양시키고자 하는 의식으로 받아들여진다.

그의 민요론인 "조선은 메나리 나라"에서 그는 '민족의 넋,' '민족의 리듬'을 추구하여 민족주의 이념을 드러낸다. 이는 그가 서구시를 비판, 거부한 것과 함께 역사와 전통인식을 기반으로 형성된 민족적 자각의 결과이다.

그는 전기에 자유시 혹은 산문형 자유시를 집중적으로 창작하였고, 후기에는 민요시를 중점적으로 창작하였다. 물론 전기에도 자유시를 쓰면서 민요시를 간간히 썼으며, 자유시에도 민요조를 차용하거나 민요 형태를 혼용한 시들이 다수 나타난다. 이러한 시형 선택의 이원성은 사회 구조 변화에 따른 민족 감정과 역사 현실이 투영된 것이다.

그의 전기시가 갖는 산문 지향성과 사설조의 확대 지향성은 3.1운동 이후의 시대감정이 반영된 결과이다. 따라서 그의 감정을 적절하게 표현할 수 있는 시 형태를 전래의 시가 형식인 사설시조를 수용하고 있다. 즉, 노작의 전기시의 특징은 첫째, 운율적으로 반복어구, 의성·의태어, 음보형식의 반복 등을 보이며 둘째, 문답식 대화체 사용 셋째, 이야기식 구조 넷째, 민요조 삽입 등으로 나타난다. 이러한 노작 전기시의 특징은 17,18세기에 창작되었고, 개화기에도 명맥을 이어 창작되었던 사설시조의 형태에서 크게 벗어나지 않는다. 즉 그의 시는 전래의 사설시조의 형태를 자연스럽게 받아들여 형성되었다고 할 수 있다.

후기시는 전기시와 달리 민요 형식 그대로를 차용하고 있다. 그가 1930년대 후반기에 민요시 장르를 집착한 내면에는 민요의 본질과도 밀접한 연관을 맺는다. 민요는 공동 참여에 의해 재창작과정을 거치는 민중의 소리이다. 이같은 민요의 특성 때문에 일제시대 상실에 대한 주체적 각성으로서 노작이 정신적 근거를 마련하기 위해 민요 형식을 선택했던 것이다. 그의 민요시 선택은 삶의 문학의 한 방편으로서 현실에 대응하는 당대 문학운동의 연장선상에 놓이게 된다. 그의 후기 민요시는 전래 민요의 특성 그대로 2음보격 또는 후장 3음보격이 중심을 이루고, 반복과 병치구조 등을 차용하고 있다.

이상에서 보는 바와 같이 노작은 <백조>파 동인을 주도했으면서도 동인 가운데 이질적인 시적 특성을 가지고 있다. 초창기 한국 문단이 서구시의 경향에 경도되었을 때, 그는 일관되게 전통지향의 문학관을 견지했으며 전래의 시가 형식인 사설시조와 민요 형식을 차용하여 시를 창작하였다. 김억, 주요한 등이 서구문학에 경도되었다가 1920년대 중반기에 전통지향성을 보이는 것과 달리 노작은 1920년대 초 그의 문학 출발기부터 전통지향성을 보인다. 노작의 시는 당대의 <백조> 동인이었던 월탄, 이상화, 박영희 등의 시에서 나타나는 현실을 초월하여 관념을 꿈꾸는 퇴폐적, 관념적, 감각적 경향과 다르다. 그의 시는 항상 현실에서 출발하였고, 실천성이 부족했다하더라도 당대의 민족적 상황에 민감하게 반응하였다.

따라서, 그의 문학적 특성을 동인지 <백조>의 성격에 비춰 감상적 또는 퇴폐적 낭만주의로 획일적으로 평가하는 것은 재고되어야 한다. 즉, 그가 이원적 시형·선택을 보인 자유시나 민요시는 당시 문단에 팽배했던 서구시의 경향과 달리 전통적인 문학관과 전통시를 수용하는 가운데 그의 시가 형성되었다는 점, 이를 통하여 민족주의 이념을 실천하였다는 점 등이 더욱 강조되어 그의 시적 업적을 한국 근대시사에 기록해야 할 것이다.

참고문헌

김대행, 한국시가구조연구, 삼영사, 1984.

김병택, "1920년대 한국낭만주의시에 나타난 인생론적 경향," 동악어문
　　　　논집 15집, 1981.10.

김봉주, "홍사용시영구," 고려대 대학원, 1985.

김성권, "1910년대 산문시에 관한 고찰," 서강어문 3집, 1983.10.

김영철, "개화기 사설시조고," 국어국문학 91, 1984.5.

김용성, 한국현대문학사탐방, 국민서관, 1979.

김용직, 한국근대 문학의 사적 이해, 일지사, 1982.

김용직, "해석, 창작, 수용의 궤적," 심상 2권 6호, 1974.6.

김용직, 한국근대시사, 새문사, 1983.

김학동, 한국근대시인연구, 일조각, 1974.

김학동 편, 홍사용전집, 새문사, 1985.

김학동, "동심적 비애와 그 향토성," 문학사상 57, 1977.6.

마광수, "산문시의 장르적 특질고," 연세어문 13집, 1980.

문덕수, "한국현대시사," 학술원논문집 7, 1968.11.

박노균, "1920년대 산문시형태," 충북대 개신어문연구, 1985.2.

박철희, 한국시사연구, 일조각, 1980.

백락청, 민족문학과 세계문학, 창작과비평사, 1978.

백 철, 조선신문학사조사, 수선사, 1948.

성기옥, 한국 시가율격의 이론, 새문사, 1986.

심재완 편저, 역대시조전집, 세종문화사, 1972.

오세영, 한국낭만주의시연구, 일지사, 1980.

윤난홍, "고월, 상화, 노작 시의 죽음의식," 경희대 어문논총 3집, 1987.

윤재근, "이상의 산문시," 심상 2권 6호, 1974.6.

장덕순 외,구비문학개설, 일조각, 1978.

전규태, "낭만주의문학의 한국적 수용연구," 연세대 인문과학 논문집
    39, 1978.

정병욱, 한국고전시가론, 신구문화사, 1980.

정병욱 편, 시조문학사전, 신구문화사, 1985.

정한모, 한국현대시의 정수, 서울대 출판부, 1981.

조동일, 한국문학통사 5, 지식산업사, 1988.

최원규, 한국현대시론고, 예문관, 1985.

최원식, 민족문학의 논리, 창작과비평사, 1982.

홍문표, 현대시학, 양문각, 1987.

홍사용, "육호잡기," 백조 2호, 1922.5.25.

홍사용, "백조시대에 남긴 여화," 조광 2권 9호, 1936.9.

홍사용, "그리움의 한묵금," 백조 3호, 1923.9.6.

홍사용, "조선은 메나리 나라," 별건곤 12.13호, 1928.5.

소월 시, 혼의 정체와 깊이

1. 머리말

　서정시는 자아의 독립적 표현으로 나타나며, 시인의 내면 의지가 외부 세계와의 긴장이나 충돌을 통하여 새로운 세계를 조망하는 심혼적 자기 표현이다. 특히 서정시는 혼의 소산이거나 그에 더 깊이 관여하고 있다. E.슈타이거는 서정시의 본질을 정신성의 결여 상태이지만 영혼에 충만되어 있는 것으로 통찰하고 있다(E. 슈타이거, 1978). 정신성에 의해 창조된 시는 냉엄하고, 명쾌감을 주며 경탄을 자아낸다. 그래서 역사적 방향성에 민감하고, 사물 혹은 상황의 전체성을 가늠하고 기능적 노릇을 하기 때문에 극적인 시이거나 의지적인 시다. 그러나 영혼, 즉 혼에 의해 창조된 시는 따스함과 사랑을 주며 서정적 동감을 창조해 낸다. 영혼은 자아와 대상의 거리감이 소멸된 곳에 놓인 에너지이며 인간의 가장 깊은 마음의 밑바닥에 놓여 어떤 지적 통제력도 무력하다. 따라서 혼에 충만되어 있는 시는 어떠한 역사성이나 방향성을 벗어나 서정적 세계와 자아가 자기 표현적 정조의 자극 속에서 융합하고 상호 침투한다. 볼프강·카이저도 심령적인 것이 대상성에 깊이 파고들어 정조의 순간적인 고조를 띤 대상성의 내면화가 서정성의 본질이라고 언급하고 있다(볼프강 카이저, 1984;521).

소월 시는 정신적 소산이라기보다는 혼의 소산이거나, 그에 보다 깊이 관여되어 창조된다. 소월 시에서 가장 중요한 정서의 하나가 혼이라는 것은 의심할 여지가 없다. 그런데 그의 시적 자아의 심연에는 그러한 한을 분출시키는 어떠한 역동적 에너지가 분명히 도사리고 있다. 그것이 바로 혼 혹은 영혼이다. 그의 시에 있어서 혼은 마음의 밑바닥에 침잠하면서도 어떠한 징표로 나타나는데, 이는 스스로 분출되는 시적 자아의 고백이라고 할 수 있다. 소월은 그 자신이 그의 시론인 <詩魂>에서 시혼을 '영혼'이며 '시간과 공간을 초월한' '영원의 존재이며 불변의 成形'이라고 규정하고(김소월, 1925.5), 시혼의 음영에 의해서 시가 창조됨을 강조하고 있다. 소월의 <시혼>이 그의 시창작의 이론적 근거라고 판단될 때, 그의 시의 발생에 혼이 필연적으로 내포된다는 사실을 우리는 인식해야만 할 것이다.

소월 시에서 혼에 대한 천착은 이미 이루어지고 관심을 보여왔지만(김윤식, 1981. 최동호, 1982), 여전히 혼의 정체는 숨겨져 있어 모두 드러났다고 볼 수는 없다. 이는 그의 시가 지니는 詩情의 깊이와 폭이 그만큼 깊고 넓기 때문이다. 사실 소월 시는 '허락된 개인주의 삶에 뿌리를 내린채 식민지 한과 슬픔의 미학을 구축'(오세영, 1980;302)한 것으로서 우리에게 초시대적인 감동을 주고 깊은 호소력을 지니고 있다. 그리고 그에 대한 연구·평가도 수백여편을 헤아리게 되어, 그가 연구자들로부터 얼마나 많은 관심의 대상이 되어 왔는지 알 수 있다. 그래서 본고가 기존 연구에 자칫 사족을 다는 것 같아서 염려스럽기도 하다. 더구나 소월 시에 대한 장르론적 접근으로서 자칫하면 피상적인 결과에 이르지 않을까 생각된다. 하지만 문학작품이란 닫혀있지 않고 항상 열려있기 때문에, 부단한 새로운 해석을 통하여 창조를 거듭하게 된다. 소월 시의 고유한 의미는 불변의 것이라고 해도, 그것이 또 다른 관점에서의 해석에 따라 그의 시는 새로운 의미로 부각될 것이다. 그래서 우리는 문학작품을 거듭 되풀이하여 해석하는 것이다.

이에 본고에서는 소월 시에서 혼의 형성동인, 시적 자아의 발화태도, 혼의 역동성을 고찰하여 그의 시의 건축 구조인 혼의 정체를 밝히고자 한다.

2. 혼의 정체와 깊이

가. 혼의 형성동인

소월 시가 어떠한 역사성이나 방향성을 벗어난 것이긴 하지만, 그의 시는 순전히 소월 개인의 상상력에 의한 소산이라고 할 수는 없다. 문학은 영원한 보편성을 추구하나 그것은 개별성과 특수성을 통해서 획득되며, 문학의 매재는 언어로써 시대와 환경 밑에서 성장·소멸한다(M.K.Danziger & W.S.Johnson, 1961;2). 1920년대가 3.1운동 이후 일제가 문화정치를 폈다고 하나 탄압이 심했던 식민지하였다는 점을 감안할 때, 소월 시도 이러한 사회적 배경하에서 형성되었음이 틀림없다.

생존의 한 방편으로 소월이 어쩔 수 없게 개인주의 문학을 선택했음에도 불구하고 그의 관심은 개인의 삶에만 국한된 것이 아니라, 끊임없이 전체의 삶을 지향했던 것이 사실이다. 즉 소월의 개인적 삶이 일제강점시대의 전체적 삶에의 참여가 차단 당하여 끝없이 절망하였지만, 그의 문학 배후엔 당대 삶의 전체적 포괄구조가 도사리고 있었다(오세영, 1980;302-303). 그런데, 소월 시가 현실을 반영하고 있지만 문학은 그 자체의 정당성과 목표를 가지기 때문에 그의 시에 나타난 현실은 평면적이고 일차원적인 사회 현실을 의미하지 않는다. 그래서 그의 시는 시대를 반영하면서도 그것을 뛰어넘는 진실을 보여준다.

> 詩作에도 역시 시혼 자신의 변환으로 말미암아 시작에 異同
> 이 생기며 우열이나 나타나는 것이 안이라, 그 시대며 그 사회
> 와 또는 당시 情境의 여하에 의하야 작자의 심령상에 무시로
> 나타나는 陰影의 현상이 변환되는데 지나지 못하는 것입니다.
> ——소월의 〈詩魂〉에서

그는 시혼이 직접 시작에 이식되는 것이 아니라 그 음영으로 현현되며, 결국 시혼의 기능이 음영이라고 규정하고 있다. 그런데, 소월이 음영의 현상을 시대와 사회, 환경의 여하에 의해서 변환된다고 파악하고 있는 데에 주목할 필요가 있다.

소월은 그의 시에 주관적 내면성을 직접 표출하거나 토로하지만은 않는다. 그의 시의 내용은 단순히 개인적 감동과 표현만이 아니라 미적 태도의 가공으로 보편성에 대한 관심을 획득해서 예

술성을 얻게 된다. 헤겔은 그의 미학 중 『시학』에서 시를 서정적
으로 만든다는 것은 외적인 것이 마음속에 일으키는 반향과 그것
에 의해 일어나는 정조, 그리고 그러한 환경 속에서의 자발적인
감정(헤겔, 1987;184)이라고 한다. 소월의 <시혼>에서 시작이 시대,
사회, 환경에 의해 작자의 심령상에 무시로 나타나는 음영의 현상
이 변환되는 것에 따른다는 것은 헤겔의 시학과 같은 맥락에서 이
해된다.

> 접동
> 접동
> 아우래비접동
>
> 두만강 가람가에 살든 누나는
> 두만강 압마을에
> 와서웁니다.
>
> 옛날, 우리나라
> 먼 뒤쪽의
> 두만강 가람가에 살든 누나는
> 이붓어미 쇠샘에 죽엇습니다.
>
> 누나라고 물러보랴
> 오오 불설워
> 싀새움에 몸이 죽은 우리 누나는
> 죽어서 접동새가 되엿습니다.
>
> 아옵이나 남아되든 오랩동생은
> 죽어서도 못니저 참아 못니저

　　야삼경 남다자는 밤이 깁프면
　　이 산 저 산 올마가며 슬퍼웁니다

——〈접동새〉 전문

　　이 시는 접동새의 전설을 모티브로 시적 형상화를 이루고 있다. 친어머니가 죽자, 악한 의붓어머니가 들어와 딸을 죽였고, 한을 남기고 죽은 영혼이 접동새가 되었다는 설화가 시의 내용이 되고 있다. 이 설화의 핵심은 친어머니의 죽음이다. 큰누나는 계모에 대항하여 아홉 동생들을 보호할 책임을 알지만, 아직 어리고 힘이 없어, 오히려 계모로부터 죽임을 당할 수밖에 없었다. 이러한 상실 의식은 어머니의 상실에만 머무르지 않고, 모국 상실이라는 의미가 상징되고 있음을 볼 수 있다. 시인의 현실적 삶은 모든 것을 빼앗기고 절망적 상황에 빠진 지식인의 삶으로 상징할 수 있다. 오세영 교수는 이 시가 현실을 신화시킴으로써 역사적·사회적 현실로 체험되는 삶의 고통을 초월하려 하고 있으며, 그 심층심리에 식민지 지식인의 母喪失意識으로서 한이 깊이 뿌리박고 있다(오세영, 1982;22-23)고 한다. 죽어 접동새가 된 누나는 자유롭게 날아 저승으로 가지 못하고, 악한 계모에 구속되어 사는 어린 아홉 동생을 차마 못잊어 깊은 밤이면 슬피운다. 누나는 죽은 자이므로 현실을 초월해 있어야 하나, '죽어서도 못니저 참아 못니저' 남이 다 자는 깊은 밤에 '이 산 저 산 올마가며 슬피' 운다. 이러한 접동새는 식민지 시대에 좌절과 한으로 방황하는 지식인의 표상일 것이다. 이러한 상실 의식은 소월 시 어느 것을 읽어도 드러난다.

　　우리집 뒷산에는 풀이 푸르고

숩사이의 시냇물, 모래 바닥은
파알한 풀그림자, 떠서홀러요.

...... 중략 ......

그립은 우리 님은 어듸 게신고
가업는 이내속을 둘곳 업섯서
날마다 풀을 따서 물에 떤지고

홀너가는 닙피나 맘해보아요

——〈풀따기〉에서

아조 나는 바랄 것 더업노라
빗치랴 허공이랴,
소리만 남은 내 노래를
바람에나 띄위서 보낼박게.
하다못해 죽어달내가 올나
좀 더 놉픈 데서 보앗스면

...... 중략 ......

물까의 다라저 널닌 굴껍풀에
붉은 가시덤불 버더 늙고
어득어득 점은 날을
비바람에 울지는 돌무덕이
하다못해 죽어 달래가 올라
밤의 고요한 때라도 직켯스면!

——〈하다못해 죽어달내가올나〉에서

소월 시, 혼의 정체와 깊이 219

시 <풀따기>는 떠나가 없는 님의 부재에 대한 회한을 드러내고 있다. 날마다 풀을 따서 물에 던지는 행위는 이별한 님에게 자신의 마음이 전해지기 바라는 뜻을 넘어, 님의 상실 즉 숙명적인 상실감을 함축하고 있음을 알 수 있다. <하다못해 죽어달내가울나>는 소리만 남은 자신의 노래를 바람에 띄워서 보낼 수밖에 없는 절망감을 토로하고 있다. 이러한 상실감과 절망감은 식민지 상황에서 소월의 개인적 삶과 민족적인 삶에서 생성되는 정서이다. 즉 그의 시들은 대부분 현실적 삶이라는 시대적 의미가 내포되어 있다. 그러나 그는 역사적 사회적 현실로 체험되는 삶의 고통을 그대로 시에 반영시키는 것이 아니라 그것을 초월하여 시적 형상화를 이루고 있다.

이렇게 소월을 둘러싸고 있는 집단적 저류가 그의 개별적 서정시를 창조하고 있다. 즉, '소월'이라는 시인 한 개인 속에 집단 — 그 시대, 사회, 환경—을 수혈해 넣으면 그 수혈의 힘으로 개인적인 서정적 자아가 스스로 분출되어 보편적 유대성을 지니게 된다.

소월 시의 테마를 대개 비극적 사랑, 혹은 한의 정서라고 하는데, 이는 일제하 민족적 상실의 시대 속에서 그의 시가 그것을 초극하고자 하는 상징적 언어의 표출로 창조되었기 때문이라고 할 수 있다. 시인은 역사의 수레바퀴에 깔린 우리 민족의 현장에서, 고향 혹은 존재의 근원을 상실하기도 한다. 또는 현상의 소멸 속에서 인간 본연의 비극적 운명을 체험하기도 한다.

이러한 비극과 한은 동시에 모든 사람들의 것이 된다. 소월의 언어는 그 당시 우리 민족 모두의 언어를 대신하고 있다. 그의 서정적 언어. 그 자체는 개인적 상실의 한, 비극 등 그 분자 하나하나로 구성된 사회에 의해 규정되며, 그 보편적 유대는 그 개체의 밀도에 의해 역으로 살아가는 것이다. 소월은 그가 처해있는 **상황**이 지고 있는 고달픈 짐을 통하여 완전히 독자적인 법칙에 따라 자신을 세운다. 그리고 이것이 그의 시혼으로 형성되어 비어있는 가슴의 심연으로 내려가 영혼의 고백으로 토로되고 있다.

나. 시적 자아의 발화 태도

그렇다면 소월이 어떻게 혼의 고백을 시화하는가? 문학작품은 발화의 한 양식이며, 작가는 그가 상상하는 세계에 문학성과 리얼리티를 주기 위해 특별한 발화의 형식을 취하게 된다. 서정시도 특수한 담화 형태로서 언어로 구성되고 언어는 시적 자아에 의해 발화된다. 하이데거는 언어란 존재의 말건넴이며 부름에 대한 인간의 응답이라는 것이다. 모든 존재는 자기 현시를 노리고, 인간은 이를 이해한다. 이러한 존재 인식의 방식에서 언어가 시작되고 존재는 탄생하는 것이다(홍문표, 1987;262 재인용). 언어란 본질적으로 화자와 청자간의 메시지의 교환이다. 그래서 문학에서, 발화의 태도는 중요한 의미를 지니게 되며, 발화의 형식은 그 나름대로의 완전한 생명력을 내포하게 된다.

소월의 시적 자아 즉, 퍼소나는 표현 기능에서 대부분 1인칭화자로서 전지적 시점으로 되어 있다. 또한 그것은 신의 대행자 즉, 신으 언어를 전달하는 메신저가 된다. 혼은 "언어상의 어떤 말로든 이름지울 수 없는 시로부터의 선사받아지는 것이지 결코 구득될 수 없는 것"(E.슈타이거, 1978;228)이다. 소월 시에서 혼의 언어적 표현은 구득되지 않는 것으로서 가슴 밑바닥에서 아무런 통제없이 분출되는 힘을 지니고 있다. 소월은 그의 <시혼>에서, 시의 창작과정을 시인의 노력이나 연습에 의해서가 아닌 자연스럽게 시혼이 우러나오는 것으로 설명하고 있다. 즉 시인의 영혼이 시적 표현력을 선험적으로 갖추고 있을 때, 자연발생적으로 시가 창작된다는 것이다.

> 우리의 영혼이 우리의 가장 이상적 미의 옷을 닙고, 완전한 운율의 발거름으로 미묘한 절조의 풍경만흔 길우홀, 정조의 불 붓는 산마루로 향하야, 혹은 말의 아름답은 샘물에 心想의 적은 배를 젓기도 하며, 잇기도든 관습의 기구한 돌무덕이 새로 추억의 수레를 몰기도 하야, 혹은 洞口楊柳에 춘광은 아릿답고 十二曲坊에 풍류는 번화하면 風飄萬點이 산란한 碧桃花 꼿닙만 저훗는 움물 속에 즉흥의 드레박을 드놋키도 할 때에는, 이곳, 니르는바 시혼으로 그 瞬에 우리에게 현현되는 것입니다.
> 그러한 우리의 시혼은 물론 경우에 따라 大小深淺을 自在 變換하는 것도 안인 동시에, 시간과 공간을 초월한 존재입니다.

——〈시혼〉에서

시혼의 속성은 시간과 공간을 초월한 존재로서 순간에 현현되는 것이다. 영혼이 시혼이 되기 위해서는 '이상적 미의 옷을 입고', '운율의 발거름으로' '심상'의 배를 젓기도 하며, '추억의 수레를' 몰아야 하는 탄생과정을 거쳐야 한다. 그러므로 시혼이 즉흥으로 순간에 우리에게 현현된다는 것은 즉흥적으로 아무런 근거아 업시 이루어지는 것이 아니고 필연적인 귀결로 표현되어진다는 의미이다. 여기에서 '즉흥'이나 '순간'의 능력은 마치 영매자나 무당의 발화 능력과도 같은 것이다. 이에 대하여 마광수는 "시인의 황홀한 의식상태(엑스타시)가 시를 만들어 낸다고 하는 플라

톤의 이론을 소월은 다만 그 표현을 달리하여 기술하고 있을 뿐"
(마광수, 1982;55)이라고 언급하고 있다.

그래서, 소월 시에 나타나는 혼의 발화 태도는 무의식적이다.
시인의 엑스타시 상태라고도 할 수 있는 이러한 무의식적 발화는
주술성을 띠게 된다. 이와같은 소월의 시작 태도로 바로 그의 시
가 언령사상의 속성을 지니게 되는 것이다.

> 산산히 부서진 이름이어!
> 허공중에 헤여진 이름이어!
> 불너도 주인업는 이름이어!
> 부르다가 내가 죽을 이름이어!
>
> 심중에 남아잇는 말 한마듸는
> 꿋꿋내 마자하지 못하엿구나.
> 사랑하든 그 사람이어!
> 사랑하든 그 사람이어!
>
> 붉은 해는 서산마루에 걸이웠다.
> 사슴이의 무리도 슬피운다
> 떠러저 나가안즌 산우헤서
> 나는 그대의 이름을 부르노라.
>
> 서름에 겹도록 부르노라.
> 서름에 겹도록 부르노라.
> 부르는 소리는 빗겨가지만
> 하늘과 땅 사이가 넘우 넓구나
>
> 선채로 이 자리에 돌이되여도
> 부르다가 내가 죽을 이름이어!

사랑하든 그 사람이어!
사랑하든 그 사람이어!

——〈招魂〉 전문

　이 시는 사랑하는 사람의 죽음을 애도하는 시인의 처절한 슬픔이 담겨 있다. 초혼이란 상례의 한 절차로 나가버린 혼을 불러 재생시킨다는 염원으로 행했던 것이다. 돌이킬 수 없는 연인의 죽음을 보고, 죽은 자를 소생시키겠다는 초혼의 행위 자체는 이미 무의식 속의 연인의 죽음을 현실적으로 받아들이지 않겠다는 시적 자아의 의지를 나타낸다. 붉은 해가 서산 마루에 걸리고, 슬피우는 사슴의 무리, 떨어져나가 앉은 산과 같이 화자의 심정은 절망적이다. 끝내 화자는 죽은 임과 함께 죽기를 염원하며, 님이 죽자 죽음까지 각오한 화자는 절망에 빠져 허공을 향해 울부짖는다. 임의 죽음과 함께 죽음으로써 그 자신도 하나의 혼이 될 수 있으며, 그 혼을 부름으로써 자신도 하나의 혼으로 바뀌는 체험을 하게되어 死者의 영혼과 만남을 이룰 수 있다.

　이때, 혼을 부르는 언어는 주술적 기능을 지니게 된다. '-이름이어!', '사랑하는 그 사람이어!'하고 반복하여 부를 때, 시적 자아는 죽음에 몰입하게 된다. 원시인의 언어는 인간들 사이뿐만 아니라 자연과 신과 인간 사이에서도 의사소통의 수단이었다고 한다. 비인간적인 이미 죽은 혼과의 교섭이 언어에 의해서 이루어지고 인간의 감정이 신과도 공감될 수 있다. 이미 죽은 님을 불러 재생시킨다는 것은 불가능한 일이다. 부서진 이름, 허공 중에 헤어진 이름을 부르고, 부르다가 죽어도 부르고, 부르다가 돌이 되어도 부른다. 이렇게 불가능함을 알면서도 부름을 반복하는 것은 님이 죽어 단절된 뒤라하더라도 시간과 공간을 초월하여 상호작용을 계속할 수 있다는 믿음 때문이다. 이것이 주술의 원리다. 이러한 부름은 혼과 연결되는 주술적 기능에 의해, 시적 자아로 하여금 그 대상인 혼과의 연속감과 일체감을 갖는 원초적 통일성을 경험하도록 한다. 김윤식 교수는 <초혼>이란 시에서, 혼을 부르는 행위가 형식을 얻어 시로서 탄생하기 이전의 의미 내용을 이루며, 초혼의 행위는 곧 형식적 의장을 얻게 된다고 보고 있다(김윤식, 1981;135-148참조).

이 시는 巫歌의 독특한 표현 양식과도 같다. 풀이의 의미를 지니는 굿은 궁극적으로 억눌리고 위축된 자의식을 해방시켜 위안을 얻고자 하는데 그 효용이 있다. 이때에 행하는 무가는 개성적인 자의식의 억압과 희생에 대한 초월의지를 지향하게 된다. 소월에게 있어서 초혼의 행위는 일종의 역설적 세계 인식이라고 할 수 있다. 우리는 흔히 한국인이 체험하는 심리적 성향으로서 핵심적인 감정 상태를 한으로 파악한다. 식민지하에서 한국인의 의식 저변에 깔고 있는 억눌림과 불안상태는 그것이 크면 클수록 그것을 극복하거나 초월하고자 하는 의지는 더욱 강해질 수밖에 없다. 인간의 삶은 세속적이다. 특히 소월에게 있어서 식민지의 현실은 패배와 절망의 단절된 시간이었을 것이다. 그래서 소월은 부조리한 세속에서 벗어나 초월적인 삶을 시도하고, 초월적 시간을 지향하게 된다. 그가 심각하게 드러내는 절망, 즉 한 맺힘에 대한 풀이로서 그의 시에 주술적인 원리를 차용하고 있다. 이러한 그의 시적 표현방법은 그 자신이 체험하는 억압에 대한 무의식적 해방감으로 심리적 쾌감을 얻게 된다. "<초혼>의 외치는 소리, 그것이 우리에게 가장 소중한 것을 상실한 것에 대한 형언할 수 없는 공허감의 환기"(김윤식, 1973;286)라고 할 때, 그것은 초월적인 세계,

초월적인 성스러운 시간의 소유에 대한 갈망이라고 할 수 있다.

　이러한 시적 자아의 발화 태도는 다음의 시들에서도 볼 수 있다.

식검은 머리채 푸러헷치고
아우성하면서 가시는 따님
헐버슨 버레들은 꿈트릴때
黑血의 바다 枯木洞窟
啄木鳥의
쪼아리는 소리, 조아리는 소리

——〈열락〉에서

밤마다 닭소래가 날이 첫時면
당신의 넉마지로 나가볼때요
그믐에 지는 달이 山에 걸니면
당신의 길신가리 차릴때외다

——〈님의 말슴〉에서

간밤에
뒷창박게
부엉새가 와서 울더니
하로를 바다우헤 구름이 캄캄
오늘도 해못보고 날이 저므네

——〈부엉새〉 전문

　이들 시는 모두 독백에 가까운 심경의 기술적 성격을 지니고 있다. 또한 위 시에서 '혼' 혹은 '넋'이 떠도는 괴괴한 무속적 분위기까지 느낄 수 있다. 작품이란 작가의 의식이 표출된 결과라는 표현론적 측면에서 볼 때, 작품에 존재하는 화자와 그 화자의 언어적 발언도 근원적으로는 작가의 상상적 허구요, 삶의 미학적 지향인 것이다.

소월 시에서, 어떤 대상에 대한 객관적 묘사는 거의 찾아 볼 수가 없다. 그의 시 대부분이 주술에 가까운 독백적 발화의 성격을 띠고 있다. 소월의 이러한 표현 방식은 주관적 정조를 강하게 드러낸다. 대부분 그의 시에 있어서, 시적 자아의 발화태도는 영혼의 힘으로 현시의 세계를 초월해서 분출되는 고백 형태를 띠게 된다.

다. 혼의 역동성

앞에서도 언급했듯이 혼은 생명 그 자체의 충만이며 직접적인 생명의 열림이고, 절대적이지만 초월적이다. 그리고 혼은 자아와 대상의 거리감이 소멸된 곳에 놓인 에너지이며 인간의 가장 깊은 마음의 밑바닥에 놓인 것으로서 시간과 공간을 초월한 영원의 존재이며 불변의 成形인 것이다. 이러한 혼은 소월 시에서 그의 자아와 달 새 등의 자연, 일상적인 님 등으로 환치된 대상과 거리감이 소멸된 곳에 놓여 설움, 눈물, 죽음 등의 한의 정조를 몰고 역동적 에너지가 되어 분출된다.

소월시에 있어서, 자연이든 일상적인 님이든 간에 그가 추구했던 님은 구체적 대상으로 표상되지 않는다. 그의 시에서는 님과의 관계를 통해서 자아의 존재적 위상을 보여줄 뿐이다. 그리고 그러한 님의 상실로 인해 자아의 존재는 독립적 의미를 지니지 않는 동시에 님과의 관계를 통해서 자아의 존재적 위상을 보여줄 뿐이

다. 그리고 그러한 님의 상실로 인해 자아의 존재는 독립적 의미
를 지니지 않는 동시에 님과의 다시 만남은 예감적으로 부정되어
설움의 덩이를 낳는다. 가슴에 응어리진 '죠그만 서름의 덩이'(<셔
름의 덩이>에서)는 고조된 감정상태 안에서 내면화가 이루어지는
것이다. 이렇게 하여 분출되는 설움의 정조는 신비적 색채를 띤
혼이라고 할 수 있다.

그러나, 분출되는 혼은 추상적이고 단순한 설움과 한의 토로가
아니라 체험과 감동에서 얻어지는 구체적인 것이다.

> 파릇한 별들은 오히려 깨여잇섯서 애처럽게도 긔웃잇게도
> 몸을 떨며 영원을 소삭입니다. 엇든 때는, 새벽에 저가는 오요
> 한 달빗치, 애틋한 한 쪼각, 숭엄한 채운의 다정한 치마뀌를
> 비러, 그의 가련한 한 두 줄기 눈물을 문지르기도 합니다. ……
> 깁고 어둠은 산과 숩의 그늘진 곳에서 외롭은 버러지 한 마리
> 가, 그 무슨 슬음에 겨웠는지, 수엄엇서 울지고 잇습니다, 여러
> 분. 그 버리지 한 마리가 오히려 더 만이 우리 사람의 정조답
> 지 안으며 난들에 말라 벌바람에 여위는 갈대 하나가 오히려
> 아직도 더 갓갑은, 우리 사람의 無常과 變轉을 설워하여 주는
> 살틀한 노래의 동무가 안이며, 저 넓고 아득한 난바다의 뛰노
> 는 물껼들이 오히려 더 조혼, 우리 사람의 자유를 사랑한다는
> 계시가 안입닛가
>
> ——〈시혼〉에서

소월은 밤하늘의 파릇한 별에서 애처로움을, 새벽 달빛의 애틋
한 조각, 채운에서 가련한 한 두 줄기의 눈물, 깊고 어두운 산과
숲의 그늘에서 벌레의 슬픈 울음, 난들 바람에 여위어 가는 갈대
를 체험하게 된다. 이렇게 체험한 슬픔의 정조가 시적 자아의 심

연으로 내려가며, 그 설움은 자아와 대상의 거리감이 소멸된 곳에 놓인다. 그는 이러한 체감과 대상성의 내면화에서 영원을 속삭이는 아름다움, 숭엄함, 인간의 정조, 무상과 변전, 자유를 얻으려는 것이다. 그가 이러한 것들을 적극적으로 획득하려는 것은 물(物)의 정체와 진리를 발견하고자 함이다. "시 창작의 저변에는 개인적인 삶의 체험, 타인의 상황에 대한 이해, 이념을 통한 경험의 확대와 심화가 내재한다"(W.Dilthey, 1985;251). 소월은 구체적 체험으로 시화하여 독자로 하여금 재 체험케 한다.

소월의 자아는 상실과 희생, 삶과 죽음, 혹은 사랑과 이별이 만나는 곳에서 슬픔의 정조에 젖어들고, 그것을 울음으로 토해낸다. 울음은 슬픔의 고통을 해소시키는 작용을 한다. 그가 설움에서 가진 비극적 체험은 슬픔의 고통속에서 자아의 몸부림으로 눈물을 쏟아내게 된다. 따라서 소월의 자아는 울음으로 소극적 체험을 적극적 체험으로 변전시킨다.

<blockquote>

①봄가을업시 밤마다 돗는 달도
「예전엔 밋처몰낫서요..」

이럿케 사뭇차게 그려울줄도
「예전엔 밋처몰낫서요..」

달이 암만 밝아도 쳐다볼줄을
「예전엔 밋처몰낫서요..」

이제금 져 달이 서름인줄은
「예전엔 밋처몰낫서요..」

</blockquote>

——〈예전엔 밋처몰낫서요〉 전문

②나보기가 역겨워
  가실 때에는
  말업시 고히 보내드리우리다

  영변에 약산
  진달래꽃
  아름따다 가실 길에 뿌리우리다

  가시는 거름거름
  노힌 그 꽃츨
  삽분히 즈려밟고 가시옵소서

  나보기가 역겨워
  가실 때에는
  죽어도아니 눈물홀니우리다.

──〈진달래꼿〉 전문

①의 시에서 전개된 달이라는 대상의 속성은 밤마다 떠오르는 달이라는 현존재이다. 그렇지만, 동시에 본질로서 항상 존재하는 사무치게 그리웁고, 또한 설움인 님과 밀접한 관계를 지니고 있다. 따라서 달은 단순한 가시적인 의미가 아니고, 사물―존재, 특성― 존재 따위를 수단으로 하여 시적 대상성을 형성한다. 이 시는 몰랐던 '예전'에서 알게 된 '오늘'의 충격을 확인, 강조하고 있다. 그리고 '그리움'은 '설움'을 쏟아낸 연유가 되고 있으며, '이제금 저 달이 설움'인 것은 결코 벗어날 수 없는 그리움의 무게를 지게 된다. 님으로 표상되는 달은 영원한 객체이며, 그리움을 상징하기도 한다. 무의식 속에 있었던 미쳐 몰랐던 옛날과 설움만 남은 오늘

이라는 시간 사이에 합일을 이룰 수 없는 불가항력이 게재되어 있다. 운명적인 세월 속에서 님과 이별이라는 맹렬한 감정의 슬픔을 인식하는 것이다.

시 ②에서 우선 주목해야 할 점은 '죽어도아니 눈물흘니우리다'라는 구절이다. 이를 부정의식의 강조와 함께 일종의 아이러니로서 모순개념, 혹은 한의 갈등구조에 있어서 원망스러운 님이지만 고이 보내드리는 자책으로 보기도 한다. 그러나, 시전편에 흐르는 한으로 보아, 떠나려는 임에 대한 간절한 만류나 보상의 단계를 벗어나 강렬한 마음의 표출로 보인다. 이러한 근거는 '나보기가 역겨워/ 가실 때에는'에서 보여주는 것과 같이 가정된 이별의 상황이라는 점이다. 그는 스스로 이별을 준비하고 있다. 그는 다가올 이별의 슬픔에 서럽게 목놓아 울었을 것이다. 그가 떠나는 님의 가는 길에 진달래꽃을 뿌리면서도 죽어도 눈물을 흘리지 않겠다는 것은 더 큰 슬픔, 더 깊은 울음의 역설적 표현이다. 어쩌면 그에게 만남 또는 사랑은 이별을 위한 전제 조건일 뿐이다. 소월은 한을 스스로 가정하고, 창조하여 진정한 생에의 의지를 실현하고자 한다.

그러나 적극적 체험으로 변전된 소월의 자아가 현실에 대한 좌절이나 패배로 고통이나 설움을 해소하지 못할 때, 필연적으로 부딪히는 것은 죽음이다.

> 그 누가 나를 헤내는 부르는 소리
> 붉으스럼한 언덕, 여긔저긔
> 돌무덕이도 음즉이며 달빗헤,
> 소리만 남은 노래 서리워 엉겨라,
> 옛 조상들의 기록 무더둔 그곳!

> 나는 두루 찻노라, 그곳에서
> 형적없는 노래 흘너퍼져,
> 그림자 가득한 언덕으로 여긔저긔
> 그 누구가 나를 헤내는 부르는 소리
> 부르는 소리, 부르는 소리,
> 내 넉슬 잡아끄러 헤내는 부르는 소리.
>
> ——〈무덤〉 전문

여기서 시적 자아는 死者가 불러 이끌어 내는 소리에 대한 호응으로 교응하고 있는 존재다. 즉 현실에서의 삶의 의미를 상실한 채, 깊은 혼의 심연에 침잠되어 분열된 의식이다. 현실적 의미를 상실한 '소리만 남은 노래'에 이끌리는 것은 소월의 자아가 현실에 부딪혀 철저히 무너져 내리고 방향성을 잃어 상실과 슬픔으로 충만된 설움만 남아 있기 때문이다. 이러한 설움을 극복할 수 없을 때, 필연적으로 맞닿는 것은 죽음과의 만남 이외에는 해소할 방법이 없다.

그리고, 이 시에서 '부르는 소리'를 반복시킴으로써 심연에서 분열된 소월의 혼에 파상적으로 충격을 가하는 역할을 하여, 그 결과 그의 혼을 일깨워 주게 된다. 이때 그의 시적 자아가 깨어나 확실한 방향성을 가지고 정신에 충만되어 혼의 결여상태에 이르면 그의 시는 삶과 역사의 전개과정을 통합시켜 의지적인 것이 될 수도 있다. 그러나 그의 자아는 의심할 여지없이 인간의 허망한 상실과 슬픔의 고통을 넘어 삶과 죽음을 초월한 혼의 심연으로 내려간다.

한편, 이 시에서 '옛 조상들의 기록 무더둔 그곳'이라는 구절의 의미는 역사 기록의 현장이 바로 그곳임을 알 수 있다. 그러나 소월은 현실적인 역사적 현장과는 호응하지 못하고, 달이 비추고 붉으스럼한 언덕 여기 저기에서 서러워 엉기는 사자의 부르는 소리에 이끌려 그의 넋이 교응을 한다. 시적 자아는 이들을 정서적으로 체험하게 되며 이러한 체험은 삶의 부정이며 곧 죽음을 향하는 것이다. 이때 소월은 죽음과 만나게 되어 분명히 불안과 공포와 만나게 된다. 보들레르는 "심연의 공포를 감추는데 있어서 예술의 도취만큼 적합한 것은 아무것도 없다"(J.-P.리샤르, 1984;101 재인용)고 한다. 소월의 시적 자아가 공포를 감출 수 있는 것은 시에 도취되는 일, 즉 삶과 죽음을 초월한 혼의 심연으로 내려가는 일이다. 그래서 소월은 "이제 연인의 상실로 얻은 최초의 슬픔, 한으로부터 뛰쳐나와 한 그 자체를 벗어나는 길이 오직 존재의 근원적 조건을 초월하는 데서 구해지지 않으면 안된다"(오세영, 1980;352). 이렇게 인간존재의 유한성을 벗어나 초월의 절대 세계를 시적으로 표현하기 위해서는 생사의 원리를 초월한 혼의 표현 방법이 가장 적합하다고 생각된다.

소월 시의 대표적 정서인 한은 우리 한국인의 마음 심연에 서려있는 한의 정서를 대신한다. 그래서 일제라는 중압의 현실을 살아가는 소월 개인의 한은 우리 민족 전체의 한으로 이어진다. 그의 시에서 혼은 그러한 혼을 스스로 풀길없는 응결의 감정인 자체를 벗어나 초월의 표출구 역할을 하고 있다고 판단된다. 이렇게 소월시에 있어서 혼은 스스로 생명력을 지니고 분출되는 역동성을 함축하고 있다.

3. 맺음말

지금까지 소월 시에 나타나는 혼에 대하여 혼의 형성동인, 시적 자아의 발화태도, 혼의 역동성을 중심으로 살펴보았다. !920년대 우리 시인들은 식민지의 시대적 상황 속에서 주체적 자아 확립을 위한 구체적 움직임이 없었던 것은 아니지만, 그 절망적 위기를 감당하기엔 역부족이었다. 그 시대의 다른 시인들과 마찬가지로 소월은 이념적인 자기 지향성을 갖는 정신성에 충만된 시를 쓰지 못하고 혼에 충만되어 있거나, 그에 보다 더 깊게 관여하고 있는 초월적인 혼의 시를 형상화시켰다. 따라서 소월의 시에서 혼의 모습을 해명해주는 일은 그의 시에 대한 더욱 깊은 통찰력을 가능케 하는 것이다.

그의 시에서 혼은 자아와 대상의 거리감이 소멸된 곳에 놓여, 설움 눈물 죽음 등의 한의 정조를 분출시키는 역동적 에너지이다. 그는 운명적인 세월 속에서 님과 이별이라는 맹렬한 감정의 슬픔을 인식하고, 이것을 울음이라는 적극적 체험으로 변전시킨다. 소월은 <진달래꽃>에서와 같이 한을 스스로 가정하고 창조하여 진정한 생에의 초월적 의지를 실현하고자 한다. 그러나 소월의 자아는 현실에 대한 좌절이나 패배로 고통이나 설움을 해소하지 못할 때, 필연적으로 삶의 부정 즉 죽음과 만남 외에는 해소할 방법이 없다. 따라서 한 그 자체로부터 벗어나기 위해서는 인간존재의 유한성을 탈피하여 초월의 절대세계를 시적으로 표현해야 한다. 이를 위해서는 생사의 원리를 초월한 혼의 시적 방법이 가장 적합할 것이다. 소월시의 대표적 정서인 한은 개인을 넘어 민족 전체의 한으로 이어지는데 그의 시에서 혼은 이러한 한을 스스로 분출시키는 역동성을 가지고 있다. 따라서 소월시의 혼의 역동성은 풀길 없는 응결의 감정인 한을 분출시켜, 그 자체에서 벗어나는 초월의 표출구 역할을 한다.

이렇게 역동성을 가진 소월 시에서의 혼은 순전히 개인적인 상상력의 소산이 아닌 사회적 배경하에서 생성되었다. 흔히 소월시를 순정 서정시라고 하지만, 그의 시작의 근거가 되는 시론인 <시혼>에서 詩作이 시대, 사회, 환경에 의해 작자의 심령상에 무시로 나타나는 음영의 현상이 변환되는 것에 따른다고 밝힌 점에 주목할 필요가 있다. 소월시에서의 상실감과 절망감은 식민지 상황에서의 소월의 개인적 삶과 민요적 삶에서 생성되는 정서이다. 즉 소월이라는 개인에 시대·사회·환경이 수혈되어 그 힘으로 개인적인 서정적 자아가 스스로 일어나 보편적 유대성을 지니게 된다. 따라서 소월 시에서 비극과 한의 언어는 당시 우리 민족 모두의 언어를 대신하고 있다. 소월시의 혼은 위에서와 같이 그가 처해있는 상황이 지고 있는 고달픈 짐을 통하여 완전히 독자적인 법칙을 세워 형성된다.

소월시에서 혼의 언어적 표현은 구득되지 않는 것으로써 가슴 밑바닥에서 아무런 통제도 없이 토로된다. 그의 시에서 시적 자아의 발화태도는 무가의 표현 양식과 같이 주술성을 띠고 있다. 그의 <시혼>에서는 혼의 부름에 의해, 죽어 단절된 님과 시간·공간을 초월하여 혼과 자아가 일체감을 갖게 된다. 그의 대부분의 시들은 어떤 대상에 대한 객관적인 묘사가 아닌 주술에 가까운 독백적 발화의 성격을 띠고 있다. 무가는 원래 억눌리고 위축된 자의식을 해방시켜 위안을 얻고자하는데 그 효용이 있다. 그래서 무가는 개성적인 자의식의 억압과 희생에 대한 초월의지를 지향하게 된다. 소월 시에서 식민지의 현실은 패배와 절망의 단절된 시간이었기 때문에 그 부조리한 세속에서 벗어나 초월적인 삶을 시도하고, 초월적인 시간을 지향하였다. 따라서 그가 절망과 패배에 의한 한맺힘에 대한 풀이로써 그의 시에 주술적 원리를 차용하고 있다고 판단된다. 이러한 시적 표현 방법은 자신이 체험하는 억압에 대한 무의식적 해방감으로 심리적 쾌감을 얻게 된다. 주술적 발화 태도는 초월적 세계, 초월적 성스러운 시간의 소유에 대한 갈망이다. 결국 그의 시적 자아의 발화 태도는 혼의 힘으로 현실의 세계를 초월해서 분출되는 고백의 형태를 지니게 된다.

소월 시는 혼에 충만된 서정시로서 어떠한 역사성이나 방향성에 벗어나 서정적 세계와 자아가 자기 표현적 정조의 자극 속에서 융합되어 내면화된다. 따라서 그의 시가 역사적 방향성에 민감하지 못하였으며, 시대정신으로서 민족정신을 표상시킨 의지적인 시가 못되었다해도 심혼적인 것이 삶과 시대라는 것과 융합되어 한국인의 고유한 정서인 한을 대신해 주고 있다. 이러한 소월의 심혼의 서정시는 한국 근대 서정시의 흐름에 중심적 맥락이 되었다고 하겠다.

참고문헌

김소월, "시혼," 개벽, 제59호, 1925.5.
김열규·신동욱 편, 김소월연구, 새문사, 1982.
김윤식, "혼과 형식,"신동욱 편, 김소월, 문학과 지성사, 1981.
김윤식, "식민지의 허무주의와 시의 선택," 문학사상, 통권8호, 1973.5.

마광수, "김소월의 '시혼'에 대하여," 김열규·신동욱 편, 김소월연구,
　　　　새문사, 1982.

신동욱편, 김소월, 문학과지성사, 1981.

오세영, 한국낭만주의시연구, 일지사, 1980.

오세영, "母喪失로서의 한,"김열규·신동욱 편, 김소월연구, 새문사,
　　　　1982.

최동호, "김소월 시의 무덤과 부서진 혼," 김열규·신동욱 편, 김소월
　　　　연구, 새문사, 1982.

홍문표, 현대시학, 양문각, 1987.

Danziger, M.K.,& Johnson, W.S., An Introduction Literary Criticism,
　　　　Boston,1961.

Dilthey, W., Poetry and Experience, Princeton Univ. Press, 1985.

Hegel, G.W.F.(최동호 역), 헤겔시학, 열음사, 1987.

Ingarden, Roman(이동승 역), 문학예술작품, 민음사, 1984.

Kayser, Wolfgang(이윤섭 역), 언어예술작품론, 대방출판사, 1984.

Richard, J.-P(윤영애 역), 시와 깊이, 민음사, 1984.

Steiger, Emil(오현일·이유영 역), 시학의 근본개념, 삼중당, 1978.

1920년대 초기 시의 낭만성

1. 머리말

문학사가들에 의해서 한국의 신문학사는 흔히 서구 문학의 모방이 식사 혹은 문예사조적 소화불량증의 문학사로 논의되어 온 것이 사실이다. 그러나, 그동안 학계의 일각에서는 우리의 신문학에 대한 문예사조적 자리 매김이 상당히 진행되어 왔다.

특히, 1920년대 시에 대한 문예사조적 연구는 매우 활발히 전개되었다. 1918년 <태서문예신보>가 발행되면서 서구의 낭만주의와 상징주의 시문학이 백대진과 김억에 의해 본격적으로 번역 소개되었고, 그와 동시에 창작시도 발표되었다. 외국의 시와 시론의 번역 수용은 우리 초창기 근대시의 형성에서 새로운 미적 체험이었다.

1910년대 말에서 비롯된 1920년대 시에 대한 문예사조적 성격은 크게 두 가지로 나누어진다.

첫째, 프랑스 중심으로 수용된 상징주의와 둘째, 감상적 낭만주의가 그것이다.

1920년대의 시에서 이 두 경우가 분명하게 획이 그어지지 않고 있음은 새삼 설명이 필요치 않다. 그 까닭은 무엇인가? 1920년대 초에 발표된 김억, 이상화, 황석우, 이장희, 박영희, 박종화 등의 시에서, 프랑스 상징주의 시인의 보들레르나 베를렌느적 취향을 많이 찾아볼 수 있다. 그러나, 이들 사이에 시적 발상법을 같이하고 있으면서도, 실제 시의 형상화에는 현격한 차이를 보이고 있다. 이들의 시는 '죽음'이나 '무덤' 등의 주제가 가장 많다. 하지만 그들의 죽음은 심층으로 내면화되지 못하고, 눈물이나 울음, 환영, 꿈, 고뇌, 변심 등으로 표상 되는 낭만주의적 감상성이 드러난다. 즉, 1920년대 초기의 서구 시론의 수용은 상징주의 이론이며, 시적 발상법도 상징주의의 영향을 입고 있는 것이 틀림없는 사실이지만, 시작품 자체는 오히려 낭만주의적 경향이 두드러진다는 점이다. 이 때문에 1920년대 초기 시에 대한 문예사조적 평가가 양립되어 있다고 볼 수 있다.

즉, 1920년대 초기 시를 정한모(1974), 김윤식·김현(1981), 김학동(1981), 한계전(1983), 김용직(1983), 손광은(1986), 김은전(1984), 강우식(1987) 등은 상징주의로 파악하고 있고, 백철(1980), 조연현(1978),조병춘(1980), 오세영(1980) 등은 낭만주의로 자리매김을 하고 있다.

그렇다면 20년대 초기의 시를 어떠한 문예사조적 성격으로 규정할 것인가? 상징주의 혹은 낭만주의, 아니면 다른 어떤 것으로 설명할 수 있을까?

이를 검토하기 위해, 우선 근대시 초창기 서구시의 수용태도를 고찰하고자 한다. 즉 서구시 수용 당시의 정황, 시에 대한 이해와 인식 정도, 서구시 수용에서 관심의 초점이 무엇이었는가 등을 살펴보고자 한다. 다음으로, 1920년대의 시들 중에서 문학사가들에 의해 문예사조의 자리매김상 중요하게 다루어왔던 몇 편의 시를 고찰하고자 한다. 문예사조 규정은 적어도 작품자체의 분석과 해석을 통하여 거기에 어떤 미적 가치 또는 문학사적 가치가 있는가를 발견해냄으로써 이루어져야 한다. 초창기 우리 시단에 서구 상징주의 이론의 소개, 시 번역이 이루어져, 그 영향하에서 우리 시인들이 시론을 쓰고 창작을 시도했으나, 이론과 실제적인 실천 상에는 상당한 거리가 있었다. 특히 그 당대의 시인들의 수준이 시의 이론을 체계화시켜 공표 할 정도가 아니었다. 그러므로 1920년대 초기 시문학에 대한 문예사조적 자리 매김은 문단의 분위기나 문학이론 보다 문학작품을 중심으로 세밀하고 객관적인 판단 하에서 결정되어야 한다.

이상과 같이 근대시 초창기 서정시 수용태도와, 문예사조상 중요하게 취급되었던 몇 작품을 분석하여 고찰하면, 1920년대 시의 문예사조적 자리 매김을 어떻게 해야할 지를 방향이 어느 정도는 드러나리라 본다.

2. 초창기 서구시 수용의 지향점

우리 나라에 상징주의 소개는 1916년에 발표된 백대진의 <二十世紀初頭歐洲大文學家를 追憶함>(신세계, 1916.6)과 김억의 <要求

와 悔恨>(학지광, 1916.9)의 글에서 비롯된다. 그후 1930년대까지 황석우, 양주동, 박영희 등에 의해 상징주의가 소개 도입된다. 이렇게 소개 도입된 프랑스 중심의 상징주의는 이론뿐만 아니라 베르렌느, 보들레르 등을 비롯하여 말라르메, 랭보, 사맹, 구르몽, 모레아스, 발레리 등의 시가 번역 소개되었다.

이처럼, 서구시 이론과 번역 수용된 시는 우리의 근대 자유시가 형성에 많은 영향을 끼칠 수밖에 없었다. 이 시기 한국 근대시 형성의 주역은 김억, 황석우, 주요한 등이다. 이들이 가지고 있었던 문학의식과 지향점이 무엇이었는가를 살펴 볼 필요가 있다.

이들은 기존 문학 유산을 지양하고, 그 이전의 유교적 인습과 전통적 사고에 불만을 가지고 있었다. 특히, 육당과 춘원의 계몽 목적의 시가 형식에 반발하였다. 전대 문학에 반발하면서도 우리 문학의 전통적 맥락에서 새롭고 획기적인 새 문학 장르나 시 형태를 모색할 수가 없는 형편이었다. 사실상, 우리의 전통적 문학 형식이 이론적 근거로 하여, 체계화되어 전개된 문학이 아니었다. 그래서, 밀려드는 서구 문예사조에 대처할 만한 힘이 우리에겐 없었다. 1910년대 일본에 유학했던 김억, 황석우, 주요한 등에 의해 1920년대 한국문학이 이끌어졌다. 우리 문단에 이입된 상징주의는 주로 데카당적인 것으로 일본을 중개자로 하여 수용되었다. 이는 그 당시 일본 문단이 퇴폐적인 풍조가 유행하던 시기였기 때문이다.

(일본은 1910년 행덕사건), 그 후도 계속해서 米價의 騰貴, 零細民의 궁핍, 동경 시내의 폭동과 함께 대외적으로 제1차 세계대전이 일어나는 혼동과 불안기에 처해 퇴폐, 우울 풍조의 문학이 성행했다. (中村光夫, 일본근대소설, 224-229, 박호영, 19

78, 68 재인용)

이러한 일본의 문학적 풍토에서 유학한 우리 시인들은 이들에 대한 비판 없이 모방하기에 급급했다. 이들이 한국에 돌아와 1920년대 한국 문단을 담당했다. 그 당시 이들은 역사의식에 그리 투철하지 못했으며, 서구문학을 수용·소화하여 자기화 할 여유도 없었던 것이 사실이다. 따라서 초창기 한국문학은 방향감을 상실한 채, 퇴폐풍조의 문학적 아류에서 방황해야만 했다. 흔히 1920년대 초의 시가 절망·우울·퇴폐와 같은 허무주의적 감성으로 착색된 것은 일제의 식민 정책의 결과라고 한다. 그러나, 그러한 경향이 일제 식민지 상황하였다고 할 수 있지만, 또 한 측면은 일본 문단의 영향, 우리 시인들의 역사의식, 문학적 의식의 부족에서 왔다고 볼 수도 있다.

이러한 문맥에서 생각할 때, 1920년대초 시인들은 역사의식 또는 시의식이 없이, 일본을 거쳐 간접 수입된 서구 상징주의의 데카당적인 정조만 선택적으로 수용했다고 볼 수 있다. 역사적 방향감이 뚜렷했다면 이들이 일본의 유학 자체를 고려했을 것이며, 일방적으로 일본 아류의 문학 풍토에 휩쓸리지도 않았을 것이다. 일제 강점하라는 상황 속에서 지식인의 좌절과 방황은 일본에서 풍미했던 문학의 풍토와 공교롭게도 맞아떨어졌다고 할 수 있다.

그러나 이 지식인들은 3·1운동 실패 이후 식민지 상황이 훨씬 더 심각해지면서 국민 생존에 위협이 왔다는 것을 자각하기에 이르렀다. 이러한 위기의식으로 우리 민족은 일제에 항거하게 되었다. 이 과정에서 시인들은 현상을 올바르게 인식하게 되고, 역사에 대한 정당한 시각을 가지게 된 것이다. 따라서 현실과 역사를 부정한 환상, 신비, 혹은 절망 퇴폐의 시세계만 추구할 수가 없었다. 문학은 삶의 정당성, 역사와 전통을 기반으로 한 근거를 마련해야 했기 때문에 앞의 문학장르에 대한 반성과 자각이 따랐다. 그 시기가 1923-4년경이었다.

   ①우리 주위의 詩作에는 우리 주의를 배경 잡은 사상과 감정은 하나도 없고 남의 주의를 배경 잡은 사상과 감정을 빌어다가 우리의 시작을 삼는 경향이 잇슴에 따라 진정한 '조선시대의 시가'를 어디 볼 수가 업게 됩니다…… 우리 시단에 발표되는 대개의 시가는 암만하여도 조선의 사상과 감정을 배경한 것이 아니고, 엇지 말하면 구두를 신고 갓을 쓴 듯한 창작도 번역도 아닌 작품입니다.(김억, 1924.1.1)

   ②이제부터 나아갈 우리의 길은 다름이 아니라 외국 문학 전제에서 버서나서 국민적 독창문학을 건설함에 잇슴니다. 그러케 하기 위하야서 우리는 우리 민족이 가진 모든 좋은 것 사상으로나 전통으로나 창조력으로 나를 발견하고 해석하고 노래하여야 겠습니다. (주요한, 1924.12)

①은 김억의 글로서 1920년대초 데카당적 서구 문학의 경향에 대하여 반성을 하면서 우리 문학은 우리의 사상과 감정으로 이루어져야 한다는 것이다. ②는 주요한의 글로서 우리 민족의 사상 정서 전통을 표현할 수 있는 국민적 독창문학을 건설해야 한다고 주장하고 있다. 이러한 것에 적합한 것은 민요시라는 것이다. 우리 시의 장래가 역사적 바탕과 전통의 계승 위에서야 함을 인식한 결과의 소산이 민요시였다.

그리고, 그 당시 우리 시인들이 시에 대한 이해와 인식의 정도,

서구시 수용에 대한 관심의 초점은 어떠하였는가?

1910년대 말부터 수용된 시의식은 리듬의식이었다. 김억은 그의 자유시론의 근거를 '호흡률'에 두었고, 시의 본질을 철저하게 음악성에 두었다(김억, 1919.1.13). 이에 비하여 황석우는 시의 회화성을 수용하면서 호흡률, 개성율을 주장하였는데. 결국 '영률'에 귀착되었다(황석우, 1919.9.12, 10.13). 이들의 이론은 양주동, 김기진 등에 의해 지속되었고, 당시 시작품평에서도 운율의 관점에서 비평을 하기도 하였다. 그러나, 그들의 리듬에 대한 이해는 상징주의에서 음악성의 본질과는 상당한 거리가 있다.

대개, 김억이 1919년 쓴 시론으로 보아 그 당시 모든 시는 스스로의 내적 요구에 의해 형식이 결정되어진다는 자유시의 개념을 인식하고 있었다고 본다(정한모, 1974;287-288). 그러나, 김억이 난해한 프랑스 상징주의를 정확히 이해하기란 어려웠을 것이다. 상징주의 시와 시론에 의한 언어의 음악으로서 자유시의 개념을 인식했던 그가 10여년 후에 음절수의 정형을 지키는 '격조시'가 오히려 음율적 효과를 가질 수 있다고 판단하고 있다. 그는 시의 음악성을 외형상의 특성으로 이해하였고, 그 결과 일정한 율격의 틀에 의한 정형시를 추구하였다(김억, 1930.1.17) 즉, 그는 시의 내재율이 시에서 내적 질서에 어떻게 관여하는지 정확한 판단없이 언어의 형태적 배열에만 관심을 두었다. 이로 미루어 생각할 때, 그가 1910년대 말 프랑스 상징주의의 음악성을 얼마나 피상적으로 이해하고 있었는지를 알 수 있다.

피상적으로 이해한 상징주의는 데카당과 같은 유행적 사조로 흐른 나머지 일회적으로 끝났다. 다만, 그러한 영향의 핵심은 상징주의의 계승 발전에 있지 않고 자유시의 형성 발전으로 초점이

맞추어진 것으로 보아진다.

> 자유시의 발상지는 더 말할 것 업이 彼佛蘭西입니다. 자유시 이전에 在한 西詩는 음수 체제 등 복잡한 怪難한 법칙이 지배되어 있었습니다. ......(중략)...... 이 전제 시형에 반항하여 입한 자가 곧 자유시입니다. 자유시는 그 율의 근저를 개성에 置하였습니다. 자유시의 창시자는 피유명한 상징군단의 베를렌느, 말라르메, 베르아렝 등 제 시인입니다(황석우, 매일신보, 1919.11.10)

초창기 우리 자유시의 형성 근거가 서구시에 있다 하더라도, 시인들은 우리 시에 관심을 가졌고, 끊임없이 '우리 시형'을 모색하였다.

김억은 최초의 창작시론인 <시형의 음률과 호흡>(1919)을 발표할 당시부터 20년대 중반기까지 지속적으로 '새로운 조선시형'을 찾아야 한다고 주장했다. 서구 지향의 자유시를 끝까지 고수한 황석우도 서구의 자유시를 배웠으니 '우리의 자유시'를 모색할 것을 주장하였다(황석우, 1919.11.10). 주요한 역시 문학적 이념이 없이 서구시를 모방, 창작하다가 민요를 기초로 한 '우리시형'을 모색하였다(주요한, 1927.3). 이러한 사실은 우리의 문학 전통을 확보하기 위한 노력으로 받아들일 수 있다. 문학양식의 변화는 삶의 양식의 변화와 대응된다. 그러나, 20년대 우리의 자유시는 우리 삶의 변화에 의해 정형시로부터 변화되었다기 보다는 어쩔 수 없이 밀려드는 서구적 경험에 의해 이루어졌다고 생각된다. 하지만, 일본화된 서구시의 경험은 자극일 뿐, 1920년대의 자유시는 잠재되었던 전통 경험의 표출이라고 할 수 있다.

이상과 같은 초창기 서구시 수용태도를 볼 때, 우리 시인들은 사고론적 방향에 관심의 초점을 두지 않았다는 점에 주목할 필요가 있다. 그들이 뚜렷한 역사의식과 시의식을 가지고 상징주의사조를 적극적으로 수용하고, 그것을 창작에 반영했다면, 우리의 근대 초창기 시는 상징주의적 경향이 뚜렷했을 것이다.

1920년대 초기 시인들은 밀려드는 서구화의 격랑에 완전한 동일화도 불가능하고, 그렇다고 전통적 경험을 외면할 수도 없는 갈등 속에서 방향감을 잃어야만 했다. 이는 그들의 자기상실을 의미했다. 자기상실, 자기분열은 20년대초 시에서의 꿈·눈물·슬픔·죽음 등을 쏟아냈다. 이는 자기 상실의 표현인 동시에 회복을 지향하는 인간의 감성 체계에 바탕을 둔 자아의 확산, 내면성의 공간화인 것이다. 이는 상징주의 보다 서구 낭만주의의 세계인식 방법과 미학적 근거에 훨씬 더 가깝다. 또한 그들이 유교적 인습과 전통적 사고에 불만을 가지고, 계몽 목적의 시가에 반발하여 새로운 시형태에로의 변혁을 시도하면서도, 우리의 역사와 전통에 바탕을 둔 '우리 시형'을 끊임없이 모색하고 있다. 이도 혁신을 시도하면서도 여전히 전통의 맥락 속에 위치해 있는 낭만주의 문학 이념과 유사한 것으로 판단된다.

3. 문예사조의 측면에서 시 검토

가. 주요한의 〈불노리〉

주요한의 〈불노리〉는 문학사가들에 의해 불변의 문학사적 위치를 점유해 왔다. 이 <불노리>는 <창조> 창간호(1919.2.1) 첫 면을 장식한 시이다. 이 시가 문학사가들에게 주목을 받은 것은 시 형태에서 자유스러운 형식을 보여준 최초의 자유시라는 점과 표현에서 상징적 수법과 대담성이 있다는 점이다(백철, 1980;115). 이러한 규정 후, 이 논리가 공인된 것처럼 인식되어 왔으나 근년에 들어와서 많은 비판이 있고, 그 결과 <불노리>에 대한 과중한 문학사적 위치가 어느 정도 수정되었다.

본고의 논의의 초점이 문예사조적 자리 매김에 있으므로, 자유시 혹은 산문시라는 점에 대해서는 논외로 하기로 한다.

강우식 교수는 주요한이 일본 상징주의에 심취해 있었으며, <불노리>가 우주적 유추를 통해 수평적 교응(불-물, 하늘-땅)과 수직적 교응(배-능라도)으로 완전한 상징을 이루고, 보들레르의 미학적 근거인 교응상징체계를 가진 작품으로 평가하고 있다(강우식, 1987;70-71). 손광은 교수도 주요한의 <불노리>는 일본적 상징주의의 영향을 받았으며, 오감을 통한 감각적 시어도 관능적 탐미성을 함축하고 있다고 본다(손광은, 1986;85-86). 반면에, 오세영 교수는, 주요한은 1920년대의 낭만주의 시인이며, 그의 문학은 낭만주의 이념에서 고찰되어야 할 것이라고 하면서, <불노리>를 "신구시대 질서, 혹은 리비도의 억압과 해방이라는 명제가 가장 분명히 표상된 시"(오세영, 1983;119-122)라고 평가한다.

과연 그렇다면, <불노리>를 상징주의와 낭만주의 이론 중 어느 호주머니에 넣을 수 있을까?

아아 날이 저믄다. 西便 하늘에, 외로운 江물 우에, 스러져 가는 분홍빗 놀…… 아아 해가 저들면 해가 저들면, 날마다 살

구나무 그늘에 혼자 우는 반이 또 오것마는, 오늘은 四月이라
패 일날 큰길을 물밀어 가는 사람 소리는 듯기만 하여도 흥성
시러운 거슬 웨 나만 혼자 가슴에 눈물을 참을 수 업는고?
    …… (중략) ……
    저어라, 배를, 멀리서 잠자는 綾羅島까지, 물살 빠른 大洞江
을 저어 오르라. 저긔 너의 愛人이 맨발로 서서 기다리는 언덕
으로 곳추 너의 뱃머리를 돌니라. 물결 끄테서 니러나는 추운
바람도 무어시리오, 怪異한 우슴소리도 무어시리오, 사랑 일흔
靑年의 어두운 가슴 속도 너의 게야 무어시리오, 기름자 업시
는 「발금」도 이슬 수 업는 거슬-. 오오 다만 네 確實한 오늘
을 노치지 말라. 오오 사로라, 사로라! 오늘밤! 너의 발간 횃불
을, 발간 입셜을, 눈동자를, 또한 너의 발간 눈물을……
——〈불노리〉의 첫연과 마지막연

이시는 황혼 무렵의 4월 초파일 홍성한 불놀이 광경 묘사와 화
자의 외로움이 대조되어 있다. 화자는 님을 그리워하면서 탄식에
잠겨있으나, 이를 극복하려는 의지를 노래하고 있다. 이 시의 전
체를 지배하는 요소는 "삶과 죽음, 밝음과 어둠, 기쁨과 슬픔, 현
실과 과거 등으로 표상 되는 대립적인 의미구조"(김학동, 1983;57)
를 지니고 있다. 이 시가 표면상으로는 감정의 분출과 홍분과 격
정적인 어조로 좌절과 슬픔의 감정에 지배되고 있는 듯 보이지만,
단순한 절망이나 자기부정으로 떨어지지 않는다. 그것은 화자의
자기 확인 의지 때문이다.

    아아 좀 더 强烈한 熱情에 살고 십다, 저긔 저 횃불처럼 영
긔는 煙氣, 숨맥히는 불꽃의 苦痛속에서라도 더욱 뜨거운 삶을
살고 십다고 뜻밧게 가슴 두근거리는 거슨 나의 마음……
——〈불노리〉 둘째연에서-

연속체의 사설리듬이 지닌 분방한 감정의 분출, 적나라한 자기 고백, 흥분된 어조는 식민지치하의 젊은 학도가 겪는 좌절과 극복의 모습을 시적으로 표현한 것으로 보인다. 이러한 기풍을 상징주의 시라고 할 수 있을까? 상징주의 시는 영혼의 상태에서 현현하는 이상미에 '관념', 원형원리를 부여하고, 지고미와 관념을 시로 표상하기 위해 암시·상징·유추를 사용한다. 그리고 교응의 미학을 구축한 상징주의는 지고미를 향한 인간적인 갈망을 순수시로 표현하고자 한다(김기봉, 1980;64-66). <불노리>에서와 같은 정열은 상징주의 경향이라기 보다는 낭만적 경향에 훨씬 더 가깝다.

<불노리>는 삶과 죽음, 어둠과 밝음, 기쁨과 슬픔, 절망과 희망 등의 대립적 요소가 유창하고 막힘 없이 자연스럽게 4연까지 긴장되고 고조되다가, 마지막 연에서는 좌절이나 슬픔을 딛고 일어설 것을 드러낸다. 이는 화자의 자세로 좌절과 탄식을 극복하고 자아를 실현함으로써 삶의 의의를 찾으려는 낭만적 지향을 보여주고 있는 것이다.

낭만주의의 시작 태도는 자연스러움에 있고, 시어는 정감성, 직관적 고백, 자연스러움 등에 특질이 있다. 형식에서는 끊임없이 해체, 파괴됨으로써 새롭게 지향·생성한다는 것에 근거하여 낭만주의자들이 시에 산문의 리듬을 원용하기도 한다(오세영, 1983; 119-122). 이렇게 볼 때, 화자의 감성체계에 바탕을 둔 자아확산을 기도하고 있는 <불노리>는 그 시작 태도, 시어, 형식 등 모든 면에서 낭만주의 경향을 띠고 있다하겠다.

시에서 상징성과 상징주의 시와는 엄연히 다르다. <불노리>가 서구적 낭만주의의 이론을 근거로 하여 쓰여진 낭만주의 시는 아니다. 이 시를 굳이, 문예사조로서 판별한다면 상징주의보다 낭만주의의 호주머니에 들어간다고 본다.

나. 황석우의 〈벽모의 묘〉

황석우는 1920년대 한국시단을 대표하는 시인 중의 한 사람이다. 일반적으로 그를 상징주의 시인이라고 일컫는다. 그리고 그의 상징주의를 논할 때, 자주 인용되어 온 시가 <碧毛의 猫> (<폐허> 1호, 1920.7)이다.

<blockquote>
어느 날 靈魂의
午睡場(낮잠터)되는
沙漠의 우 수풀 그늘로서
碧毛(파란털)의
고양이가, 내 고적한
마음을 바라다 보며
  (이애, 너의
   온갓 苦惱, 運命을
   나의 熱泉(끌는 샘) 갓흔
   愛에 살적 삵어 주마.
만일, 네 마음이
우리들 世界의
太陽이 되기만하면
基督이 되기만 하면)」
</blockquote>

——「벽모의 묘」 전문

이 시에 대해서는 이미 그 기법 면에 대한 회의적 반응이 거듭

되었다(김학동, 1981;106-107, 조병춘, 1980,121-122, 김용직, 1983; 175-181). 이 시의 중심은 '파란 털의 고양이'에 있다. 1920년대 초반의 시단에서 '고양이'를 표제로 한 시가 몇 작품(이장희의 <봄은 고양이로다>, <고양이의 꿈> 등)이 있는데, 우리 시단에서는 이러한 소재가 생소한 것이었다. 김학동 교수는 <벽모의 묘>가 보들레르의 <惡의 꽃>에 고양이를 소재로 한 작품의 영향을 입고 있다고 본다(김학동, 1981, 106-107). 손광은 교수도 이 작품을 보들레르의 「Le Chat」와 유사하며, 또한 일본의 萩原朔太郎의 <石竹의 靑猫>와 北原白秋의 시와도 유사하다고 한다(손광은, 1986;46-47). 또한 강우식 교수는 이 시가 색채 감각을 통해 악마성을 잘 나타내며, 말라르메의 관념상징의 이론으로 이 시를 해석하고 있다(강우식, 1987;75). 이렇게 이 시를 시적 발상법과 소재의 선택이 보들레르 혹은 말라르메의 영향을 입은 상징주의 시라고 밝히고 있다.

이 시가 프랑스 상징주의의 영향을 받았다고 하지만, 근본 시상이나 기법 적인 면에서 볼 때, 상징주의 시가 될 수 없다. 이 시의 내용은 나의 고적한 영혼을 바라보는 고양이가 '熱泉갓흔 愛'의 소유자일 뿐 아니라, 그것으로 온갖 고뇌를 해소해 줄 수도 있다는 것이다. 그러나 그것은 네 마음이 우리들 세계에 융화되어 '태양'이나 '기독'이 될 때에만 가능하다는 것이다. 이같이 산문의 테두리를 크게 벗어나지 못하며, 다만 그 행절만 구분하고 있을 뿐이다.

그리고 이 시는 당시에 대표적 난해시로 지적되었지만, 난해하다기보다는 애매한 어휘를 구사하여 맥락이 긴밀하지 못하다는 지적이 더 옳을 듯하다. 김용직 교수는 '황석우에게는 일종의 정

서불안정 증세 같은 것이 나타나며', 그의 초기 시들은 심한 병적
의식의 단면을 드러내고 '퇴폐적 분위기를 조성한다'고 파악하고
있다(김용직, 1983;176-178). 또한 황석우는 근대시 방법을 전혀 짐
작하지 못하는 상태에서 무턱대고 한국 근대시의 새차원 개척만
을 서둘고 나선 격이었다(김용직, 1983;181)고 한다. 황석우가 프랑
스 상징주의의 시발상법을 배워 <벽모의 묘> 등의 시를 썼다고
하지만 그의 프랑스 상징주의에 대한 이해는 피상적었다. 이점에
대해서는 정한모 교수도 이미 명료하게 밝히고 있다(정한모, 1973.
10).

한편 <폐허> 창간호에 실린 황석우의 <석양은 지다>, <단곡>
등 9편의 시에 대하여 상징주의 시이며 퇴폐적인 시라고(백철,
1980;172) 평가하기도 하는데, 실제로는 상징주의와 상당한 거리와
한계점을 가지고 있다.

애인아, 밤안으로 홈벅 우서다고
네 우슴이 내 마음을 덥는 한 아즈랑이일진댄
내 우슴이 내 마음의 압헤 드리우는 한 꼿발(花簾)일진댄
나는 그 안에서 내 마음의 곱은 화장을 하마,
네 우슴이 어느 나라에 길떠나는 한 颱風일진댄, 구름일진댄
나는 내 魂을 그 우에 갑야웁게 태우마,
네 우슴이 내 生命의 傷處를 씻는 무슨 液일진댄
나는 네 우슴의 그 꼴는 川墹에 뛰여들마,
네 우슴이 어느 世界의 暗示, 그 생활의 한 曲目의 說明일진
댄
나는 나의 귀의 굿은 못을 빼고 들으마,
네 우슴이 나의게만 열어뵈희는
너의 悲哀의 秘密한 畵帖일진댄

나는 내 마음이 홍수의 속에 잠기도록 울어주마,
애인아 우서라, 석양은 꺼지다.」

──〈석양은 꺼지다〉에서

이시는 55행이나 되며, 연애의 기쁨을 감각적 수식어로 표현되었다. 이 시는 꺼지는 태양을 심상화하고 있다고 보여지는데 그 시상이 화려한 반면에 시의 주제나 의도가 분명히 드러나지 않는다. 이 '생명의 상처', '비애', '울음' 등과 같은 감상주의와 감정주의적 사물인식이 그런 표현의 애매성을 가져오지 않았나 생각된다. 황석우는 그의 시에서 관념적 환상의 세계를 지향하고 있었다. 이런 그의 관념적 환상성은 "1920년대 초반을 풍미한 퇴폐적 페시미즘, 감상적 낭만주의의 진원이 되고 있다."(김영철, 1984;289). 사실, 낭만주의는 경직된 문학관을 거부하고 상상력과 감성 및 주관적 세계인식에 토대하고 있고, 개인의 자유의 속박과, 사회적 혼란에 의해 예술가들은 비현실적 관념세계를 지향케 되었고, 꿈이나 이상을 추구하였다(오세영, 1983;80). 또한 크로체(Croce)는 유럽 낭만주의를 19C말 퇴폐주의도 포함된 포괄적 개념으로 파악하고 있는 것을 볼 때, 황석우의 초기 시에 나타난 시의 특성은 상징주의보다 오히려 낭만적 표현이 특징을 가지고 있다고 보아야 할 것이다.

1920년대 초기시의 슬픔·꿈·죽음·눈물 등의 감정이, 심하게 새것 컴플렉스에 걸려있었던 황석우에게서 와 같이 우리의 전통적인 경험보다 서구적인 관념이 자극에서 즉흥적으로 촉발될 때, 그것은 개인적 감정으로 시종하고 환상과 진통을 겪을 수밖에 없다. 그가 한국 근대시의 새 차원 개척을 위해 보여준 시정신은, 그것이 맹목이라 하더라도 정치·사회·사상·문학 이념에서 기성

체계를 탈피하여 새로운 시대의 새로운 문학을 건설하고자 하는 낭만주의의 문학정신과 일맥상통한다.

황석우의 서구시에 대한 이해의 피상성, <벽모의 묘> 등의 시에서 나타나는 시상이나 기법, 그의 시정신 등으로 판단할 때, 그의 시를 상징주의 시라고 하기는 어렵다. 오히려 그의 시에 나타나는 병적 의식의 단면은 자기 동일성 회복을 위한 낭만적 전략이라고 보아지는 것이다.

다. 이상화의 〈나의 寢室로〉

<백조>파의 시인 중에서 비교적 뛰어난 시인이라고 할 수 있는 이상화의 대표작 <나의 침실로>는 1923년 9월 <백조> 3호에 발표되었다. 이 시는 흔히, 당대 문예사조와 시대적 분위기를 민감하게 대변한 작품으로서 1920년대 문학사의 중요한 위치에 놓여지기도 한다.

이 시에 대한 문예사조적 논의는 낭만주의와 상징주의의 영향 하에 씌어졌다는 것이 거의 대등하게 나타나면서도 낭만주의적 경향으로 기우는 듯하다.

『마돈나』 지금은 밤도, 모든 목거지에, 다니노라 疲困하야 돌아가려는도다, 아, 너도, 먼동이 트기 전으로, 水蜜桃의 네가슴에, 이슬이 맷도록 달려오느라.

『마돈나』 오렵으나, 네집에서 눈으로 遺傳하든 眞珠는, 다두고 몸만 오느라, 아, 어느듯 첫닭이 울고— 뭇개가 짓도다, 나의 아씨여, 너도 듯느냐.

『마돈나』구석지고도 어둔 마음의 거리에서, 나는 두려워 떨며 기다리노라, 아, 어느듯 첫닭이 울고―뭇개가 짓도다, 나의 아씨여, 너도 듯느냐.

『마돈나』지난 밤이 새도록, 내 손수 닥가둔 寢室로 가자, 寢室로!
　낡은 달은 빠지려는데, 내 귀가 듯는 발자욱― 오, 너의 것이냐?

『마돈나』짧은 심지를 더우 잡고, 눈물도 업시 하소연하는 내 맘의 燭불을 봐라,
　洋털가튼 바람결에도 窒息이 되어, 얄푸른 연긔로 꺼지려는도다.

...........<중략>.........

『마돈나』가엽서라, 나는 미치고 말앗는가, 업는 소리를 내 귀가 들음은―.
　내 몸에 피란 피―가슴의 샘이, 말라버린 듯, 마음과 목이 타려는도다.

『마돈나』언젠들 안갈 수잇 스랴, 갈테면, 우리가 가자, 끄을려 가지말고!
　너는 내 말을 밋는『마리아』― 내 寢室이 復活의 洞窟임을 네야 알넌만.....

『마돈나』밤이 주는 꿈, 우리가 얽는 꿈, 사람이 안고 궁그는 목숨의 꿈이 다르지 안흐니,
　아, 어린애 가슴처럼 歲月 모르는 나의 寢室로 가자, 아름답

고 오랜 거긔로

　『마돈나』 별들의 웃음도 흐려지려 하고, 어둔 밤물결도 자자
지려는도다.
　아, 안개가 살아지기 전으로, 네가 와야지, 나의 아씨여, 너
를 부를다.

——〈나의 침실로〉에서

　문덕수 교수는 이상화의 시에서 감상, 눈물, 비애, 죽음의 의식,
탄식 등은 거의 베를레느적 시풍이라고 한다(문덕수, 1969.1). 그리
고 김학동 교수도 <나의 침실로>에 대하여 그 발상법이나 이미지
가 보들레르의 <마돈나에게>(A une Madone)와 유사한 상징주의의
영향을 받은 작품이라고 파악하고 있다. 즉, '마돈나'를 '아씨'로
하여 '침실'로 불러들이려는 이상화의 발상법은 '마돈나'를 '남의
임'이나 '그대'로 하여 세속화시키려는 보들레르의 <마돈나에게>
와 같다고 본다. 또한 그는 '침실'이 동굴, 흙방, 밀실 등과 같은
이미지로서 1920년대 초 모든 시인들에게 공통되는 요소이며, 이
는 보들레르 등 프랑스 상징주의 시인들이 즐겨 쓰던 용어라고 논
급하고 있다(김학동, 1981;120-121). 강우식 교수는 이 시에 대하여
말라르메의 초절상징과 같은 절대세계를 보이고 있다고 한다(강우
식, 1987;89). 이 세 논자의 견해를 종합하면 이상화의 <나의 침실
로>는 프랑스의 상징주의 시인 베를레느, 보들레르, 말라르메 등
에게서 영향을 받은 셈이 된다.
　그러나, 한국 근대시 초창기에 일본을 통해 들어온 프랑스 상징
주의 및 데카당스의 세기말적인 분위기를 받아들인 영향으로 이
를 설명할 수 있을지는 모른다. 그러한 것이 1920년대 한국의 문

학적 상황과 연합될 수 있었음은 가치관과 이념에서 신·구시대의 충돌, 과학적 세계관과 관념적 세계관의 갈등, 그리고 나라 상실에서 오는 정신적 방황, 허무의식 등으로 보아진다. 19세기말에 개화했던 서구의 데카당스가 그보다 30년이나 늦게 서구적 문학 풍토 및 현실과는 전혀 다른 한국에서 다시 꽃피워야 할 하등의 문화사적 필연성이 없다. <나의 침실로>는 식민지라는 정치적 상황과 거기서 공생하는 뿌리 뽑힌 지식인의 허무주의가 깊이 연루되어있다고 본다(오세영, 1981;11-12). 김용직 교수도 이상화를 한국 낭만주의 대표적 시인으로 내세우고 있으며(김용직, 1986.10;147), 신동욱 교수도 진정한 한국의 낭만주의 문학을 이룩한 시인으로 이상화를 평가하고 있다(신동욱, 1976.5;177).

이 시는 <백조> 동인들에게서 일반적으로 볼 수 있는 현실 부정적 태도에서 야기된 도피적 공간의식의 한 시적 표현이라고 볼 수 있다. 5연에서 약한 촛불로 은유화된 화자는 '양털 같은 바람결에도' 하며 '얄푸른 연긔로 꺼'지는 존재다. 즉 화자는 현실에 대결할 의지가 부족한 나약함을 스스로 인정한다. 그러나, 이 시가 도피적 자세를 표명했지만 도피 그 자체에 주제를 둔 것은 아니다. 10연에 이르러 화자가 말하는 '침실'은 '부활의 동굴'임을 드러내며, 미래를 창조하는 공간으로 의미화되고 있다. "시인이 죽음을 원했던 것은 '부정적인 빛'의 상상력으로 제시된 일상적 삶을 버리고자 하는 태도이며, 다시 그가 부활을 갈망했던 것은 '긍정적인 빛'의 상상력으로 제시된 초월적 삶을 지향하는 태도였다(오세영, 1981;26). 이 시에서 동굴을 '아름답고' '오랜 나라'로 인식하고 있는 것은 현실의 부정적 상황에 대응적으로 설정한 행복의 공간 혹은 도피의 공간으로 이를 인식하고 있기 때문이다. 이는 어둡고 폐쇄된 곳을 사랑이나 꿈과 함께 동경하면서 절망을 벗어나고자 한 것으로 파악된다.

그러므로 이 시는 서구의 세기말적 상징주의와는 전혀 다른 문화와 역사적 공간에서 발생된 시이므로 억지로 서구 상징주의 이론을 근거로 하여 설명할 필요는 없다고 본다. 시의 상징성은 신라의 향가에서도 얼마든지 찾을 수 있지만, 그들의 시를 상징주의 시라고 하지는 않는다. 이상화의 <나의 침실로>와 같은 시적 분위기는 식민지 현실의 중압에서 오는 것으로 보아진다. 오히려 꿈과 현실, 외면과 내면 혹은 슬픔과 기쁨의 양극을 함께 보는 낭만적 아이러니의 시적 표현이 시의 주축을 이룬다 하겠다.

이 시에 표현된 남녀의 애정 관계가 관능적인 호소력을 가지면서 동시에 어둠의 세계 즉, 부정적인 세계에서 꿈의 세계를 설정하고 있다. 이는 낭만주의자들이 지향하는 꿈의 세계, 동경의 세계와 같은 의미를 지닌다. 그들의 내면 형식으로서 동경은 사랑으로 나타나며, 또한 무한한 것을 지향하는 그리움으로 표현된다. 낭만주의자들의 이러한 동경은 민족, 민족에의 정신으로부터 근원한다. 이렇게 볼 때, <나의 침실로>는 낭만주의 정신에 그 뿌리를 두고 있다 하겠다.

라. 1920년대 초기 시의 낭만적 상상력

1920년대 초기 <폐허>, <백조>, <장미촌> 등의 동인이었던 황석우, 오상순, 남궁 벽, 변영로, 염상섭, 홍사용, 박종화, 이상화 등은 개인주의를 바탕으로 일상적 가치를 포기하고 이상화된 세계를 추구하기도 하고, 속박의 고통에서 벗어나려는 노력에도 불구하고 좌절의 노래, 죽음의 찬미를 반복해야 했다.

이들은 1920년대 초기에 감성적 우월주의에 빠져 있기도 했다. 낭만주의의 감성적 세계인식은 창조적 자아의 상상력과 관계된다. 한 예로 <백조> 동인들의 경우, 낭만적 주관과 함께 위대한 개인을 발견해냈다.

> 그들(<백조>동인)은 모다 젊은 영웅들이요 어린 천들이였었다. 새로운 예술을 동경하고 커다란 희망을 가슴 기득이 품은 이들이라 ……(중략) …… 그들의 사랑이나 행위나가 모다 엄청나게도 대담하였었고 또 혹은 일부러 대담하듯이 차리기도 한 모양이였었다. 인습타파 노동신성, 연애지상 유미주의 …… 무었이든지 것길 것이 없이 어듸까지든지 자유롭고 멋있게 되는 대로 생각하고 그리고 행하자 …… 그것들이 그들의 한 신조였다
> ──홍사용, 〈백조시대에 남긴 여화〉(조광, 제2권 9호, 1936.9)

이들의 우월주의는 그들 자신이 속물주의와 일반적인 가치 기준 및 상식을 깨버릴 수 있는 인간을 희구하고 염원하는 데서 비롯된다. 이러한 염원을 바탕으로 그들 대부분이 강한 감정의 자생적 분출에 의해 시들을 생산해냈다.

그러나 그들이 신봉했던 위대한 개인의 개념은 3.1운동의 좌절에 따라 결국 무산되고 말았다. 결국, 그들은 "전통적 인습이 개인의 자유와 개성을 억압하는 질곡이라고 느끼고 그것에 항거함으로써 개인주의에로의 탈출을 꾀하였으나, 이 탈출은 식민지적 세계의 억압으로부터의 해방과는 자명하게 연결될 수 없었던 것이었다"(김홍규, 오생근 외 엮음, 1996;405).

일제강점하 지식인으로서 이들이 가졌던 희망은 점점 일그러지고 아무것도 할 수 없는 무기력한 삶을 지속하는 것 외엔 별다른 생존의 방법을 찾기 어려웠다. 따라서, 1920년대 초기, 이들의 시는 대부분이 절망과 좌절과 죽음의 찬미가 반복되었다.

①나는 왕이로소이다. 어머니의 외아들 나는 이러케 왕이로소이다.
　그러나 그러나 눈물의 王! 이 世上 어느 곳에든지 설음 잇는 땅은 모다 王의 나라로소이다.
　　　　　　　——홍사용, 〈나는 왕이로소이다〉(백조 3호, 1923)

②꿈 속에 잠긴 외오운 잠이
　현실을 떠난 '빗의 고개'를 넘으랴 할 때
　비에 문어진 잠의 넘업는 집은
　가엽시 깁히 깁히 문어지도다.
　　　　　　　——박영희, 〈꿈의 나라로〉(백조 2호, 1923)

③어둔 밤 별 아래 뻐드러진 시체에
　영원의 '참'이 잇다 하면
　나는 뛰여가 죽음을 안어
　'참'의 동무가 되려 한다.
　　　　　　　——박종화, 〈밀실로 도라가다〉(백조 1호, 1922)

④환상의 꿈터를 넘어서
　검은 옷을 骸骨 우에 걸고
　말업시 朱土빗 흙을 밟는 무리를 보라,
　이곳에 생명이 잇나니
　　　　　　　——박종화, 〈사의 예찬〉(백조 3호, 1923)

  이처럼 이 시인들이 현실의 고통에서 벗어나려는 갈망을 가지
면서도 좌절 속에서 절망의 노래를 반복하는 것은 낭만적 독백의
정형이다. 그들이 노래했던 '죽음'의 경우, 이 죽음은 인간 생존의
마지막으로서 더 이상 아무 것도 가능할 수 없는 결말의 의미하는
것인가. 그러나, 그들이 노래하는 죽음은 '참'과 '생명'이 있는 황
홀한 비약 혹은 초월을 꿈꾸기도 했으며, 또는 좌절감의 과장된
표현 방법이기도 했다.

  이 당시 문단을 담당했던 시인들은 대부분 20대 초반의 젊은
사람들이었다. 이들은 젊은 지식인인 동시에 문학으로서 남달리
일본에 풍미했던 유사한 시적 경향과 시대 상황에 민감했을 것이
다. 특히, 그들은 정신적으로 고립되고 그에 따라 무력감으로 절
망의 반복을 체험할 수밖에 없었을 것으로 판단된다. 결국 절망감
은 그들을 반사회적 개인주의로 몰았고, 밀실의 공간을 찾게 했으
며, 종국적으로 죽음의 찬미자로 변전시켰다고 할 수 있다.

  이러한 그들의 상황이 1920년대 초기 시의 낭만적 논리와 상상
력을 창출했다고 본다. 하지만, 이 낭만적 상상력이 바탕이 된
1920년대 초기 낭만주의는 식민지 현실 때문에 지속되지 못하고
또다른 양상의 낭만주의 성격으로 변모할 수밖에 없었다. 앞에서
도 언급했듯이 식민지 상황이 점점 악화됨에 따라 민족적 희망이
무너진 상태에서 개인의식에만 머물 수가 없었다.

  서구 낭만주의자들이 초기의 개인주의에서 초개인적인 민족, 민
족주의로 전환한 것처럼 이 당시의 시인들도 자연스럽게 민족 혹
은 국가, 역사, 민속문학에 대한 자각을 보였다.

4. 맺음말

1920년대 시의 문예사조적 자리 매김 문제를 논의하기 위해 우선 근대시 초창기 서구시의 수용태도를 고찰하였다. 그리고 문예사조의 규정은 작품 자체의 분석과 해석을 통해 이루어져야 한다는 관점에서 1920년대 초기 문학사에서 중요하게 다루어왔던 몇 편의 시를 살펴보았다.

초창기 서구시 수용의 주축이었던 김억, 주요한, 황석우 등은 역사의식이나 시의식이 결여된 상태에서 일본 문단을 통한 데카당적 분위기를 받아들였다. 피상적으로 서구시를 이해했던 우리 시인들의 관심은 문예사조론적 방향에 그 초점을 두지 않았다. 그래서 데카당스적 사조는 일회적으로 끝났다. 그들은 유교적 인습과 전통적 사고, 계몽 목적의 시가에 반발하여 새로운 시형태로 변혁을 시도했다. 그러면서도 그들은 우리 역사와 전통에 바탕을 둔 우리의 자유시를 끊임없이 모색하였다. 이러한 서구시 수용태도로 볼 때, 1920년대 시단의 감상 혹은 퇴폐적 분위기는 문예사조 경향의 영향이라기 보다는 1920년대 시대의 갈등 속에서 자기 상실의 표현인 동시에 그 회복을 지향하는 인간의 감성체계에 바탕을 둔 자아의 확산, 내면성의 공간화의 소산이라고 할 수 있다.

주요한의 <불노리>를 흔히 상징주의 시로 자리 매김하고 있다. 이 시는 연속체의 사설리듬, 자유분방한 감정의 분출을 보인다. 삶과 죽음, 어둠과 밝음, 절망과 희망 등의 대립적 요소가 4연까지 자연스럽게 긴장되고 고조되다가 마지막 연에서는 좌절과 슬픔을 극복하고 자아 실현함으로써 삶의 의미를 찾는다. 이 시의 시작 태도, 시어, 형식 등에서 상징주의의 특성을 찾기는 힘들다.

황석우의 <벽모의 묘>를 흔히 그 시적 발상법과 소재의 선택에서 보들레르 혹은 말라르메의 영향을 입은 상징주의 시라고 하기도 한다. 그러나 그 내용은 애매한 어휘 구사와 함께 맥락이 불분명하고, 형식은 산문의 테두리에서 크게 벗어나지 못하고 그 행절만 구분하고 있을 뿐이다. 그가 이 시에서와 같이 관념적 환상의 세계를 지향하고 있는 것은 경직된 문학관의 거부, 자유의 속박과 사회의 혼란에 의해 비롯된다. 그리고 미흡하지만 그가 한국 근대시의 새차원 개혁을 위해 보여준 시 정신은 기성 세대를 탈피하여 새로운 문학을 건설하자는 문학이념이었다고 보아진다. 이상화의 <나의 침실로>는 1920년대 문학사의 중요한 위치에 놓여진다. 이 시를 보들레르, 베르렌느 시의 영향을 받았다고도 하고, 또한 낭만주의 시로 평가하기도 한다. 이 시는 어둠의 세계 혹은 부정의 세계에서 꿈과 동경의 밝은 세계인 긍정의 세계를 지향하고 있다. 이 시가 꿈과 현실, 슬픔과 기쁨 혹은 외면과 내면의 양면을 함께 보이는 것은 낭만적 아이러니의 시적 표현법이다. 그리고 이러한 시적 경향은 자아와 세계의 상실에서 오는 뿌리뽑힌 지식인의 좌절감에서 연루되었을 것이다.

문예사조의 자리 매김과 같이 같은 유형의 묶음이 문학연구의 한 부분이기도 하지만, 사실 서구 문예사조의 척도로서 우리 시를 재단하여 억지로 묶을 필요는 없다. 우리 시가 서구시의 영향을 받았다 할지라도 영시와 프랑스 시가 다르듯이 우리 시와 서구시가 같을 수도, 같을 필요도 없다. 서구시를 수용하고 변혁을 시도하면서도 우리 시를 모색하여 여전히 전통의 맥락 속에 위치해 전개되었던 것이 우리 시의 실상이다. 오히려 서구시의 경험은 자극일 뿐, 1920년대 자유시는 잠재되었던 우리 시 전통 경험의 표출

이라고 할 수 있다. 따라서 시형태, 주제, 시적 발상법 등의 연구
는 우리 문학 전통에 기반을 두고 우리 문학이론에 의해 사조적
자리 매김을 실천하는데 그 중심을 두어야 할 것이다.

굳이, 1920년대 시의 자리 매김을 서구 문예사조 적으로 한다
면, 1920년대 시는 한국적 낭만주의로 묶어야 마땅하리라 본다.
흔히 상징주의라 일컫는 시들이 상징주의 시가 가지는 이론을 충
족시키지 못하고 있다. 서구시 수용태도에서 혁신을 시도하면서
여전히 전통의 맥락에 위치해 있는 문학정신, 주요한의 <불노리>
에서 보여주는 것과 같은 시작태도·시어·형식, 황석우의 감상·
감정적 사물 인식과 기성 세대를 탈피한 새로운 문학 건설의 문학
정신, 이상화의 <나의 침실로>에서와 같은 꿈과 동경의 세계 설
정, 낭만적 아이러니의 시적 표현, <백조>, <폐허>, <장미촌> 동인
들이 추구했던 밀실과 절망, 죽음과 같은 낭만적 상상력 등은 모
두 낭만주의의 미학에 근거를 두고 있다고 판단된다.

참고문헌

강우식, "한국상징주의 시연구,"(박사학위논문), 문화생활사, 1987.
김기봉 편주, 프랑스 문학이론과 선언문, 신아사, 1980.
김붕구, 보들레르, 문학과 지성사, 1982.
김억, "조선심을 배경삼아," 동아일보, 1924.1.1.
김억, "시형의 음율과 호흡," 태서문예신보 제14호, 1919.1.13.
김억, "격조시형론소고," 동아일보, 1930.1.17.
김영철 외, 한국시가의 재조명, 형설출판사, 1984.
김용직, 한국근대시사, 새문사, 1983.

김용직, "현대 한궁의 낭만주의에 관한 연구," 서울대 논문집 14, 1968.

김윤식 · 김현, 한국문학사, 민음사, 1981.

김은전, "김억의 프랑스상징주의 수용양상," 서울대 대학원(박사학위논
　　　문), 1984.

김학동, 한국근대시의 비교문학적 연구, 일조각, 1981.

박호영, "근대시의 형성미학," 서울대 사대 국어교육과, 선청어문, 9집,
　　　1976.

문덕수, "이상화론," 월간문학 8호, 1969.1.

백철, 신문학사조사, 신구문화사, 1980.

손광은, "한국시의 상징주의 수용양상연구," 충남대 대학원(박사학위논
　　　문), 1986.

신동욱, 문학의 해석, 고대출판부, 1976.

신동욱, 이상화의 서정시와 그 아름다움, 새문사, 1981.

오생근 외 엮음, 문예사조의 새로운 이해, 문학과 지성사, 1996.

오세영, 한국낭만주의시연구, 일지사, 1980.

오세영 편, 문예사조, 고려원, 1983.

정한모, 한국현대시문학사, 일지사, 1974.

정한모, "20년대 시인들의 세계와 그 특성," 문학사상, 1973.10.

정한모 · 김재홍 편, 한국대표시평설, 문학세계사, 1983.

조병춘, 한국현대시사, 집문당, 1980.

조연현, 한국현대문학사, 성문각, 1978.

주요한, "노래를 지으시려는 이에게," 조선문단, 제3호, 1924.12.

주요한, "시조부흥은 신시운동에까지," 신민, 제23호,1927.3.

한계전, "한국근대시론 형성에 관한 연구," 서울대 대학원(박사학위논
　　　문), 1983.

황석우, "시화," 매일신보, 1919.9.12, 10.13.

황석우, 조선시단의 발족점과 자유시, "매일신보, 1919.11.10.

근대시의 전개와 기술문제

1. 머리말

월렉과 워렌은 "문학적이며 동시에 역사적인 문학사를 쓰는 것이 가능한 것인가?"(R.웰렉, A. 워렌, 1970;252)라고 물음을 제기하고 있다. 이는 문학사의 기술이 매우 어렵다는 것을 말해주고 있는 것이다. 특히, 현대시사의 기술에서도 문제점이 적지 않게 산재해 있다. 그러나, 조선조의 종말과 더불어 우리의 현대시사가 출발했다고 생각한다면, 거의 1세기 동안 우리 겨레의 얼을 목소리로 담아 민족의식의 젖줄처럼 한국의 현대시는 맥락을 이어왔다고 할 수 있다.

이렇게 볼 때, 이젠 한국 현대시사의 올바른 정리·기술이 가능하며, 필요한 시기가 왔다고 판단된다.

현대시사의 기술에 산재한 문제점 가운데서도 현대시의 기점

설정 문제, 사조사 잡지사 시대사 등을 중심으로 현대시사를 도식화시킨 기술방법 문제, 전통문제, 외국 시의 영향 문제 등은 올바른 현대시사의 기술을 위해 다시 짚고 넘어가야 할 중요한 것들이다.

문학사에서, 앞 시대의 문학은 뒷시대의 문학으로 지속되고, 지속과 함께 변화가 일어나는데, 지속과 변화를 함께 포괄하는 것이 계승이다. 계속은 지속이 있기 때문에 가능하고 변화를 초래하는 데 귀착된다. 어느 시기의 문학, 문학의 어느 갈래, 어느 작품을 모두 지속과 변화를 아울러 내포한 계승으로서 존재하고, 계승되면서 존재한다(조동일, 1980;231). 따라서, 현대시문학사도 작품과 작품, 작가와 작가, 시대와 시대 사이에 숨어있는 지속성 즉, 시문학사의 내재적 흐름을 파악하여 분류·기술되어야 한다. 그럼에도 불구하고 기존의 한국근대시사는 이들을 충족하기에는 아직 미흡한 형편이다.

이에 본고에서는 다음과 같은 기존의 근대시사를 중심으로 기술방법, 시사전개시기 구분, 현대시의 기점 문제, 전통문제, 외국 시의 영향 문제 등을 검토하고자 한다.

    (1)鄭漢模, 韓國現代詩文學社 (一志社, 1974)
    (2)金容稷, 韓國近代詩史(새문사, 1983)
    (3)金容稷 外, 韓國現代詩史研究 (一志社, 1983)
    (4)朴喆熙, 韓國詩史研究(一潮閣, 1980)
    (5)曺秉春, 韓國現代詩史 (集文堂, 1980)
    (6)崔元圭, 韓國現代詩論攷(藝文堂, 1985)

물론, 이들의 시사가 완결된 것이거나 치밀한 문학사의 기술 방법론을 바탕으로 기술된 것으로 보기는 어렵다. 따라서, 이러한 상태의 시사를 검토하는 것 자체에 일종의 오류이거나 공론에 떨어질 위험성을 내포하고 있다. 하지만, 적어도 이들의 저서가 한국 현대시사를 기술하는 데서 중요한 쟁점을 다루고 있으며, 영향력이 어느 정도 크다고 보기 때문에 검토의 대상으로 삼았다.

이러한 기존 근대시사에 대한 검토는 새로운 한국현대시사 기술방법론의 모색에 중요한 선행작업으로 판단된다.

2. 시사의 기술방법론의 검토

가. 기술방법

시사는 시가 역사적으로 어떻게 전개되어 나가는가를 기술하는 것이다. 개별 작품을 분석·해석하여 종합하고 그것이 사적으로 작품과 작품 사이에 어떠한 맥락으로 이어지는가, 그리고, 작가와 작가, 시대와 시대 사이에 게재된 시사의 내적 흐름을 규명하고, 그 흐름에 따라 현대시가 생성·전개되어 온 바를 탐구·기술하는 것이 현대시사 기술의 핵심이라 하겠다.

통례적인 문학사에 서술되고 있는 문학적 사실들의 총계는 문학에 대한 심미적 수용과 생산과정의 단순한 잔재이며, 단순히 수집되고 분류된 과거일 뿐이다. 따라서 그것은 결코 역사가 아니며, 그것은 가장된 역사이다(H.R.야우스, 1983;181). 그러므로, 현대시사의 기술은 과거의 사실이면서도 현재에 살아 숨쉬고 미래에도 끊임없이 근원적인 주제를 제시하는 것이어야 한다. 미래는 과거에서 현재까지 이어온 역사적 누적의 결과로서 나타나게 된다. 사람은 과거를 향해서 살지는 않는다. 미래를 향해 살아간다. 역사의 연구도 이와 마찬가지다. 따라서 시사의 기술도 과거에서 현재까지를 알아서 미래를 예견하고 창조하기 위해서 필요한 것이며, 이것을 최종적인 목표로 삼아야 된다고 생각된다.

우선 정한모 교수의 '현대시문학사'의 기술방법을 살펴보기로 한다. 그는 그의 시문학사에 서론에서 다음과 같이 기술방법에 대하여 언급하고 있다.

> "문학의 사적 전개는 문학 그 자체에 의거하여 고찰하여야 할 것이다. 장르 내지 형태적인 변화, 또는 내면에 흐르는 사조, 기법의 발전과정에 의하여 문학전개를 고찰할 수 있을 것이다. 작품 그 자체 속에 파고 들어가 그 본질을 규명하여야 할 것이다. 언제까지나 생명체로서 유동하는 문학이, 과거에서 현대로 어떻게 전개되어 왔는가를 밝히는 일이 문학사의 할 일일 것이다." (p.9)

정한모 교수의 시사 기술태도는 문학 자체에 의거하여 ①장르 내지 형태적 변화 ②내면에 흐르는 사조 ③기법의 발전과정을 고찰하며 생명체로서 유동하는 문학이 과거에서 현재로 어떻게 전개되고 있는가를 탐구하고 있다. 이를 구체적으로 살펴보면, 첫째, 근대시의 배경으로서 핏속에 흘러 온 시와 역사적 흐름으로서 한국의 '근대'를 서술하고 있다. 핏속에 흘러온 시는 신라의 향가, 고려의 가요, 이조의 시조, 가사를 들고 있고, 한국의 근대는 18C 북학론 등 '근대화'의 선구, 서양의 그림자, 위정척사와 민족의식, 식민지화 과정에서 근대 의식의 발로 등을 기술하고 있다. 둘째,

새로운 시를 위한 태동으로서 여명을 통한 개안, 저항기의 시가, 육당의 시가를 서술하고 있다. 특히, 육당의 시가의 기술은 산실의 조건과 주변, 장르 의식과 명칭, 외래적 요소 등 중점을 두고 있다. 셋째, 초기 시단의 형식과 그 선구로서 <태서문예신보>의 시와 시론, 주요한의 시와 그 지향, 譯詩集의 도입을 서술하고 있다.

김용직 교수도 이 문제에 대하여 그의 <근대시사>의 서론에서 '근대시사의 방법과 성격'이라는 항목으로 매우 밀도 있게 다루고 있다.

> "과거의 문학작품을 발견하고 한정하는데 그치지 않고, 원인과 영항의 테두리를 문학의 제작·전개에 관계되는 여러 배경·여건 쪽으로 넓게 확대시킨다. 그리고 여기서 배경·여건이란 제작자의 체험에서 독자와 그 집단에 미치는 영향까지 포괄한 공간을 뜻한다."(P.36)

김용직 교수도 스필터의 문학사 기술의 4가지 방법 중에서 나름대로의 난점들을 논의하면서, 문학사에서 인과 판단의 영역을 작품 밖에까지 확대시키며, 동시에 시간 개념 역시 경험의 수용이 가능한 제3유형을 택하고 있다. 그는 이것으로 문학사가 역사를 능동태의 입장에서 수용할 수 있고, 그와 함께 문학의 진실을 가능한 한 효과적으로 살펴나갈 수 있다고 믿는다.

그 결과 첫째, 개화기 시가로서 배경 여건과 속성, 개화 가사, 창가, 신체시를 서술하였고 둘째, 본격 근대시의 등장과 전개로서 정치 경제 문화적 여건, 태서문예신보와 근대시의 등장, 3·1운동과 민족의식, <창조> <폐허> 등의 근대시의 유파 형성과 양상을 서술하였다. 셋째 근대시의 제2국면으로서 <백조>시대를 서술하였고, 넷째, 시 전문 집단으로서 <금성파>의 등장을 논의하였다. 다섯째, 민요조 서정시의 형성과 전개를 , 여섯째 현실의 새 발견과 형이상의 차원으로서 金石松, 만해를 서술하였고, 마지막으로 외국 시 수용 문제를 기술하였다.

김용직 외 다수의 필진으로 되어있는 <한국현대시사연구>는 어떤 일관된 시사의 기술방법이 진행되지 않았고, 10년 단위로 시의 전개과정을 구분하여 그 시기의 시와 시를 어떻게 인식하고 있는가의 중심으로 기술하고 있다. 38명의 필진이 정한모 교수 회갑기념논총의 일환으로 각자 다른 방법론과 시관을 가지고 언급하였으며, 대개는 작품 자체의 분석방법과 시의식 문제를 중점으로 하여 기술하였기 때문에 일관된 시사의 기술방법을 기대하기는 어려운 형편이다.

박철희 교수의 <한국시사연구>는 다른 시사에 비교하여 비교적 독특한 기술방법을 취하고 있다. 한국시의 개성적 변화과정 중 극단적인 대립을 보여준 시의 구조를 '자설적 구조'와 '타설적 구조'로 설정하여 기술하고 있다는 점이다.

> "한마디로 한국시가의 역사적 전개를 문학적 교류체에 두어 검토하는 일이다. 문학적 교류체는 횡으로 변화를, 종으로 지속성을 문제삼는다. 문학적 교류체의 방법면에서 본다면 변화에 있어서 뿐 아니라, 지속성에 있어서도 한국시가 자체내의 전체적 유형이라는 문제가 무엇보다도 강조된다."(PP.1~2)

따라서, 모든 변화와 지속성은 그것에 작용한 전체적 유형과 관련지어 다루고 있으며, 전체적 유형은 자설적 구조와 타설적 구조의 대립 및 변화를 지각하고 관련지어 해석하고 있다. 그 결과 한국근대시의 변화와 지속성의 상관 관계를 근대시의 전사적 배경인 조선 시조·개화기 시가를 통하여 고찰하고 있다.

그리고, 어느 시대에서나 시의 형성과 변모는 따로 떨어져 일어나는 독립적인 현상이 아니라 자기 동일적이며, 그 시대와 연관성 속에서 이루어진다고 판단하며, 한국 시가의 역사적 전개를 구조의 대립 및 변화를 가능케 하는 배경을 언급하여 한국 근대시의 지속적 구조와 변화를 해명하고 있다.

조병춘 박사의 <한국현대시사>의 기술은 시대적 계보, 맥락, 유형, 유파를 중심으로 민족의 역사적 사상적 정신사적 표현체로서의 현상적 기능을 분석 평가하고 현대시의 본질적 기능과 심미적 가치를 찾는데 중점을 두었다. 그리고, R. Wellek & A. Warren의 문학이론을 인용하면서,

> "현대시의 사적 전개를 중심으로 재정리·재평가하면서 문학이면서 동시에 역사이어야 하며, 반대로 역사적 배경에서 형성된 문학이라는 기본원칙에 입각하여 작품의 양상을 시대적 전개과정으로 정리하면서 분석·파악하고, 그 생성·전개·소멸의 과정을 역사 자체와의 유기적인 상관 관계에서 파악·연구하고자 하였다."

라고 하였다. 더불어 시사 기술에 형성·전개 여건의 특수성에 비추어 전통적 계승과 주체적 창의성을 축으로 하여 조명하는 태도를 가지고 있다.

최원규 교수의 <한국현대시론고>는 시사는 아니지만 시사의 성격을 강하게 띠고 있다. 그의 기술은 정신사적 측면의 고찰이 주

조를 이루고 있다. 특히, 우리 시의 전통과 역사의식의 체계화를 시도하고 있음을 알 수 있다.

문학이란 인간의 정신이 언어를 매체로 하여 표현된 예술이며, 정신사는 이념이나 세계관의 역사 또는 문학사도 되며, 경우에 따라서 시대 정신의 연구를 뜻하기도 한다(이유영, 1990;142).그러므로, 시사의 기술에서 정신사의 맥락을 찾아 서술하는 일은 매우 중요하다 하겠다.

최원규 교수는 이에, 정신사적 맥락으로는 불교사상을 중심으로 하여, 근대시의 역사적 배경으로서 향가, 속요, 민요, 시조의 배면에 깔린 불교적 요소를 천착하고 있고, 근대시의 형성에서도 육당, 춘원 만해시를 논하면서 불교적 해석 내지는 불교적 영향을 고찰하고 있다. 한편, 근대시의 전개에서는 시대 정신의 고찰로써 근대시의 성립과 전개, 근대시의 과도기적 특질 등을 기술하고 있다.

이상과 같이 6권의 기존 현대시사의 기술방법을 살펴보았다. 문학작품 이해의 역사적 전개는 문학작품의 의미와 형식을 파악하는 것만이 모두는 아니다. 문학의 경험 연관 안에서의 그 역사적 위치와 중요성을 인식하기 위해서 개별 작품을 그것의 문학적 서열에 편입시켜야 한다. 그리고, 문학적 산물이 단지 공시적 및 통시적으로 그 조직들의 연속에서 서술되지 않고, 일반사에 대한 그것 자체의 관계에서도 특수한 역사로서 관찰될 때 비로소 문학사는 완성되는 것이다.

기존 6권의 시사는 나름대로의 기술방법으로 시사를 기술하고 있으나, 작품 자체의 의미와 형식, 작품과 작품의 관계, 작가와 작가, 이들의 역사적 위치 시대사의 배경 등 문학사의 내적 흐름을 파악하여 기술되어야 하는 시사의 기본적인 요구를 충족하기에는 아직 미흡한 감이 있다. 시사의 구색을 맞추기 위해 수단에 떨어진 느낌도 다소는 배제할 수 없다고 보여진다.

나. 시사 전개 시기 구분

현대시의 전반적 흐름을 이해하기 위해서는 현대시의 역사적인 이해인 현대시사가 필요하다. 이러한 현대시의 역사적 이해를 위해서는 우선 시전개의 시기구분이 문제가 된다. 그리고 체계적으로 시사의 흐름을 이해하기 위해서는 시의 형태, 정신사적 흐름, 시의 갈래 등이 문제가 되기도 한다. 특히 근대, 현대라는 용어의 채택과 근대의 기점 설정에 있어서도 혼란을 보인다.

기존의 시사들은 시전개의 시기를 어떻게 구분하고 있는가 살펴보기로 한다.

> 1)정한모의 <시사>
> Ⅰ. 새로운 시를 위한 태동(1883-1918)
> 1. 여명을 향한 개안(19883 근대적신문인 <한성순보> 간행-1909년경까지)
> 2. 저항기의 시가(1896-1909)
> 3. 육당의 시가(1908-1911)
> Ⅱ. 초기 시단의 형성과 그 선구(1918-1926)
> 1. <태서문예신보>의 시와 시론(1918-1919)
> 2. 주요한의 시와 그 지향(1919-1926)
> 3. 역시집 <오뇌의 무도>와 안서 김억의 시(1914-1923)
> 4. 타고르의 본격적 도입(1920-1924)

2)김용직의 <시사>
　Ⅰ. 개화기 시가(1896-1910년대 말)
　Ⅱ. 본격 근대시의 등장과 전개
　　　(태서문예신보, 1918-폐허, 1922)
　Ⅲ. 근대시의 제2국면, <백조>시대(1922-19230
　Ⅳ. 시전문집단, 금성파의 등장(1923-1924)
　Ⅴ. 민요조 서정시의 형성과 전개(1919-1930)
　Ⅵ. 현실의 새 발견과 형이상의 차원
　　　(김석송, 만해의 시, 1924년경-20년대 중반)
　Ⅶ. 해외시 수용의 본론화와 그 양상

3)김용직 외의 <시사연구>
　Ⅰ. 개화가사와 창가의 문학적 의미
　Ⅱ. 1910년대의 시와 그 인식
　Ⅲ. 1920년대의 시와 그 인식
　Ⅳ. 1930년대의 시와 그 인식
　Ⅴ. 1940년대의 시와 그 인식
　Ⅵ. 모국어의 회복과 1950년대의 시적 인식

4)박철희의 <시사연구>
　Ⅰ. 개화기 시가의 구조와 그 배경(개화기-1910년대)
　Ⅱ. 근대시의 구조와 그 배경(1919-1925)
　Ⅲ. 현대시조의 구조와 그 배경
　Ⅳ. 시조부흥론의 재검토(1926-)
　Ⅴ. 육당과 가람의 거리
　Ⅶ. 현대 한국시와 그 '서구적' 잔상(1930년대)

5)조병춘의 <시사>
　Ⅰ. 신시의 형성과 전개양상
　　　(1989년경-정약용, 황현, 최남선, 이광수)

Ⅱ. 1920년대 시의 전개양상
        (주요한, 김억, 김정식, 한용운, 이상화, 경향파 등)
    Ⅲ. 1930년대 시의 전개양상
        (시문학파, 모더니즘, 김광섭, 심훈, 시인부락, 생명
        파, 전원문학, 저항시)
    Ⅳ. 1940년대 시의 전개양상
        (청록파 3인)

6)최원규의 <시론고>
    Ⅰ. 근대시의 형성과 불교
        (만해, 춘원, 육당)
    Ⅱ. 한국 근대시의 전개
        1. 근대시의 성립과 전개
        2. 근대초기 문학의 과도기적 성격
        3. 현대시에 대한 영미시의 영향
        4. 한국 문학의 전통론
    Ⅲ. 한국 현대시의 상황과 인식

　시사 기술의 하한선 시기를 ①정한모 교수와 ②김용직 교수는 1920년대 중반기까지 언급하고 있고, ⑥최원규 교수도 '시사' 성격상 제3부에 해당하는 <Ⅲ>을 제외한다면 1920년대 중반까지의 기술이라고 보아진다. ④박철희 교수는 시조를 중심으로 하여 기술한 것이 특색이며 <Ⅵ>항을 포함한다면 1930년대 모더니즘까지 기술하고 있는 것으로 볼 수 있다. ③의 김용직 교수 외의 시사가 1950년대까지, ⑤조병춘 박사는 거의 1980년대에 씌여졌고 그 나머지의 시사는 거의 1980년대에 씌어졌기 때문에 적어도 시사의 기술의 하한선이 1950년대 정도까지는 가능하지 않은가 생각된다.

　(1)정한모 교수의 <시사>는 근대시의 배경부터 논의하여 1910년

대초까지 새로운 시를 위한 태동기로 보고 1910년대 말부터 초기 근대시단의 형성으로 시기를 구분하고 있다. 상당히 많은 자료와 검증을 통하여 서술하고 있는데 비해 1910년대 초부터 1910년대 말까지 6-7년에 대해서는 이렇다할 서술이 없고 공백기를 인정하는 느낌이 든다. 다만, 이 시기의 서술은 <청춘>지(1914.10.1-1918.9.26)의 시에 대한 간단한 언급이 있을 뿐이다. 이러한 점은 위에 든 나머지 5권의 시사 모두 대동소이하다. 대개 <태서문예신보>를 근대시의 기점으로 잡는데, 신체시에서 근대시로 넘어오는 과정의 6-7년이 공백기로 인정될 수는 없는 일이다. 앞 시대의 문학이 공백기를 두고 뒷 시대의 문학으로 뛰어넘을 수는 없는 것이다. 문학의 흐름은 지속과 변화를 함께 포괄하여 계승된다.

가령 예를 들어, <학지광>(1914.4-1930.4)에 발표된 시중에서 1918년 <태서문예신보>가 발간되기 이전의 17호까지 (1918.8.15)의 시에 대하여 살펴본다면 약 20여편의 자유시체를 갖춘 시들이 있다. 이들의 시가 형태적 혼류와 장르의식의 결여의 결과라 할 수가 있다. 물론 신체시적 요소가 다분히 있긴 하지만 상당 부분은 또한 근대시적 요소를 가지고 있다. 이들의 시가 육당이나 춘원에서 찾아볼 수 없는 진보된 형태의 시라면 충분히 연구하여, 1920년대 이전의 전사를 인정해야 한다고 생각된다.

(2)김용직 교수의 <시사>는 <태서문예신보>-창조파-<폐허>-<백조>-<금성> 등으로 이어지는 동인지 중심의 시사적 전개라는 인상이 짙다. 그리고, 외국시의 수용문제를 다루는 데서 김억을 시사의 맥락에 넣어 하나의 흐름으로 잡지 않고 있어, 별개의 시사와 같은 인상을 준다.

(3)과 (5)는 10년 단위로 시사의 전개 시기를 구분하고 있는데.

시유파가 흡사하게 1910년대부터 1940년대까지 10년 단위로 공교
롭게도 비슷하게 맞아떨어지기 때문에 가능한 것으로 보여지나,
이는 위험성을 내포하고 있다.

(4)의 시사의 시기구분은 모호하다. 시조→사설시조→개화기 시
가→근대시(시조)와 같이 진행된 김소월 등을 언급하고 있는데,
1920년대 초기시의 형성 전개를 다루었다고 하기에는 미흡하다.
그리고, 1920년대 후반기의 시, 시문학파 등에 대한 아무런 언급
도 없이 모디니즘을 다루고 있어 근대시사의 구색을 맞추기 위한
것이라 생각된다.

(6)의 시사는 시사 기술을 목표로 두지 않았기 때문에 시사전개
의 시기구분은 명확하지 않다.

1920년대 중반부터 1930년대까지는 해외시의 영향에 관한 것의
중심으로 다루었고, 1940년대 이후는 중요 몇 시인만을 다루고 있
어 일관된 관점의 시사기술은 미흡한 편이다. 통일된 시기부분,
통일된 관점으로 기술한 시사의 성격보다는 책의 제목과 같이 '시
론고'의 성격이 강하다고 할 수 있다.

이상과 같이 현대시사 전개의 시기구분은 대개는 미흡한 편이
거나 1920년대 초반까지 기술에 멈추고 있는 실정이어서 2000년
대를 목전에 두고 있는 현시점에서 현대시사의 시기구분과 기술
에 대한 재검토가 필요하다고 생각된다. 현대시사의 전개 시기 구
분은 본질적으로 시사의 내적 흐름과 관련지어 부수적으로 사조
사, 문단사, 잡지사, 정치 경제, 사회사를 도입하면서 서술하여야
할 것으로 판단된다.

다. 근대시의 기점

근대시사를 기술하는 데에서 가장 먼저 부딪히는 문제는 근대문학과 현대문학의 개념규정과 기점문제다. 보통, 한국문학을 크게 나눌 때는 고전문학과 현대문학으로 나눈다. 다시 현대문학을 나눈다며 근대문학과 현대문학으로 구분할 수 있다. 근대 이전 문학은 근대문학의 성격을 띠면서도 다분히 고전문학의 잔재도 많이 남아있다.

그러나, 근대이전 문학은 분명 고전문학과 다르기 때문에 넓은 범주의 근대문학에 넣어야 타당하다고 생각된다.

그러면 넓은 의미로는 근대문학, 현대문학으로 나누어 봄이 타당하다고 생각된다.

시에서 근대시와 현대시의 구분은 시기적으로 거론할 때 어려운 면을 지니고 있다. 통칭 <시문학>이 출발한 시기부터 경계로 삼기도 하나 그 이전으로 소급하기도 한다. 김용직 교수에 의하면 근대시는 탈봉건, 근대적 의장을 가진 것이어야 하며 그 의식의 밑바닥에 예술성 추구를 최우선 선행시켜야 한다고 언급하고 있따. 그리고, 1930년대 초기의 시문학이 나왔을 때는 이미 정지용, 김영랑 등의 현대적 의장을 갖춘 작품이 나왔기 때문에 근대문학과 현대문학의 시기구분을 1930년 전후로 보고 있다. 이렇게 볼 때 근대이전 시가는 문학작품이라는 의식에서 씌어졌기보다는 개화·계몽에 들 뜬 측면이 더욱 강하기 때문에 근대시로 보기는 어렵다. 그러나, 신체시 혹은 개화기 시가는 고전시가에서 근대시에도 이행되는 과정의 시 형태이기 때문에 근대시의 기점은 근대이전 시가의 출발부터 잡는데 무리가 없을 것으로 보여진다.

앞의 시사들에서 어떻게 근대시의 기점을 잡았는가 살펴보고, 다른 현대문학사와도 견주어 살펴보기로 한다.

  1)시사 또는 시 연구 논저의 근대시 (혹은 현대시)의 기점
    정한모 <한국현대시문학사>-갑오경장
    김용직 <한국근대시사>-창가와 신체시
    박철희 <한국시사연구>-<불노리>
    김용직 외 <한국시사연구>-개항기
    조병춘 <한국현대시사>-최남선
    최원규 <한국현대시론고>-육당

    김춘수 <한국현대시형태론>-창가,신체시
    송민호 <한국시가문학사>-1908년
    신동욱 <우리시의 역사적 연구>-1908
    오세영 <근대시와 현대시>-18세기 후반(사설시조)
    조지훈 <한국현대시문학사>-<불노리>
    김학동 <한국근대시의 비교문학적 연구>-<불노리>

  2)현대 문학사에서 근대시(혹은 현대시) 기점
    임 화 <문학의 논리>-갑오경장
    백 철 <조선신문학사조사>-갑오경장
    조연현 <한국현대문학사>-갑오경장
    박영희 <현대한국문학사>-육당, 춘원,1900년 이후
    김윤식.김현 <한국문학사>-영 · 정조 시대
    장덕순 <한국문학사>-1870년대
    김영호 <근대 문학론의 기본쟁점>-영 · 정조 시대
    송현호 <문학사 기술방법론>-영 · 정조 시대
    조동일 <한국 근대문학 형성과정론연구>-17세기

근대문학의 기점문제를 종합하여 본다면 대개 ①영·정조 시대를 기점으로 하는 설 ②갑오경장을 기점으로 하는 설로 크게 두 가지로 묶을 수 있다. 전자의 대표적인 주장은 김윤식·김현의 <한국문학사>에서라고 볼 수 있고, 후자의 경우의 대표적 주장자는 김용직 교수다.

근대시의 기점에 대한 논의에 있어서 일반화된 견해는 갑오경장을 기점으로 하는 설이다. (1),(2),(4)의 '사사' 등에서 갑오경장을 기점으로 하고 있다. 물론 갑오경장의 시기는 갑오경장이 일어난 1894년에 한정된 개념이다. 갑오경장을 계기로 하여 신교육 실시, 개화기 신생활 운동, 국어운동의 전개, 기독교 전파, 근대적 신문 간행 등의 모습이 확연히 드러난다.

그러므로, 갑오경장 이후의 근대시 출발점은 크게 묶어 이 범주로 넣는 것이 통례다. 임화(문학의 논리), 백철(신문학사조사). 정한모 교수 등은 갑오경장, 조병춘 최원규 교수는 최남선과 이광수를, 송민호(한국시가문학사), 신동욱(우리 시의 역사적 연구) 교수는 1908년경을, 조지훈(한국현대시문학사), 박철희, 김학동(한국 근대시의 비교문학적 연구) 교수는 <불노리>를 기점으로 잡고 있다. 이렇게 본다면 근대시 기점에서 갑오경장설은 1894년 전후로 한 갑오경장부터 <불노리>가 나온 1920년경까지의 제설을 흡수할 수 있다고 보아진다.

영·정조 시대를 근대문학의 기점으로 잡는 설은 종래에 가장 보현화되고 있는 일반적인 갑오경장 기점설을 부정하는 데서 출발한다. 외래의 충격에 의해 새로운 문학이 출발했다 하더라도 그 나름대로의 내적 질서가 있을 것이 분명함으로 그 기준에 의해 다시 정리하여야 한다는 논리에서 출발된다.

이러한 논리에 선 연구자들은 김윤식·김현, 조동일(한국근대문학형성과정론), 오세영, 김병호(근대문학론의 기본 쟁점) 교수 등이다. 김윤식·김현 교수는 <한국문학사>에서 그 이전의 갑오경장 기점설이 지닌 문제를 비판하면서 개화기에 이식된 유럽 문화를 완전한 우리의 모델로 생각해서는 안되며, 이식문화론과 전통단절론은 이론적으로 극복되어야 하며, 한국문학은 그 나름의 신성한 것을 찾아내야 한다는 것이다. 또한 이들은 갑오경장이 밖으로부터든 위로부터든 어느 정도나 근대화가 이루어졌는지 의심스럽다고 비판하고, 창가와 신체시에서 보이는 근대시적 요소가 사설시조와 얼마한한 거리가 있는가에 의문을 제기하고 있다.

오세영 교수도 근대시의 기점을 영·정조(18C)로 보고 있다.

"우리 근대문학의 기점이 18세기라면 근대새의 출발 역시 이 시기로 잡는 것은 당연하다. 나는 우리의 근대시가 18세기 사설시조에서 비롯한다고 생각한다. 민족의 소멸이 없는 한 전통의 단절이 있을 수 없다고 할 때, 우리 민족 문학의 서정 양식을 대변한 시조에서 현대시가 배태하였다고 보는 논리는 자연스럽다.…… 이 사설시조가 19세기의 여러 외래적인 요소를 수용하면서 실험을 거친 뒤에 자유시로 된 것이다. 따라서, 그 형식적인 측면만을 고려할 경우 사설시조로부터 1920년대 요한, 안서, 상아탑 등의 작품에 이르는 기간은 정형시에서 자유시로 전환하는 과도기라고 봄이 옳다."(오세영, 1984;110)

이렇게 근대시는 개화가사나 창가에서가 아니라 사설시조에서 비롯되었다고 파악하면서, 요한이나 안서 등은 근대시의 완성자가 아니라 자유시의 완성자라 할 수 있으며, 우리의 근대시라 함은 18세기 이후 1920년대까지의 전체시를 일컫는 명칭이 되어야 한다고 주장하고 있다.

이에 김용직 교수는 근대문학의 기점을 영·정조로 소급하려는 의도와 그 의의에 대하여 수긍하면서도 문학작품의 생산에서, 영 정조 시대에 근대적 성격을 지녔던 작품이 그후 개항기까지에 이르는 동안 나오지 못했던 시간적 공백을 설명할 길이 없다고 논급하고 있다.

그리고, 영·정조의 근대적 작품도 개항기의 작품과 직접적인 맥락이 닿지 않는 듯하다고 하고 언급하고 있다. 결국, 이는 근대문학의 싹틈이 비록 영·정조에 보였다고 할지라도 그것은 본격적인 것이 아니며, 개항기에 이르러 비로소 본격적인 의매의 근대화 이루어졌으며, 어디까지나 주체적인 입장에서 외적인 충격을 수용하면서 우리 문학이 발전되어 왔다는 주장이다.

갑오경장 기점설의 대표적 논자라고 할 수 있는 김용직 교수의 논지는 타당성이 있고 수긍이 가는 것이다. 그러나, 이러한 주장이 타당성을 지니고 객관화되기 위해서는 ① 갑오경장과 영·정조시대의 근대화의 뚜렷한 차이 ② 사설시조와 창가와 신체시 등에서 나타나는 근대적 요소가 얼마만한 거리가 있는가를 명쾌하게 밝혀야 한다고 본다.

그리고, 근대문학의 영·정조 기점설이 타당해지려면, 김윤식·김현 교수, 사설시조에서 근대시적 요소를 분석해낸 오세영 교수 등의 논지들이 영·정조 이후 갑오경장까지에 이르는 근대시적 요소를 지닌 작품 생산의 공백, 영·정조와 갑오경장의 문학전통의 단절 등의 문제를 좀 더 구체적으로 납득할 만한 해명이 있어야 한다고 판단된다.

그러나, 시 전통의 계승은 계기적으로 이어질 수 있다. 영·정조 시대의 사설시조가 개화기에 상당수 창작되었으며 형태면에서 1920년대에 다시 산문시로 되풀이되었다는 주장(박철희, 김열규, 오세영)도 타당성이 인정된다. 따라서, 필자는 한국 근대시의 기점은 민족의 주체성을 부각시키지 않는다 해도 17,8세기 영·정조시대로 잡는 것이 타당하다고 판단된다.

라. 전통의 문제

우리의 문학사를 흔히 고전문학과 현대문학으로 구분하여 연구해 왔듯이, 우리의 시문학사도 고시가와 현대새로 구분하여 연구되어 온 셈이다. 한 나라의 문학연구에서 시대별 연구가 당연하다 하겠으나, 양자간에 현격한 차이가 있는 것으로 인식되어 전통 단절론까지도 대두되었던 것이다.

이러한 논의는 1962년 ≪사상계≫ 5월호에서 '단절이냐 접합이냐? 한국현대시 50년이 제문제'라는 문학 토론에서 전통의 단절론이 구체적으로 제기된 이래 오늘날까지 지속되고 있다. 여기에 참석했던 사람 중에서 유종호, 이어령 두 사람은 전통의 단절을, 조지훈, 박목월, 김종길 등은 전통의 접합을 주장했다. 단절론을 편 이어령 교수는 정지용의 시가 4.4조의 율격에서 완전히 탈피했기 때문에 그의 시를 현대시의 전환점으로 보고 있고, 조지훈 교수는 정지용의 시 '향수' 등의 초기 시편에 나타나는 후렴을 육당이나 변영로 등의 시에서 보여주는 것과 같은 창가투의 형식의 잔재이며 전개라고 밝혔다.(사상계, 1962, 5월호;314-316)

그러나, 이들의 논지는 다소 피상적이고 감상적이기까지 하다.

전통이란 역사적으로 살아 있는 과거로서, 과거를 위해서가 아니라 현재에 살아 숨쉬고 미래의 전망을 위해서 근거가 되어야 하며, 기존의 것에서 긍정적인 요소를 발전시키되 새로운 것을 수용하여 생명력을 지속시켜야만 비로소 전통의 계승이 가능하리라 본다.

이러한 의미에서, 최원규 교수 전통에 관한 언급은 의미있는 것이다.

> "전통은 하나의 창조적인 정신의 불멸적인 미래를 뒷받침해주는 어떤 주체적인 역량의 성질을 말한다. 또한 전통이란 주관적 전승으로 일관성 있는 과거가 현재에 동화되며 미래에로의 끝없는 근원적 주제를 제시하기 마련이다. 이 때문에 전통은 우선 역사의식을 내포하고 있으며 현재에 대한 정신적 인식이 수반된다. 따라서 그것은 문화예술의 영구성 위에 기반을 둔다. 다시 말하면 문화예술의 영구성은 과거와 현재와 공시적이며 공존적인 의미와 질서를 형설한다.
> 그것은 전통을 민족정신 내지 민족정서를 지니고 있는 하나의 독자적인 정신이라고 말할 때 그 역사의식이나 공간적인 사회 환경에서 배출되는 다양성을 종합하여 총화된 것을 찾을 수밖에 없는 것이다."(최원규, 1985;15)

그러므로, 전통은 과거적인 것, 고정불변의 것이 아니다. 전통에 대한 부정적인 견해를 지니고 있는 논지를 살펴보면 전통을 고정적이고 불변적인 것으로 파악하고 있다. 전통이란 문화적, 역사적 개념이다. 횡적으로 단절된 것처럼 보이나 궁극적으로는 계승되고 있으며, 외래적인 것의 수용을 통하여 창조·변혁되어 생명력을 유지하고 있다.

우리의 현대시에서 전통의 계승은 다음의 글에서도 잘 표현해

주고 있으며, 전통에 대한 논의에 시사하는 바가 크다고 하겠다.

> "한국 현대시의 전통적 율격의 발전과정에서 소월은 그 기
> 반을 구축하고 목월은 이를 한층 더 현대적으로 세련시킴으로
> 써 하나로 이어지는 율격의 전통을 더욱 생명적인 것으로 살
> 려 놓았다. 이와같이 면면한 전통적 율격은 오늘날 젊은 시인
> 의 작품에서도 든든한 구조로서 살아있다."(정한모, 1981;41)

당대에서 단절되어 보이는 전통도 종적으로 거시적으로 바라볼
때 계승되고 있는 것이며, 따라서 전통이 계승되기 위해서는 외래
적인 충격을 수용하여 부정적인 요소는 버리고 긍정적인 요인은
발전 계승시켜 나가야 할 것이다.

그러면, 6권의 시사에서는 어떻게 우리 시의 전통을 바라보는가
를 살펴보기로 한다.

(1)정한모 교수의 <시사>에서는 전통에 대하여 많은 관심을 갖
고 전통문제를 적극적으로 수용하고 있다. 그래서 근대시의 배경
으로서 '핏속에 흘러 온 시'의 전통에 대하여 논의하고 있다. 신라
의 향가, 고려의 가요, 이조의 시조와 가사 등 훌륭한 시들이 우리
의 핏속에 흘러 지금까지 계승되어 왔음을 강조하고 있다. 그리고
이러한 시의 전통은 개화기를 맞아 서구의 낯선 새로움을 받아들
이기에 바쁜 나머지 잠시 등한시했으나, 방법과 태도에 자각과 반
성을 갖게 되면서 잠시 잊었던 핏속의 시가 다시 소생하기 시작하
였다고 본다. 그리고 정한모 교수도 육당의 시가의 형태적 특성을
고려하여 시사에서의 장르적 계보를 외래적인 요소와 전통적인
요소로 나누어 우리시의 전통을 도표화하고 있다. 이에 의하면,
우리의 신시는 개화기 가사, 시조 등의 전통적인 요소와 창가, 찬

송가 등 외래적인 요소가 결합되어 형성되었으며, 이것이 다시 정형률, 자유율로 변화하고 또 다시 자유시와 산문시로 발전하였다고 한다.(정한모, 1974;242)

(2)김용직 교수는 그의 <시사>에서 우리 시사의 전개를 개화가사-창가-신체시-본격 근대시의 과정으로 파악하면서 이들이 우리 시의 전통적 맥락에 잇닿아 있음을 주장하고 있다.

김용직 교수는 개화기 가사에 대하여 "그 기점이 바로 고전시가에 잇닿은 까닭이겠지만 대부분의 개화가사에는 상당량에 달하는 전근대적 요소가 나타난다. 우선 이 유형에 속하는 작품들은 그 형태부터가 우리 고전시가의 한 갈래인 가사양식 그대로다."(김용직, 1983;61) 라고 언급하면서, 개화가사의 진보적인 단면을 서구적 충격의 결과로만 보는 것은 온당치 않다고 보고 엄연히 그것은 전통의 흐름을 딛고 선 것이라는 계승적 측면을 강조하고 있다. 다만 거기에 시대상황이라든가 사회의식이 반영된 점은 인정되어야 한다고 언급했다.

그리고, 창가에 대하여는 개화가사가 가창되는 경우 곡조가 우리 주변의 재래종 가락을 뜻하나 창가의 곡조는 반드시 서양의 악곡을 뜻하는 것으로 과도기적 양식이라고 칭하고 형태면에서 개화가사와 달리 혁신적임을 논의하고 있다.

이러한 창가와 찬송가가 4.4조 중심의 우리 재래 시가의 율격을 뒤흔들었으며, 다음 단계에서 신체시로 탈바꿈해 갔다고 논급하고 있다.

한편 문화는 생리적으로 남의 것을 수용, 포괄하는 가운데 형태를 이루어가는 적층적 구조물이라고 설명하면서 우리 개화기 시가에 충격을 가한 서구 문화는 매우 활력에 차 있었으므로 그들의 수용·자양화 하는 것은 당시 우리 시의 새 국면 타개에 적지 않게 바람직한 일이라고 파악하고 있다(김용직, 1983;92). 이렇게 볼 때, 김용직 교수는 전통계승을 강조하면서도 서구시의 충격과 이에 따른 새로운 면모의 시에로의 발전도 함께 긍정적으로 보고 있는 셈이다. 그렇다면 김용직 교수의 전통 계승관은 우리 시들이 이미 지니고 있는 전통이 계승되어 지금까지 왔으며 고유한 것의 계승적 측면이 아니고, 남의 것이지만 외래적인 요소가 받아들여지고 이들의 장점을 잘 살려 우리시의 새로운 전통으로 세워나가자는 입장으로 받아들여진다.

(3)김용직 외의 <시사연구>는 각 연대별 시사의 성격을 기술한 필진이 모두 다르기 때문에 현대시의 전통에 대한 일관된 견해가 나타나지 않는다.

④ 박철희 교수의 <시사연구>는 한국시가의 변화와 지속성을 자설적, 타설적 요소로 파악하면서 전통적 요소의 계승을 적극적으로 강조하고 있다. 박철희 교수는 향가-여요-시조-개화기시가-근대시에 이르는 한국 시가의 흐름은 우리 특유의 말소리로 일관하기 때문에 각 시대마다 보여준 형태의 변화에도 불구하고 그 밑바닥에는 우리의 독특한 형식체험이 잔영으로 남아 있다고 본다. 따라서, 그의 <시사연구>에서는 한국 근대시의 변화와 지속성의 상관관계를 근대시의 전사적 배경인 조선시대의 시조, 개화기 시가를 통하여 고찰하고, 시조와 근대 이후의 시와의 내면적인 연관과 그 연관의 전개형태를 고찰하여 전통의 내부에서 근대로 이어지는 내적인 자기 전개 논리를 주장하고 있다.

특히, 사설시조는 자유시의 기초를 닦게 해 준 내적 배경이며 사설시조의 산문성은 1920년데 주요한, 한용운을 거쳐 서정주, 박두진에 이어온 한국시사의 미학적 기반이라는 것을 강조하면서 다음과 같이 논지를 펴고 있다.

> "사설시조의 자설적 요소가 바로 자유시의 내적 속성으로 보아지는 것이다. 그만큼 자설적인 요소는 타설적 인 것과의 주기적인 순환이며 잠재적이고 기존적인 자기요소로서의 내부적 기반 인 것이다. …… (중략)…… 사실 사설시조가 형식면에서 평시조의 율격을 따르면서도 무율에 접근한 시, 말하자면 무형시다. 시조가 갖는 장과 구의 배열을 무시하였을 때 사설시조와 자유시는 그 형식이 동일한 것이다."(박철희, 1980;59)

그리고, 민요, 향가, 속요, 사설시조, 시조 등이 자설적·타설적의 기층적 대립 및 순환을 통하여 근대 이후의 시 특히 <진달래꽃>과 <님의 침묵>을 포괄하여 한국시가의 지속적 구조 및 변화를 보여주었다고 파악하여 한국 현대시의 전통적 계승을 강조하고 있다.

(5)조병춘 박사의 <시사>의 서문인 '책머리에'에서는 현대시사의 전개를 사적 배경과 그 내적 명맥을 잇고 있는 전통적 계통을 찾아 연구하는 것이 바람직한 일이라 생각한다면서, 한국의 현대시를 전통과 독창성, 주체와 주체적 소화에서 형성 발전되어 온 것으로 맥락을 잡아 실제로 시사 기술에서는 전통적 맥락의 천착이 미흡하다는 것을 불식시키지 못하고 있다.

다만, 시집의 형성에서 정약용의 문학관과 역사의식, 황매천의 시의식과 민요가 그의 근간이 된다는 정도이다. 즉 정다산은 역사의식을 뒷받침으로 하여 문학을 당대의 정치. 사회상을 가차없이 비판하고 공격했음과 매청의 시의식은 당대의 현실을 날카롭게

응시했으며, 민요는 신시의 사상적 구조나 예술성보다 웃도는 우수한 것들이 적지 않다는 것이다.

그리고, 조병춘 박사는 시사 전개에서 모더니즘을 재래 한국시의 풍토를 극복하는 새로운 문학사조로서의 이식론을 펴 전통의 단절감을 느끼게 한다. 이렇게 모더니즘이 편석촌, 이양하, 최재서 등에 의해서 소개된 구미의 주지주의와 이미지즘 시운동의 이념과 기법에 영향을 받아 1920년대 시운동과는 뚜렷한 선을 긋는 시적 특성을 보여준다는 것이다.

그러나, 이는 종래의 보편화된 견해로서 10년 단위로 문학사를 도식화시켰던 시대사 위주의 문학사 기술방식에서 탈피하지 못한 것임을 알 수 있다.

이에 정한모, 한계전, 문덕수, 김시태 교수 등은 모더니즘의 기점을 1926년으로 상정하고 있다.

특히, 정한모 교수는 지금까지 1920년대의 시들을 근대시, 1930년대 시를 현대시로 구분하여 왔음을 비판하고, 현대시 기점을 1930년대 모더니즘의 시로 잡은 것도 더불어 비판하고 있다. 즉 김소월의 <진달래 꽃>(1925)과 한용운의 <님의 침묵>(1926) 두 시집이 현대시사에 중요한 위치로서 현대시의 기점으로 삼기에 손색이 없는 무게를 지니고 있으며, 시문학파나 모더니즘은 모두 1920년대 후반기 문학 활동의 연장선상에서 파악되어야 한다는 것이다. 그 예로 현대시의 기점을 1930년대 초로 보는 근거가 순수시를 제창하는 시문학파의 신선한 자극과, 편석촌을 중심으로 한 모더니즘 도입의 충격인데, 정지용의 경우 현대시의 신선한 매력을 지닌 현대시라고 할 수 있는 <카페프랑스>(1926.6), <Dahlia>(26.11), <향수>(1927.1), <슬픈기차>(1927.5), <말>(1927) 등이 1926,

7년경에 발표되었다는 것이다.

(6)최원규의 <시론고>에서는 특히, 전통을 강조하고 있다. 한국 근대시의 역사적 배경으로서 특질을 불교적 영향관계로 파악하고 있다. 한국 시가에 한민족 고유 기질의 예술성에 강력히 영향을 준 불교적 성격을 근대시까지 연결지어 하나의 시적 전통의 지속성으로 파악하고 있다. 이러한 '불교적 사유가 향가를 비롯하여 속요, 민요, 시조 속에 나타났고 그 영향이 한국 근대시의 개척 역할을 한 최남선, 이광수, 한용운으로 이어졌으며, 마침내는 현대 시인까지 계보를 형성했다고 본다'(최원규, 1985;17). 이어 근대시의 역사적 배경으로서 향가, 속요, 민요, 시조 등에 불교사상이 어떻게 수용되었는가 천착하여 근대시로 전개될 수 있는 맥락에서 전통 시가의 불교적 성격을 고찰하였다. 이러한 불교사상의 시적 변용은 조선 말기 국권의 상실과 함께 필연적으로 육당의 조선주의, 춘원의 민족주의, 만해의 불교정신으로 흡수되어 한국 근대시의 내용과 형식이 성립될 수 있는 근간을 마련해 주었다고 한다. 이는 한국 현대시의 전통을 파악하는데 과거 우리 민족의 시정신에 살아 숨쉬고 있었고, 현재에 살아 숨쉬고 있으며, 미래의 창조적 시정신에 대한 정신적 지주로서 불교사상을 제시했다고 판단된다.

특히, 2-4장의 <한국문학의 전통론>에서는 한국문학의 전통문제를 더욱 심도있게 다루고 있다. 즉, 고전문학과 현대문학의 이원화 장벽을 무너뜨리고 단일화해야 한다는 주장과 함께 전통이 복고적 취향으로 전락하지 않으려면 취해야 할 준거를 제시하고 있다.

1. 고전성을 전제로 하여 문학사적 가치에 입각, 과감한 취사
   선택이 선행되어야 한다.
2. 고전성이란 미적 엄숙성, 지각의 엄숙성이다.
3. 고전성은 곧 전통으로 연결된다는 확신이 있어야 한다.
4. 고전의 고전적 해석에 한하기보다는 원형적 해석을 통해 정
   신사적 문맥의 근저로 삼아야 한다.

위와 같은 고전에의 준거와 함께 신문학 이후의 준거는,

1. 외래문학의 충격에 의한 변화를 단절로 보지 말고 굴절이라
   는 주체적 양태로 해석한다.
2. 현대문학의 비평적 우월의 환경과 마찬가지로 학문적 추세도
   동궤적으로 조성해야 한다.(최원규, 1985;276-277)

위에서 살펴본 바와 같이 시 전통문제는 정한모, 박철희, 최원
규의 경우에는 계승적 측면에서 적극적으로 다루고 있다. 김용직,
조병춘도 적극적이지는 않지만 역시 전통적 맥락에서 한국 현대
시의 전개를 탐색하고 있다.

바. 서구 시의 영향 문제

시사의 기술에서 서구 시의 영향문제는 시사의 흐름과 함께 기
술하는 경우도 있고, 분리시켜 별도의 장으로 설정하여 기술하는
경우도 있다. 시사 전개 속에 서구 시를 다루고 있는 경우는 정한
모, 김용직 외, 조병춘이며, 김용직, 최원규, 박철희 경우에는 별도
의 장으로 처리하여 시사의 흐름과 분리시켜 다루고 있다.
　(1)정한모의 <시사>에서는 한국의 시에 본격적으로 서구 시의

무드와 향기를 옮겨준 최초의 중개자가 <태서문예신보>라고 보고
있다. 그리고, <태서문예신보>에 도입된 프랑스 상징주의를 주로
한 서구 시의 도입은 한국 현대시 발전에 보다 큰 영향을 미쳤으
며 특히, 데카당스의 베르렌의 시는 당시 한국의 정치적, 사회적
배경 아래에서 1920년대 시적 종류의 하나를 형성하는데 크게 작
용을 했다고 보고 있다. 또한, 육당 다음 세대의 시인들은 시의 방
법을 육당에서가 아니라 직접 동시대적인 일본의 근대시 내지 서
구 근대시에서 배워왔고, 안서와 요한을 선두로 한, 이들은 새로
운 방법의 시로서 한국 근대시를 살찌게 하고, 한국적인 장신과
정서의 원천을 추구해 간 것이라 파악하고 있다. 이와 더불어 한
국 근대시의 형성 전개에서 타골의 영향을 많이 받았으며, 만해의
<님의 침묵>에 나타난 시적 의장은 타골의 시를 접합으로 비로소
갖추었다고 판단하고 있다.

  (2)김용직 교수의 <시사>에서는 한국 근대시의 형성 과정에서
염두해 두어야 할 과제 중 하나는 우리 주변에 조성 전개되어 온
자생적 요소를 수용, 자양화하는 일이며, 다른 하나는 외래 요소
를 우리 나름대로 수용해서 그것으로 우리 시의 원동력을 만드는
것이라고 한다. 김용직은 이 경우에 한국 근대시는 성격으로 보아
전자보다는 후자 쪽에 빚진 것이 더 많으며, 본래 한국의 근대시
는 시발의 동기부터 서구의 충격에 상당 부분 힘입고 있다고 파악
하고 있다. 물론, 김용직 교수의 '근대시사' 8장 '해외시 수용의 본
격화와 그 양상'은 그의 박사논문인 "한국 근대시에 미친 해외시
의 영향에 관한 연구"(서울대 대학원, 1977)를 책의 집필 때, 그대
로 첨부한 것이라 1-7장과 논리가 정연하지 않은 부분도 드러난
다. 따라서, 이 8장만 읽을 때는 한국 근대시의 형성 전개가 서구

시의 영향이 절대적인 것으로 읽힌다.

(6)최원규 교수의 <시론고>에서도 외국시 영향문제에 관하여 1910년대부터 1930년대까지 깊은 탐색을 하고 있다. 그의 "한국 근대 초기문학의 과도기적 특성"에서도 우리 신문학 50년은 서구의 500년간의 문학발달의 압축적인 영향이기 때문에 한국 근대 문학의 특성은 외래적인 요소로 파악해야 한다고 하고 있다. 육당의 경우, 외국시의 영향을 받고 신문학 초창기에 공헌을 했지만, 그의 시에서 형태적 변혁은 이루었지만, 내용은 창가조를 벗어나지 못하고 있다고 보고 있다. 주요한도 산문시로서 형태적 변화를 가져왔지만, 서구 상징주의의 영향을 받았고, <폐허>, <백조>, <장미촌> 등에서 시의 특징은 감각의 극단적인 노출과 비현실적인 환상의 세계에 몰입이었다고 파악하고 있다. 그리고, 모더니즘의 문제도 서구적인 것으로 파악하고 있다.

한국 모더니즘의 문제에서도 (4)박철희 (5)조병춘 교수의 <시사>에서는 서구적인 영향이 절대적인 것으로 파악하고 있다. 조병춘은 E.파운드, T.S 엘리어트, H.리드, I.A.리챠즈 등의 시론에서 크게 영향을 받아 모더니즘이 형성된 것으로 보고 있고, (4)박철희 교수도 모더니즘, 이미지즘을 포함한 시운동으로 1934년경 김기림에 의해 서구에서 도입되어 한국 시단에서 하나의 주조를 이루었다고 기술하고 있다.

이러한 모더니즘의 전개에 관한 논의는 정한모 교수가 한국 모더니즘의 출발을 1926년경을 잡는 것과는 차이가 있다. 그는 한국 현대시의 기점을 1925-6년으로 설정하면서, 1926년경 정지용의 시 중 모더니즘 계열에 속하는 작품들을 토대로 하여 모더니즘 출발을 1920년대 후반기 문학활동의 연장선상에 놓인 것으로 보고 있다(정한모, 1984;40-51).

따라서, 한국 모더니즘의 출발이 1930년대 시운동에서 비롯되었다는 견해와 모더니즘의 시가 한국 시의 전통의 부정에서 출발했고 전통의 부정의 자리에 위치해 있다는 견해는 재고의 여지가 있다. 송현호 교수는 모더니즘의 정지용이 1922년경에 모더니즘 시를 창작 발표했음을 토대로 하여 모더니즘 시기를 1926년경으로 끌어내려야 한다고 주장하고 있다(송현호, 1985;100-116). 이러한 견해는 정한모, 한계전, 문덕수, 김시태 교수 등에 의해서도 확인된다.

이와 같이 국외시의 영향 문제는 한국 시사에 포함시켜 한 맥락으로 파악하는 일, 전통과 결부시켜 한국 근대 초기시 형성에 영향을 끼친 핵심 동력은 무엇인지, 모더니즘의 기점 문제와 한국의 모더니즘을 서구적인 잔상으로만 파악하는 것이 타당한지 등이 명증하게 밝혀져야 한국 현대시사의 기술 요건이 충족되리라 판단된다.

3. 맺음말

지금까지, 기존의 시사를 중심으로 한국 근대시사의 기술방법론을 검토하였다. 이러한 기술방법의 검토는 현대시사가 전개된지 1세기가 지난 오늘의 상황에서 현대시사를 어떻게 기술해야 할지의 방법론을 모색하기 위한 기초 작업으로서 의의가 있다고 하겠다. 이상의 논의를 정리하여 결론을 내리면 다음과 같다.

첫째, 한국 현대시사의 기술은 개별 작품을 해석·분석하여 종

합하고 그것이 사적으로 어떠한 맥락으로 이어지는가, 작가와 작
가, 시대와 시대 사이에 게재된 내적 흐름을 규명하고, 그 흐름에
따라 현대시가 생성·전개되어 온 바를 탐구하여 기술하여야 한
다. 현대시사 기술의 목표는 과거의 사실이면서도 현재에 살아 숨
쉬고 있는 시사적 누적의 결과를 탐색하고 그것을 바탕으로 하여
미래를 예견하고 창조하는데 두어야 한다.

둘째, 현대시사의 기술에서 부딪히는 문제 중의 하나는 근대시
와 현대시의 기점 문제다. 이 중에서도 현대시의 출발점이기도 한
근대시의 기점 문제다. 논자들의 주장을 대별하면 대체로 갑오경
장설과 영·정조시대설로 구별된다. 어느 지점을 근대시의 기점으
로 삼느냐가 중요한 것은 한국 현대시의 형성이 외래 요소인 서구
시가 주체적으로 작용되었느냐, 아니면 내재 요소인 전통시의 맥
락에서 이루어졌느냐를 가름하는 기틀이 되기 때문이다. 17,8세기
시의 근대성, 전통의 계승, 사설시조의 개화기 재창작과 1920년대
산문시에의 계승 등의 근거로 한국 근대시의 기점은 영·정조 시
대로 잡는 것이 타당하다고 판단된다.

셋째, 한국 현대시가 전통의 계승이냐, 단절이냐의 견해에 따라
현대시사의 기술은 달라진다. 한국 근대시의 형성이 외래시의 영
향을 입었다 하더라도 그것이 주류가 되기는 어렵다. 민족 속에
살아 숨쉬는 그 무엇인가가 시가 속에 녹아들어 우리 문학을 형성
했고, 그 전통이 지금까지 전승되어 내려오는 것이다. 멀리는 신
라 향가를 비롯하여 고려가요, 시조와 가사, 사설시조 등은 형태
와 내용면에서 근대시의 원천을 이룰 뿐 아니라 미래의 시 형태에
도 근원적인 원형질을 제공하는 요소로 파악된다. 따라서, 한국
현대시사의 기술은 전통의 계승이라는 측면에서 기술하는 것이

타당하리라 판단된다.

넷째, 한국 현대시사에서 외국시의 영향 문제는 시사의 전개에 포함시켜 한 흐름으로 파악해야 할 것이다. 우리의 현대시가 출발기부터 서구 문학의 영향을 입고 성장했다해서 우리 전통 문학과 별개로 발전한 것은 아니다. 즉, 문학의 역사는 외래적인 것을 수용했다해도 한국적인 정신과 정서가 원천일 이루고 있다. 20년대 초기의 시나 30년대 모더니즘 형성의 경우에도 그 주류와 핵심이 무엇인지를 명확히 천착하여 시사 전개에 포함시켜야 할 것이다. 이것 역시 서구시의 영향에 힘입은 것을 인정한다 해도 우리 문학 전통의 맥락에서 기술해야 바람직한 시사 기술 방법이 될 것이다.

다섯째, 이 논문에서는 검토되지 않았지만 북한의 현대시사도 통일 시대에 대비하고 남북시문학의 동질성을 확보하기 위해 북한 현대시문학사도 우리 시사에 어떻게 편입시킬 것인가도 검토되어야 할 것이다. 분단 50여년이 넘은 상황에서 이제 우리는 상호 폐쇄적 관계를 청산하고 정신문화의 분단현상을 극복해야 할 것이다. 통일지향의 현대시사 서술의 당위성도 이러한 문맥 안에서 제기할 수 있을 것이다.

이상에서 살펴 본 바와 같이, 한국 현대시사는 일차적으로 기술 방법, 시사전개의 시기구분, 현대시의 기점, 전통문제, 외국시의 영향문제 등이 명증하게 검토된 후에 기술되어야 한다. 그럼에도 불구하고 지금까지 기술된 시사들은 대개 이러한 점을 포함하여 시역사의 유기성을 간과한 면이 있다. 따라서, 앞으로 기술될 한국 현대시사는 100여년의 시역사에서 앞 시대의 시가 오늘의 시를 형성하는 어떠한 동력을 가졌으며, 이것이 다가올 시대에 지속과 변화를 초래하면서 어떻게 계승되는지를 살펴야 한다.

〈참고문헌〉

김용직(1983), 한국근대시사, 새문사.
김용직(1982), 한국근대문학의 사적 이해, 일지사.
김용직 외(1983), 한국현대시사연구, 일지사.
김윤식·김현(1990), 한국문학사, 민음사.
단국대학교 출판부(1993), 한국문학사 서술의 제문제.
박철희(1980), 한국시사연구, 일조각.
사상계, 1962, 5월호.
송현호(1985), 문학사기술방법론, 새문사.
오세영(1984), "근대시와 현대시", 현대시, 여름호.
이유영(1989), 독일문예학개론, 삼영사.
정한모(1974), 한국현대시문학사, 일지사.
정한모(1981), 한국현대시의 정수, 서울대 출판부.
정한모(1984), "한국 현대시 연구의 반성", 현대시, 여름호.
조동일(1980), 문학연구방법, 지식산업사.
조병춘(1980), 한국현대시사, 집문당.
조연현(1974), 한국현대문학사, 성문각.
최원규(1985), 한국현대시논고, 예문관.
H.R, 야우스(장영태 역, 1983), 도전으로서의 문학사, 문학과 지성사.
R.Wellel & A.Warren(1970), Theory of Literature, Penguin Books.

찾아보기

한국 현대시의 형성 미학

인쇄일 초판 1쇄   1999년 05월 25일
          2쇄   2015년 03월 15일
발행일 초판 1쇄   1999년 06월 05일
          2쇄   2015년 03월 25일

지은이 송 재 일
발행인 정 찬 용
발행처 **국학자료원**
등록일 2006.113.02 제2007-12호

서울시 강동구 성내동 447-11 현영빌딩 2층
Tel : 442-4623~4 Fax : 442-4625
www. kookhak.co.kr
E- mail : kookhak2001@hanmail.net
가 격 15,000원
ISBN 978-89-8206-384-8 *03810